AGRADECIMIENTOS

Quisiera agradecer la colaboración de los buenos amigos que me ayudaron mientras escribía *La Fraternidad de Eihwaz*. Gracias, pues, a José López Aguiar, Pepiño de Currelos, que tradujo para mí al gallego. Y a Helmut Brokelmann, que me ayudó con el alemán. Y a Tomás Arriaga, cuya asesoría técnica fue —y sigue siendo— vital para la buena marcha de mi procesador de textos. Y, como siempre, estoy en deuda con María José Álvarez, que me echó una mano con el inglés y me ayudó a corregir el primer borrador de esta novela.

Muchas gracias a todos.

Este libro es para Óscar, mi gigante grande.

ÍNDICE

PRÓLOGO

La isla

Se llamaba Moisés Abravanel y, a menos que lograra llegar al embarcadero antes de que sus perseguidores le dieran alcance, moriría. Por eso avanzaba a la carrera a través del sendero, entre árboles y arbustos, con el corazón palpitando alocadamente en su pecho. Pero aquél era, sin duda, un ejercicio excesivo para un anciano grueso y sedentario de más de setenta años de edad, de modo que Moisés se vio obligado a detenerse para recuperar el resuello.

Apoyado contra el tronco de un árbol, con el aliento silbando a través de su garganta como el gemido de una vieja locomotora, miró en derredor. Aquella noche la luna llena flotaba radiante en un cielo despejado, de modo que había buena visibilidad. Se hallaba en un pequeño claro del bosque, una zona herbosa casi circular en cuyo centro se alzaba un pequeño menhir profusamente cubierto de signos geométricos. Aquel lugar se encontraba a no mucha distancia del embarcadero. Moisés enjugó el sudor de su frente con la manga de la chaqueta. Quizá pudiera lograrlo, quizá aún estaba a tiempo de llegar a la lancha y abandonar la isla, alcanzar la costa y advertir a la policía sobre lo que estaba ocurriendo.

Pero, ¿y si lo apresaban? Le matarían, por supuesto, aunque eso carecía de importancia. Lo esencial era que, si moría, nadie sabría lo que estaba ocurriendo, y ellos podrían llevar a cabo sus planes con total impunidad. Moisés maldijo para sus adentros el no haberle contado a nadie lo que sabía, ni haber dejado constancia en alguna parte de aquella siniestra historia.

Contuvo la respiración. Un momento: sí había escrito algo... Sacó del bolsillo interior de su chaqueta un bloc de notas encuadernado en piel. Allí estaban sus apuntes de campo, incluyendo los que hacían referencia a los misteriosos sucesos acontecidos en la isla. Si él moría, ese cuaderno constituiría el único testimonio del terrible plan de Eihwaz, aquella abominación que todos consideraban extinguida desde hacía medio siglo. Tenía que esconder el bloc, pero ¿dónde? Debía hacerlo en un lugar que pasara inadvertido a sus perseguidores, pero que a la vez pudiera ser localizado por quienes se ocuparan de investigar su muerte... si es que finalmente moría. Buscó con la mirada un sitio donde ocultar el cuaderno. ¿Entre la maleza?... No, las primeras lluvias lo destruirían. Tenía que ser un escondite cerrado, quizá el hueco de un árbol, o...

Moisés contempló el menhir que se alzaba en medio del claro, una roca sin desbastar clavada verticalmente en el suelo. Sí, ése era el lugar adecuado. Moisés se puso de rodillas y apartó las hierbas que crecían en la base de la piedra. Como recordaba, allí, al pie del menhir, había un pequeño agujero, la entrada de lo que en otro tiempo había sido la madriguera de un conejo. El anciano introdujo sin vacilar el cuaderno dentro de aquella oquedad y luego tapó la abertura con una piedra.

Estaba incorporándose cuando, por el rabillo del ojo, creyó advertir un movimiento a su derecha. Permaneció unos segundos atento, pero a sus oídos sólo llegó el sonido de la brisa acariciando las copas de los árboles, el canto de los grillos y el lejano rumor del oleaje. Moisés suspiró. Allí no había nadie; sin embargo, hubiera jurado que un momento antes había visto un par de ojos, entre las ramas, espiándolo. Sacudió la cabeza. Estaba nervioso, imaginaba cosas. Entonces escuchó unas voces, y ruido de pasos avanzando por el sendero. Eran ellos, los vástagos de las Fuentes de la Vida, los hijos de la oscuridad. Eihwaz.

El anciano profirió una muda maldición, *«scheisse»,* que en *yiddish* significa mierda. Había tardado mucho en ocultar el cuaderno de notas y sus perseguidores se habían aproximado peligrosamente. Moisés echó a correr de nuevo. Estaba agotado, pero el miedo le empujaba a seguir adelante, sin prestar atención a las ramas que le azotaban el rostro o a las zarzas que arañaban su piel. Al poco comenzó a jadear. Le dolían las piernas y notaba un ardor en el pecho. Todos y cada uno de sus viejos músculos parecían protestar por aquel inusitado exceso de ejercicio físico; pero en su mente sólo había un objetivo: llegar al embarcadero. Salvarse.

Quizá por eso, Moisés no se dio cuenta de que alguien le seguía a corta distancia, un extravagante personaje que corría junto a él, pero no por el sendero, sino a través del denso follaje, allí donde no podía ser visto. El desconocido se movía entre la vegetación con asombrosa agilidad, sin hacer el menor ruido, sin rozar una rama, como un lobo sigiloso acechando a su presa en la oscuridad.

Se llamaba Hack y pertenecía al clan de los Hombres Verdes. Su presencia suponía un reto a la lógica y al sentido común. Pero ahí estaba, oculto entre las frondas de un bosque que no era el suyo, en un país extraño y enigmático, testigo involuntario de un drama cuyo significado no podía comprender.

Hack tenía un aspecto realmente peculiar. Era de baja estatura, pero de recia y fibrosa complexión. Sus largos cabellos negros iban recogidos en una trenza y el mentón aparecía cubierto por una espesa barba. Vestía una camisa de cuero teñido de verde y unas polainas del mismo material. Un cinturón trenzado sujetaba el corto taparrabos de piel que pendía por delante y por detrás de su cintura como un faldellín. Se cubría los pies con unos mocasines de cuero y la cabeza con un gorro triangular de piel. También llevaba un zurrón colgando de su hombro derecho y un carcaj lleno de flechas del izquierdo. En la mano portaba un largo arco de madera.

Pero lo más extraño eran las marcas que cubrían su piel. Porque Hack tenía el rostro cuajado de tatuajes verdosos, así como los brazos, el pecho y la espalda. Eran las marcas sagradas del clan de los Hombres Verdes y los signos representativos de su línea genealógica: la estirpe de los Ckuchlainn.

Si el profesor Moisés Abravanel, doctor en Historia del Arte y Arqueología, hubiese podido echar una mirada a Hack Ckuchlainn, habría pensado que aquello era un imposible, una paradoja, un enigma. Pero ahora lo único importante era procurar que a cada paso le siguiera otro, continuar corriendo sin prestar atención al dolor que punzaba su abdomen y al fuego que abrasaba sus pulmones. Seguir el sendero sin detenerse.

Huir. Correr. Escapar.

Al doblar un recodo, Moisés tropezó con las raíces de un árbol y cayó violentamente al suelo. Permaneció unos instantes boca abajo, aturdido. Luego intentó incorporarse, pero una punzada en su pierna izquierda le hizo desplomarse de nuevo. Se había torcido el tobillo al caer y ahora le ardía de dolor. Apoyó la cabeza en el suelo. Era tan tentadora la idea de quedarse ahí, tumbado, sin moverse, descansando... Pero eso significaba la muerte. No obstante, ¿qué podía hacer? Con un pie inutilizado le resultaría imposible escapar.

La brisa transportó las voces cada vez más cercanas de sus perseguidores.

Era el fin.

Un momento: por detrás de las voces percibía otro sonido. Era el rumor sordo de las olas batiendo contra las rocas, y sonaba cercano, muy cercano. Moisés se apoyó en un codo e intentó distinguir lo que había al final del sendero. Vio una luz parpadeando entre las hojas. ¿Una luz?... El resplandor de la Luna brillando sobre el mar. ¡Estaba al lado del embarcadero! El anciano se arrastró por el suelo, cogió una rama caída y, apoyándose en ella como si fuera un bastón, logró incorporarse. Luego, siempre aferrado a aquel palo rugoso y áspero, avanzó trastabillando unos metros. El sudor le corría a raudales por la frente y el cuello.

Moisés encajó la mandíbula y se obligó a sí mismo a continuar andando. Faltaba muy poco. Siete u ocho metros, tan sólo unos cuantos pasos más. Con un último esfuerzo, recorrió el tramo final del sendero y se adentró en una pequeña playa de guijarros. Se detuvo, jadeante, enjugó el sudor que nublaba su vista y contempló con renovados ánimos el embarcadero de madera.

La sangre se heló en sus venas. Un yate negro de quince metros de eslora se encontraba anclado junto a su lancha. Aquel barco, que ostentaba el ominoso nombre de *Leviatán*, no debía estar ahí, como tampoco debían estar ahí los cinco individuos armados con ametralladoras que, desde el maderamen del embarcadero, le contemplaban impasibles. Pero allí estaban, y su presencia era una sentencia de muerte. Eran los guardianes de las Fuentes de la Vida. Sus verdugos.

El anciano se dejó caer de rodillas y aguardó en silencio. Los minutos se arrastraron lentamente. Moisés, agarrado con ambas manos a la rama que le servía de bastón, comenzaba a preguntarse cuál podía ser la razón de aquella demora, cuando de pronto distinguió un movimiento sobre la cubierta del barco. Se trataba de un hombre de unos treinta años, extremadamente alto y fuerte, con el pelo tan rubio que casi parecía blanco. Empujaba una silla de ruedas sobre la que descansaba un anciano de avanzada edad. Mientras recorrían el breve trecho del embarcadero, Moisés observó atentamente al inválido. Era un hombre muy viejo, de aspecto frágil y enfermizo. No quedaba ni un cabello en su arrugado cráneo y numerosas manchas hepáticas salpicaban su piel cenicienta. Tenía los ojos hundidos, pero su mirada, en contraste con aquel cuerpo lisiado y caduco, estaba llena de energía y determinación.

Entonces, el anciano habló, y sus palabras no fueron un balbuceo senil, sino la voz grave y autoritaria de alguien que está acostumbrado a ser obedecido:

—Buenas noches, doctor Abravanel. ¿Qué hace fuera de casa, tan de madrugada, mi pequeño sabio?

¡Aquella voz! Moisés parpadeó, asombrado, mientras su memoria retrocedía medio siglo en el tiempo.

—¡Tú!... —exclamó con incredulidad—. ¡Pero si habías muerto!

—Al parecer, la noticia de mi fallecimiento fue un tanto exagerada. Pero no has sido el único en sorprenderte; yo también te creía muerto. Me sorprendí mucho al descubrir tu artículo en esa aburrida revista universitaria de Historia. *El Último Viaje del Haifisch*. Un título demasiado melodramático para un texto tan académico, ¿no crees? Sin embargo, nos ha conducido hasta aquí.

El rostro de Moisés se contrajo en un rictus de dolor cuando, por descuido, apoyó en el suelo su pie lastimado. Pese a ello, se incorporó trabajosamente, enderezó la espalda y logró componer una actitud medianamente digna.

—Los buitres sois capaces de olfatear los despojos a gran distancia —dijo, con desprecio—. ¿Qué has venido a buscar? *¿La Madonna del Cisne?*

—*La Madonna del Cisne* y todo lo demás. A fin de cuentas, nos pertenecía.

—Lo robasteis —replicó Moisés.

—Lo conquistamos —le corrigió el viejo—. Aunque pueda resultar sutil, existe una gran diferencia entre el robo y la confiscación.

—Siempre te gustó jugar con las palabras. Pero de nada te valdrá esta vez. Os he descubierto y ya he denunciado a la policía vuestra presencia en la isla.

El inválido permaneció unos instantes silencioso, inexpresivo. Repentinamente, se echó a reír. Su frágil cuerpo se agitó al compás de las cada vez más intensas carcajadas, hasta que, de pronto, la risa se trocó en un acceso de tos.

—Estás mintiendo —dijo el anciano cuando recuperó el resuello—. Hace tiempo que te mantenemos bajo vigilancia. Sabemos que sólo te has puesto en contacto con el profesor Ben Shazar, y no le contaste nada. Ni a él, ni a nadie. Y no lo has hecho porque no sabes nada de nosotros, amigo mío. Nada.

—Sé lo suficiente —dijo Moisés, y añadió—: Sé que sois Eihwaz.

Por un instante, los ojos del viejo inválido se ensombrecieron.

—Palabras —dijo despectivo—. Eso es todo, palabras cuyo significado desconoces. Resultas patético, Moisés. Cuando te conocí no eras más que un joven siervo, dócil y sumiso, y ahora, cincuenta años después, continúas siendo un miserable siervo, sólo que ridículamente viejo y decrépito.

Moisés se echó a reír. Su futuro no podía ser más negro, pero aquello tenía gracia. Además, estaba harto de esa situación; no hacía falta ser un adivino para saber cómo iba a acabar todo, así que más valía terminar cuanto antes.

—¿Tú me llamas a mí viejo y decrépito? —dijo con una sonrisa sardónica—. Mírate en un espejo. Pareces un saco de huesos lleno de moho. Estás podrido y lisiado. ¿Cuánto tiempo hace que no funcionas como hombre? Seguro que tu *shmuck* parece un espagueti cocido, tan muerto como tus piernas.

El rostro del inválido palideció.

—Hay algo que la escoria como tú nunca ha aprendido a hacer —musitó—: guardar el debido respeto —levantó la mano derecha, una zarpa retorcida por la artrosis, y le hizo un gesto al gigante rubio—. Renard, ¿por qué no le das al pequeño sabio una lección de buenos modales?

—Será un placer, señor —dijo el gigante.

Renard no era su auténtico nombre, pero eso no resultaba extraño; ninguno de los miembros de Eihwaz usaba jamás su nombre real. Él se llamaba Renard, el zorro, y aquel apodo no era arbitrario. Pese a su inmenso tamaño, más de dos metros de altura y ciento quince kilos de peso, Renard se desplazaba con la ligereza y agilidad de un zorro. En un instante se situó frente a Moisés y desenvainó lentamente el cuchillo de caza que llevaba sujeto al cinto. Moisés intentó tragar saliva, pero tenía la boca seca. Apoyándose en un solo pie, esgrimió la rama como si blandiera un bate de béisbol. Parecía un ratón desafiando a un tigre.

—No te acerques... —advirtió, con escasa firmeza.

Renard sonrió y avanzó.

—Si das otro paso, te golpearé —las manos de Moisés temblaban.

Renard sonrió, aún más ampliamente, y dio otro paso. Moisés encajó la mandíbula e intentó golpear al gigante, pero éste se limitó a arrebatarle el palo de un manotazo, para luego descargar la empuñadura de su cuchillo sobre el cráneo del anciano. Moisés se derrumbó inconsciente sobre el suelo cuajado de guijarros.

—Gracias, Renard —resonó la voz del anciano—. ¿Te importaría llevarme al barco? Esta brisa es demasiado fresca para mi gusto.

Renard subió corriendo al pequeño muelle y comenzó a empujar la silla de ruedas en dirección al yate. De pronto, el inválido alzó una mano, indicándole a Renard que se detuviera. Giró la cabeza y se dirigió a los siervos de Eihwaz.

—Quitad de mi vista esa basura —señaló con un sarmentoso dedo el cuerpo exánime de Moisés—. Arrojadle al mar y aseguraos de que las aguas se lo traguen.

Volvió la mirada al frente e hizo un nuevo gesto. Renard empujó la silla de ruedas a lo largo del embarcadero y ambos desaparecieron, finalmente, en el interior del barco.

A unos diez metros de la playa, oculto entre la maleza, el Hombre Verde contemplaba la escena con el ceño fruncido. No entendía el idioma de aquellos extraños, pero en términos generales la situación parecía clara. Los hombres-pez habían perseguido y acorralado a un anciano indefenso; luego el gigante de nieve le había golpeado en la cabeza y, ahora, los hombres-pez arrastraban su cuerpo hacia la canoa pequeña. Desde luego, no había sido una lid muy justa. Una docena de hombres jóvenes contra un viejo... En aquella lucha no podía haber honor ni gloria, sólo vergüenza.

A decir verdad, durante un instante Hack estuvo a punto de intervenir. Incluso llegó a montar una flecha en el arco. Desde el lugar donde se encontraba le hubiera resultado sencillo atravesar la garganta del gigante y abatir acto seguido a cuatro o cinco de sus compañeros. Luego, los restantes hombres-pez le habrían perseguido. Pero el bosque era su reino, allí Hack hubiera acabado con ellos uno a uno, como un hálito letal, como un cazador invisible.

Sin embargo, Hack optó finalmente por mantenerse al margen. Era un individuo pragmático y en su decisión habían pesado diversas razones. En primer lugar, aquella lucha no era su lucha. En segundo lugar, allí intervenía, indudablemente, la magia. Y si bien Hack no temía a ningún ser vivo, sentía, por el contrario, un gran respeto hacia las fuerzas sobrenaturales. La última y más poderosa razón era el anciano oscuro. Aquel hombre tan viejo, montado sobre un pequeño carro, era la encarnación del mal. Era un trasgo. Era B'gomo, la serpiente.

El Hombre Verde arrugó la nariz. Su finísimo olfato captaba el olor que surgía de la canoa grande. Olor a tierras malsanas, a fungosidades, a vegetación podrida. Hack retrocedió sigilosamente, se internó en el bosque y desapareció súbitamente entre las sombras.

Sí, Hack Ckuchlainn, del clan de los Hombres Verdes, era un gran cazador, un gran guerrero; pero se encontraba en tierra extraña y un forastero debe saber que, en ciertas ocasiones, lo más prudente es retirarse.

CAPÍTULO 1

El hijo del mago

Óscar llegó a Orballo de San Buenaventura durante una soleada mañana de mediados de julio. Habían transcurrido seis años desde la última vez que estuvo allí, pero la imagen del pueblo que guardaba en su memoria parecía coincidir punto por punto con lo que ahora veía. El viejo cementerio, la iglesia románica frente a la plaza, las casas de piedra amontonándose a lo largo de la pronunciada cuesta que descendía hasta la playa, las calles adoquinadas, los soportales, el pequeño puerto de pesca al pie del acantilado, incluso las gaviotas volando en círculos por encima del malecón. Todo seguía igual.

—¿Lo recuerdas? —le preguntó Carlos, su padre.

Óscar asintió mientras contemplaba el paisaje a través de sus gafas de sol. Estaban sentados uno al lado del otro, en los asientos delanteros del coche. Carlos había parado en el arcén, en un lugar desde el cual podía divisarse toda la población. El motor del automóvil ronroneaba suavemente.

—De modo que aquí naciste tú —comentó Óscar.

—Hace cuarenta y dos años —Carlos esbozó una sonrisa soñadora—. Mi madre me tuvo en casa, sobre la misma cama en que me había concebido. Según parece, de no ser por don Elías, el cura, mi abuela habría preparado un caldo hecho con huesos de difunto y se lo habría dado a mi madre.

—¿Por qué? —preguntó Óscar, alarmado.

—Dicen que es bueno para el parto. Una superstición, por supuesto; recuerda que ocurrió hace mucho.

—Pero eso del consomé de cadáver es una pasada.

Carlos suspiró.

—Te voy a contar algo: Orballo de San Buenaventura se encuentra en el rincón más apartado de Galicia, en medio de la Costa de la Muerte. Sus habitantes se precian de ser descendientes directos de los antiguos celtas y, como sabes, los celtas no le hacían ascos a eso de comerse de vez en cuando a algún prisionero. Pues bien, yo nací en Orballo y tú eres mi hijo, de modo que por tus venas corre sangre de caníbal. Así que no te escandalices por los remedios caseros de tu bisabuela.

—¿Dónde está la casa? —preguntó Óscar, tras una pausa.

—¿No te acuerdas? Claro, eras muy pequeño —Carlos señaló con un dedo—. Ésa del tejado rojo, allí, frente a la playa.

Óscar observó en silencio el lejano edificio. Luego elevó la mirada y contempló el blanco bullir de las olas rompiendo contra la playa. Un poco más allá, el mar adquiría un color intensamente azul que poco a poco se difuminaba al fundirse con la bruma. Y tras la neblina... ¿Qué era aquella masa oscura?

—¿Qué es eso? —preguntó Óscar—. Allí, en el mar. Entre la niebla.

Carlos miró en la dirección que le indicaba su hijo.

— Ah..., la isla.

—¿Una isla? No recuerdo que hubiera ninguna isla. ¿Cómo se llama?

—Xas —contestó Carlos mientras arrancaba el automóvil.

Óscar apoyó la cabeza en el respaldo y contempló el paisaje a través de la ventanilla. Los árboles pasaban a su lado como fugaces borrones verdes, ocultando en ocasiones el pueblo, el mar, la niebla y la lejana isla de Xas.

* * *

Nada más entrar en la casa, los recuerdos volvieron en tropel a la memoria de Óscar. Reconoció al instante la escalera que conducía al piso superior, con el pasamanos de madera que de pequeño usaba como tobogán. Y el patio trasero, donde su abuelo le construyó una cabaña hecha con leños de pino. Y la gran chimenea del salón, con sus salamandras de hierro forjado. Y el corral, ahora vacío, donde había pasado tardes enteras persiguiendo a las gallinas o contemplando cómo el gato cazaba ratones. Todo aquello le devolvía a una época lejana y mejor, cuando todavía era un niño y el mundo parecía un lugar lleno de maravillas y prodigios.

Óscar subió su equipaje al piso de arriba y eligió uno de los dos dormitorios que daban al mar. Abrió la ventana, permitiendo que la habitación se llenara de luz, y deshizo rápidamente el equipaje. Guardó sus ropas en un vetusto armario de madera que olía débilmente a manzanas y a membrillo, y sus libros sobre la mesilla de noche. Media hora más tarde se reunió con su padre en la planta baja y se encaminaron hacia la única casa de comidas que había en el pueblo. Era un trayecto muy corto, pero tardaron casi veinte minutos en recorrerlo, ya que Carlos tuvo que detenerse a saludar a todas y cada una de las personas con las que se iba encontrando por la calle.

«¿Cómo usted por aquí, don Carlos?» «¡Dichosos los ojos, señor Leyva!» «Cuánto tiempo sin verle.» «Carlitos, rapaz, ¿qué *carallo* haces aquí...?»

Finalmente lograron llegar a la fonda, donde les sirvieron caldo de grelos y un guiso de carne realmente sabroso. Al llegar los postres, la puerta del comedor se abrió para dar paso a un sonriente cura septuagenario.

—¡Carlitos Leyva! —dijo—. ¡Después de tantos años de ausencia te presentas en Orballo y ni siquiera vienes a saludarme!

—¡Padre Elías! —Carlos se levantó de la mesa y corrió a abrazarle—. ¡Cuánto me alegro de verle, padre! Pues claro que pensaba hacerle una visita. Pero acabamos de llegar y apenas hemos tenido tiempo de comer.

—Como dice el refrán: «Al tiempo del higo no hay amigo» —el sacerdote palmeó la espalda de Carlos y volvió la mirada hacia el muchacho—. Este mozo debe de ser Óscar. No te había visto desde que eras un chiquillo. ¿Te acuerdas de mí?

—Usted me daba recortes de pan de hostia —dijo Óscar, sonriente.

—Eso es. Y una vez te dejé probar el vino de misa —se volvió hacia Carlos y añadió—: Rebajado con agua, por supuesto —miró de nuevo a Óscar—. Pero ya estás hecho todo un hombre. ¿Cuántos años tienes?

—Cumpliré diecisiete en agosto.

—¿Diecisiete ya...? —suspiró—. ¿Sabes que eres el único Leyva desde el siglo dieciocho que no se ha bautizado en la parroquia de Orballo?

—Eso nunca me lo ha podido perdonar el padre Elías —terció Carlos—. Aunque le he explicado mil veces que, cuando naciste, estábamos de viaje, lejos de España.

—Excusas —bromeó el cura—. Mira que bautizar a un pobre niño bajo la carpa de un circo en un país medio pagano —levantó las manos, como disculpándose—. Pero os he interrumpido. Acabad de comer y luego id a verme. Os esperaré en la iglesia.

Lo primero que llamaba la atención del padre Elías era su hiperactivo carácter. Pese a su avanzada edad, la energía le sobraba por arrobas: siempre estaba en movimiento, siempre haciendo algo. Las pocas veces que lograba permanecer sentado, sus manos parecían suplir con creces la inmovilidad de las piernas, y subían y bajaban, y se movían de un lado a otro como ardillas nerviosas.

Nada más terminar la comida, Carlos y Óscar se dirigieron al viejo templo románico. El anciano cura procedió entonces a mostrarles con orgullo los arreglos y reformas realizados en la iglesia, así como las obras de restauración que se estaban llevando a cabo en la cripta, en el transcurso de las cuales se habían descubierto los basamentos de un templo primitivo, probablemente de la época romana. También les enseñó el hermoso crucifijo gótico que presidía el altar.

—Pertenecía a la Orden de San Ambrosio, y dice la leyenda que protagonizó un milagro. Al parecer, un demonio intentó herir al prior con una espada. Entonces el crucifijo se interpuso entre el arma y el monje, salvándole a éste la vida. Si os fijáis, podéis ver el tajo que quedó en el costado izquierdo de la talla.

—¿Y cómo anda su feligresía, padre? —comentó Carlos mientras tomaban asiento en un banco situado frente al altar mayor.

—Muy revuelta —gruñó el sacerdote—. Hace una semana se produjo un desgraciado accidente. Murió un forastero, un tal Moisés Abravanel, Dios lo tenga en su Gloria. Al parecer, volvía por la noche de la isla, su barca zozobró, él cayó al mar y se ahogó. Al día siguiente, la marea arrastró su cuerpo hasta la mismísima playa de Orballo. Desde entonces, la gente está aterrorizada.

—¿Por qué? —preguntó Óscar—. Fue un accidente, ¿no?

El padre Elías se levantó del banco y comenzó a pasear en círculos, las manos entrelazadas a la espalda. Luego, repentinamente, volvió a tomar asiento.

—Os contaré la historia desde el principio —dijo—. Veréis, aunque había nacido en Polonia, Moisés Abravanel trabajaba en Estados Unidos como catedrático de Arqueología en la Universidad de Nevada. Pues bien, un buen día de principios de invierno, Moisés se presentó en Orballo. Nunca supe exactamente qué fue lo que le trajo aquí, pero el caso es que alquiló una casa y se instaló en el pueblo. Era un caballero de edad madura, quizá dos o tres años mayor que yo. Parecía una persona sensata, pero al poco tiempo se le metió en la cabeza la idea de ir a la isla. Por supuesto, nadie quiso llevarlo, de modo que compró una barca y fue él solo. Entonces se dio de narices con un tesoro arqueológico. Al parecer, en Xas se encuentran los monumentos megalíticos más extraordinarios de toda la Península, y nadie lo sabía hasta ahora —se encogió de hombros—. En fin, el caso es que Moisés obtuvo una importante dotación económica de su universidad, solicitó una licencia de excavación y comenzó a trabajar en la isla.

Imaginaos la repercusión que esto tuvo en el pueblo: un extranjero yendo y viniendo a Xas... La gente comenzó a esquivar al pobre Moisés. No hablaban con él, cambiaban de acera cuando se lo encontraban por la calle y en algunos comercios incluso se negaron a venderle género. Para las excavaciones en la isla, tuvo que contratar trabajadores de otros pueblos...

—Un momento, padre —le interrumpió Óscar—. ¿Qué pasa con la isla?

El sacerdote enarcó una ceja y soltó un bufido.

—¿Que qué pasa con la isla? ¿Sabes lo que significa *Xas* en gallego? ¡Fantasmas, eso significa! Así que cuando dices «isla de Xas», en realidad estás diciendo «isla de los Fantasmas» —resopló—. Superstición, incultura, paganismo; eso es lo que pasa. Cada vez que algo malo sucede, ¿quién tiene la culpa? Las meigas de Xas. Si alguien enferma, ¿cuál es la causa? Haber mirado demasiado hacia Xas. Si la cosecha es pobre, ¿a qué se debe? A que el viento sopló de Xas. Por amor de Dios, estamos a finales del siglo veinte y la gente de Orballo sigue creyendo que en esa isla suceden todo tipo de fenómenos sobrenaturales.

—¿Vive alguien en ella? —preguntó Óscar.

—Está deshabitada —agitó las manos—. Por amor del Cielo, si las costas de Xas están tan llenas de marisco que las langostas saltan por sí solas a las redes... ¡Y nadie va a pescar! Salvo Isaías el Negro, y de él la gente dice que ha hecho un pacto con el Diablo.

—¿Qué pasó con el profesor Abravanel? —preguntó Carlos.

—La Guardia Civil trasladó su cadáver a Santiago de Compostela para que se le practicase la autopsia y los forenses dictaminaron que fue un accidente, como tantos otros que suceden en el mar. Por algo a esto se le llama la Costa de la Muerte. Pero como Moisés había profanado el principal tabú del pueblo al ir a la isla, ahora resulta que su muerte se ha debido a la maldición de Xas. Veréis: dentro de poco vendrá un familiar del profesor Abravanel para ocuparse de sus cosas, y yo había pensado celebrar mañana una misa en memoria del difunto. Ya sé que el profesor era judío, pero supongo que un funeral cristiano no va a hacerle ningún daño. Pues bien, estoy seguro de que nadie asistirá a la misa. ¡Nadie! Eso es lo que ocurre cuando la caridad se pone a prueba frente a la ignorancia.

—Y, exactamente, ¿qué dicen que sucede en Xas? —preguntó Óscar.

El padre Elías que, sorprendentemente, llevaba varios minutos inmóvil, se levantó como una exhalación y volvió a pasear nerviosamente de un lado a otro.

—Dicen que los diablos bailan en los claros del bosque y que la Santa Compaña recorre la isla durante las noches de luna llena. Dicen que en sus cuevas hay lamias y *lobishomes*, y que las meigas se reúnen bajo el muérdago —hizo un aspaviento—. Supersticiones, cuentos de viejas, pamplinas. Pero basta de tonterías. Ahora os voy a enseñar una tabla románica que quiero restaurar.

El padre Elías se dirigió con paso rápido hacia el fondo de la iglesia. Carlos y Óscar le siguieron en silencio. Mientras contemplaba el nervioso caminar del sacerdote, el muchacho pensó que sería divertido visitar aquella isla maldita.

No sospechaba que, más adelante, ese deseo habría de poner en serio peligro su vida.

* * *

Después de visitar al sacerdote regresaron a la casa. La verdad es que Óscar no tenía nada que hacer allí, pero Carlos debía realizar sus habituales ejercicios de entrenamiento, así que durante más de una hora se dedicó a hacer girar una moneda entre sus dedos, primero con la mano derecha, después con la izquierda. Luego cogió un mazo de cartas francesas y comenzó a manipularlas, repitiendo una y otra vez el mismo corte. Óscar, aburrido de todo aquello, decidió salir a dar una vuelta.

Mientras deambulaba sin rumbo fijo por el pueblo, el muchacho descubrió que las calles se hallaban adornadas con guirnaldas y bombillas de colores. Unos carteles fijados en las paredes le revelaron que el próximo sábado iba a celebrarse la festividad de San Buenaventura, patrono de Orballo.

«Un poco de movimiento no le vendrá mal a este lugar», pensaba Óscar, cuando una voz a su espalda le sobresaltó.

—¡Pero si tú eres el nieto de los Leyva!

Óscar se dio la vuelta y contempló al joven de mediana estatura, pelo intensamente rojo y facciones agradables que lo miraba fijamente con una sonrisa en los labios. No tenía ni la más remota idea de quién podía ser.

—¿No te acuerdas de mí, hombre? —insistió el joven—. Vamos a ver, ¿a quién llamabas «cabeza de zanahoria»?

¿Cabeza de zanahoria?... De pronto, los recuerdos volvieron a Óscar.

—¡Crisanto! —exclamó alegremente.

El joven se llevó un dedo a los labios, simulando alarma.

—¡Shhh! Ahora, nadie me llama así. Cris, ése es mi nombre. Cris.

Crisanto Touriñán había sido el inseparable compañero de juegos de Óscar durante las vacaciones que éste pasó en Orballo cuando era niño. Juntos se habían entregado con entusiasmo a la tarea de explorar el pueblo palmo a palmo, buscando conchas y guijarros en la playa, o recorriendo los senderos del bosque a la caza de culebras y sapos. Durante unos meses habían sido como hermanos, aunque luego el tiempo y la distancia se ocuparon de separarlos. Pero aquel repentino encuentro parecía haber borrado de golpe los años de ausencia y ambos muchachos charlaban y bromeaban, como si volvieran a ser dos niños disfrutando perezosamente del verano.

Mientras recorrían con lentitud el pueblo, Óscar le habló a

Cris de los constantes viajes que había realizado, desplazándose de provincia en provincia, de país en país, siempre al dictado de los contratos que su padre firmaba. Le habló del circo que fue su casa durante tres años, y de las salas de fiestas y teatros donde su padre había actuado, en Munich, en Marrakech, en París, en Buenos Aires...

—Eso de ser el hijo de un mago es una chulada —murmuró Cris.

—No te creas...

—¡Qué dices! Has vivido en un circo, has viajado por todo el mundo. Y mírame a mí: sólo he salido de Orballo para ir a estudiar a Santiago. ¿No te parece triste?

—Pero tienes una casa que siempre está en el mismo sitio, no como los vagones de tren y las caravanas donde yo he vivido.

—Lo que he hecho ha sido morirme de aburrimiento. Pero el curso que viene ingresaré en la Escuela Superior de Marina Civil y, cuando obtenga el título, recorreré todos los mares del planeta, y conoceré las playas de Nueva Guinea, y las selvas de Madagascar, y las islas del Caribe...

Aunque aún no lo sabía, Cris estaba hechizado por el océano. Era una cuestión de herencia, algo casi genético; su tatarabuelo había sido marino, al igual que su bisabuelo y su abuelo. Los Touriñán procedían de una larga estirpe de navegantes y pescadores, cuyos orígenes se perdían en la bruma de los tiempos. Según decían, por sus venas la sangre corría mezclada con agua de mar, y entre sus antepasados no sería raro encontrar alguna sirena o, cuando menos, un delfín.

No obstante, el padre de Cris había roto la tradición familiar. Es cierto que en su juventud fue patrón de un pesquero, pero en cuanto reunió el dinero suficiente, adquirió un nuevo barco, y luego otro, y otro, hasta poseer una pequeña flota. Entonces dejó definitivamente de navegar. Y se hizo rico, pero también se ancló en tierra, como un viejo buque firmemente asentado sobre el dique seco.

—¿Cómo es que habéis vuelto a Orballo después de tantos

años? —preguntó Cris—. Desde que murieron tus abuelos no se os había visto por aquí.

—Mi padre necesitaba descansar. Verás, hace años que tenía el propósito de montar su propio negocio, un café-restaurante con espectáculo de magia. Este invierno se asoció con otro mago, adquirieron un local y comenzaron a reformarlo. Todo iba bien, pero las obras se retrasaron y... Bueno, hace dos meses mi padre tuvo un accidente y se rompió dos dedos de la mano derecha. Hace unas semanas le quitaron la escayola y ahora tiene que dedicar todo su tiempo a la rehabilitación. Por eso hemos venido a Orballo: mi padre necesita tranquilidad.

—Pues aquí la va a tener hasta hartarse.

Se encontraban cerca del viejo molino. Desde allí se divisaba una pronunciada perspectiva de las casas de Orballo extendiéndose a lo largo de la cuesta que conducía al mar. Al fondo se alzaba el enorme acantilado y, sobre él, la mole impresionante de la Casa del Indiano, una mansión de estilo modernista construida por un emigrante orballés que, a principios de siglo, había vuelto a su pueblo con una fortuna amasada en tierras de Venezuela. Por lo visto, el indiano no tenía familia, de modo que, cuando murió, la casa pasó a ser propiedad del Ayuntamiento. Y así, durante décadas, permaneció vacía y abandonada.

Óscar alzó la mirada y, tras advertir que el cielo estaba cada vez más nublado, miró de nuevo hacia la mansión. De pronto, en la lejanía, vio cómo una ventana del piso superior se cerraba, reflejando por un instante un destello de luz.

—Hay alguien en la Casa del Indiano —comentó.

—Claro. Ése es el principal acontecimiento ocurrido este año en Orballo. La Drees Nederlanden, una empresa holandesa de prospecciones geológicas, compró la Casa del Indiano y se ha instalado en ella —Cris contempló las nubes que llegaban del mar—. Anda, volvamos antes de que se ponga a llover. Sígueme, atajaremos por aquí.

Se internaron por el sendero que cruzaba el bosque, entre grandes masas de arbustos y frondosos eucaliptos. A los pocos minutos comenzó a llover. Cayeron primero unas gruesas y frías gotas que, al poco, se convirtieron en una densa cortina de agua. Óscar y Cris recorrieron a la carrera el último tramo del camino forestal, hasta desembocar en la carretera. Estaban muy cerca del pueblo, pero la lluvia era demasiado intensa como para intentar regresar en aquel momento, así que buscaron refugio bajo el dosel de una cercana parada de autobús.

Un cuarto de hora más tarde, la lluvia, lejos de amainar, parecía obstinarse en batir algún récord pluviométrico. Entonces, un coche giró la curva en dirección a Orballo y se detuvo al llegar a la altura de los muchachos. El cristal del lado del conductor descendió con un zumbido eléctrico y la cara de un hombre barbudo y con gafas apareció en la ventanilla.

—¿Esto es Orballo de San Buenaventura? —preguntó, con un leve acento indefinido.

Óscar y Cris asintieron a la vez.

—¿Sabéis dónde se encuentra la casa del profesor Abravanel?

—Detrás de la iglesia —contestó Cris—. En una calle pequeña, sin salida. Es la casa que tiene las contraventanas verdes.

—Ibais al pueblo, ¿no? —dijo el desconocido—. ¿Queréis que os lleve?

Óscar y Cris, hartos de ver caer agua, no dudaron un segundo en aceptar aquella oferta, así que entraron en el coche y se acomodaron en el asiento trasero. El desconocido les preguntó por sus nombres y luego se presentó a sí mismo:

—Soy Dante Oberon, el sobrino de Moisés Abravanel.

Dicho esto, arrancó el coche en medio de un estruendoso chirrido de neumáticos y enfiló carretera adelante a toda velocidad.

* * *

Dante Oberon tenía un aspecto decididamente excéntrico. Alto y delgado, sus oscuros cabellos parecían necesitar urgentemente una visita al peluquero; sin embargo, la barba que cubría su mentón estaba pulcramente recortada. Pero eran sus ojos, atrincherados tras unas gafas de lentes circulares, el rasgo más extravagante de su fisonomía: el ojo derecho era negro y el izquierdo azul. Por lo demás, Dante aparentaba treinta y tantos años, tenía la voz grave y, aunque era extranjero, resultaba imposible deducir la nacionalidad de su acento.

Cuando llegaron a la casa del profesor Abravanel, la lluvia ya había amainado. Dante aparcó el coche en el callejón y sacó una llave del bolsillo.

—Me la dieron en Santiago; estaba entre las pertenencias de mi tío —dijo, y añadió—: Voy a entrar un momento y luego os llevaré a vuestra casa. Esperadme aquí.

Óscar y Cris observaron a través de las ventanillas cómo el sobrino del profesor se introducía en el edificio. Las luces se encendieron. Apenas un minuto más tarde, Dante apareció de nuevo por la puerta, haciéndoles señas con la mano. Óscar y Cris salieron del coche y se acercaron a él.

—Pasad, por favor —les pidió Dante, inexpresivo.

Los muchachos intercambiaron una mirada de extrañeza y entraron en la casa, para encontrarse de golpe con un panorama desolador. El salón estaba totalmente desordenado: había centenares de libros tirados por los suelos, papeles revueltos, cajones caídos cuyo contenido yacía esparcido sobre las baldosas...

—¿Tenéis idea de quién puede haber hecho esto? —preguntó Dante.

—Quizá los chavales del pueblo —sugirió Cris con repentino nerviosismo.

—O un ladrón —añadió Óscar—. Debería denunciarlo, señor Oberon.

—Llámame Dante... —murmuró el hombre—. Antes de

acudir a la policía debería averiguar si se han llevado algo —contempló el desordenado salón—. Aunque aquí hay un buen montón de trabajo —se volvió hacia los muchachos—. ¿Queréis ganar un poco de dinero? Se trata de ayudarme a poner en orden todo esto. No hace falta que me contestéis ahora; pensadlo. Si decidís aceptar, venid aquí mañana a primera hora de la tarde. Por cierto: ¿sabéis dónde puedo alquilar una lancha? Tengo que ir a una isla, creo que se llama... Xas.

—Tu padre tiene barcos —le dijo Óscar a Cris—. Quizá pueda alquilarle uno.

—Mi padre no alquila sus barcos —repuso Cris, visiblemente inquieto; miró su reloj—. Es muy tarde, tengo que irme.

—Os llevaré en el coche —se ofreció Dante.

—No hace falta, ya casi no llueve —dijo Cris mientras abandonaba la casa apresuradamente.

Óscar se despidió del sobrino del profesor y partió en busca de su amigo.

—¿Qué te pasa? —preguntó cuando logró alcanzarle.

—¿A mí? Nada. Que tengo prisa, eso es todo. Escucha, nos vemos mañana al mediodía en la plaza. ¿De acuerdo?

Cris se despidió con un gesto nervioso y desapareció a toda prisa por una de las calles laterales. Óscar enarcó las cejas con perplejidad y luego echó a andar lentamente hacia su casa, sin darse cuenta de que a unos pocos metros de distancia, oculto en las sombras de un soportal, alguien espiaba la escena. Era un hombre alto, de piel blanca, pelo rubio y ojos intensamente azules. Se llamaba Lupo, aunque ése no era su verdadero nombre. En la muñeca, oculto bajo el reloj, llevaba un extraño tatuaje: tres rayas entrecruzadas formando una especie de zeta torcida.

El signo de Eihwaz.

CAPÍTULO 2

La patrulla perdida

El centurión Marco Plauto Longino comprendió finalmente que las cosas marchaban condenadamente mal cuando comenzó a nevar. Al ver caer los primeros copos, alzó la mano derecha, dando a sus hombres la orden de detenerse; luego se volvió hacia Cornelio Izhak Ezri-el, su intérprete, y le ordenó:

—Pregúntale a los celtas si saben dónde estamos.

Izhak se aproximó a Fiach y Bron, los dos guías britanos, y les habló en su idioma. Éstos prorrumpieron al instante en una algarabía de voces y gemidos, negaron varias veces con la cabeza, se dejaron caer de rodillas y comenzaron a cubrirse de polvo y tierra la cabeza.

—No lo saben —dijo Izhak—. Pero afirman que esto no es Britania.

—¿Que no es Britania? —al hablar, el vaho de su aliento se condensaba en densas bocanadas de vapor helado.

Marco Plauto señaló a los dos celtas, que continuaban revolcándose por el suelo.

—¿Qué les pasa a ésos? ¿Se han vuelto locos?

—Están asustados. Dicen que el dios Teutates nos ha arrojado una maldición.

—No debimos acampar en el círculo de piedra —dijo una voz entre las filas de soldados—. Ese lugar está hechizado.

—Te he oído, griego —exclamó Aufidio Décimo, sargento de tropa y segundo en el mando de la patrulla, dirigiéndose como un rayo hacia Isquirión, el mercenario cretense que había hablado—. ¿Tienes algún problema, bárbaro ignorante?

—Sólo digo lo que pensamos todos, sargento. Esto es cosa de magia.

—¡Basta ya! —ordenó con voz autoritaria Marco Plauto—. No quiero oír más murmuraciones. Aquí no pasa nada extraño. Sencillamente, nos hemos perdido, eso es todo. Pasaremos la noche en este lugar y mañana encontraremos el camino —se volvió hacia Aufidio Décimo—. Ocúpate de instalar el campamento. Luego dispón la guardia.

El sargento se dirigió como una exhalación hacia los legionarios.

—¡Vamos, moveos, pandilla de vagos! —gruñó—. ¡Montad las tiendas de una vez! Y tú, maldito cretense, vas a cortar leña hasta que se te pasen las ganas de chismorrear como una vieja.

Mientras Aufidio Décimo organizaba el campamento, Marco Plauto le indicó a Cornelio Izhak que le siguiese y ambos se encaminaron hacia la formación rocosa que se alzaba frente a ellos, entre los árboles. El centurión advirtió que Izhak se arrebujaba en su pelliza de piel de cabra, intentando protegerse del frío. Marco simpatizaba con aquel hombre menudo y cultivado, pese al hecho de que Cornelio Izhak no era realmente un soldado ni, a decir verdad, tan siquiera un romano, ya que había nacido en Jerusalén, la capital de Judea. Pero Marco Plauto Longino era un hombre pragmático, de modo que ni creía que la milicia fuese la forma más elevada de vida, ni sostenía la idea de que los romanos constituyesen una raza superior. La experiencia le había enseñado a valorar tan sólo las cualidades de las personas y, en ese sentido, Cornelio Izhak era un hombre admirable.

—Tenemos que hablar —dijo el romano cuando se alejaron de los oídos indiscretos de sus hombres—. No se trata sólo de que nos hayamos perdido, Izhak —señaló con un gesto vago los copos que caían mansamente—. Este frío, la nieve... Por Júpiter, ¿no lo hueles? Huele a invierno, y estamos en pleno verano. Además el terreno ha cambiado. Anoche, cuando acampamos en el círculo de piedras, nos encontrábamos en una llanura. Y esta mañana hemos amanecido en un bosque de montaña.

Llegaron a la altura de las rocas. Marco Plauto se apoyó contra una de ellas y permaneció unos minutos ensimismado en sus pensamientos. Aquel asunto había comenzado mal desde el principio. Para empezar, Cayo Julio César no debería haberse empeñado en volver a Britania. Después, cuando aquella tormenta arrasó gran parte de la armada romana, todo el plan de invasión tendría que haberse suspendido. Pero no se hizo así y ello propició el último acto del desastre: el jefe britano Caswallawn logró unificar a todas las tribus y ahora se dedicaba a hostigar con notable éxito a las legiones de Roma. Y ahí era donde aparecía él, Marco Plauto, veterano de las Galias, jefe de la Primera Centuria de la Tercera Cohorte perteneciente a la Séptima Legión, bajo las órdenes del legado Tito Fonteius. Marco Plauto Longino, el valiente legionario, el héroe, el imbécil que había logrado granjearse el odio de su jefe.

Desde el desembarco en Britania, Tito Fonteius le había asignado las misiones más peligrosas. Su última ocurrencia fue encomendarle una tarea suicida: ponerse al frente de una reducida patrulla formada por quince legionarios, un sargento, dos guías y un traductor, e internarse durante la segunda semana del mes *sextilis* en territorio enemigo, con el objetivo de localizar las posiciones de Caswallawn. Aunque el auténtico propósito de aquella misión no era otro que deshacerse de un oficial molesto. Pero los britanos no acabaron con el centurión, porque la patrulla jamás llegó a encontrarse con ellos. No, las cosas tomaron otro rumbo: Marco Plauto, sencillamente, se había extraviado.

—Los guías tienen razón —murmuró el romano mientras contemplaba cómo la nieve se amontonaba sobre las ramas de los árboles—: esto no es Britania.

—He estado observando el Sol —dijo Izhak—. Su posición no es la misma que ayer. Me parece que nos encontramos mucho más al Norte.

—¿Pero cómo es posible algo así? Tú eres un hombre instruido, Izhak. Alguna explicación se te habrá ocurrido.

—Creo que todo ocurrió en el círculo —dijo el hebreo tras unos instantes de reflexión—. Esas piedras son muy antiguas y mucha gente las considera mágicas.

—¿Tú crees en la magia? —Marco Plauto enarcó las cejas—. Esas piedras no son más que templos bárbaros erigidos por los celtas a sus dioses.

—Te equivocas, amigo mío —le corrigió Izhak—. Cuando los celtas llegaron a estas tierras, los círculos de piedra ya eran viejos. Yo los he visto en mi país, en Hispania, en la Galia, incluso en Itálica. Y en todas partes se les atribuyen grandes poderes. Nunca había creído en ello, pero...

—Pero ahora empiezas a creer.

—No lo sé... Anoche, cuando acampamos en el círculo de piedra, los guías britanos me suplicaron que nos fuéramos de allí, ya que, según ellos, en esos lugares abundan los demonios y los endriagos. No hice caso, pero luego llegó la bruma... —Izhak se estremeció, aunque esta vez no de frío—. No era una niebla normal, Marco. Parecía luminosa, brillante. Y luego vino ese viento helado, y las estrellas cambiaron. Creo que fue entonces cuando nos perdimos.

«¿Cómo podía perderse alguien sin moverse del lugar donde estaba?», pensó Marco Plauto. Luego dijo:

—Quizá tengas razón, Izhak. Ahora, volvamos al campamento. Mañana al amanecer giraremos sobre nuestros pasos y regresaremos al círculo de piedra. Si fue allí donde nos extraviamos, será allí donde encontremos la ruta correcta.

Cornelio Izhak echó a andar junto a Marco Plauto. No quería contradecirle, pero sospechaba que no iba a ser tan sencillo dar con el camino a casa.

CAPÍTULO 3

Abril

Durante la mañana del día siguiente a su llegada, Dante se dedicó a recorrer el puerto en busca de una barca de alquiler, pero lo único que encontró fue una fría, distante y poco amistosa acogida. Todos aquellos con los que habló se mostraron recelosos y suspicaces, limitándose a contestar lacónicamente a sus preguntas. «No» fue el monosílabo que más emplearon.

Al cabo de un par de horas, cansado de intentar entablar conversación con gente que no deseaba hablar con él, Dante se dirigió a la iglesia. Había recibido una nota del padre Elías, invitándole a asistir a la misa de funeral que, en memoria de Moisés Abravanel, iba a celebrarse en el templo parroquial al mediodía.

La iglesia permaneció vacía durante la ceremonia. El padre Elías, famoso por oficiar las misas más rápidas de toda la región, batió ese día su propio récord y en poco más de veinte minutos dio por terminado el funeral. Dante se dirigió entonces a la sacristía para presentarle sus respetos al sacerdote.

—Espero que te haya gustado la misa —dijo el padre Elías, que, ayudado por un monaguillo, estaba despojándose de los ropajes ceremoniales a toda velocidad—. Aunque tu tío era judío, pensé que un funeral era lo mínimo que podía hacer por él.

—Mi tío no era un hombre muy religioso —sonrió Dante—, pero seguro que le hubiera encantado una ceremonia tan hermosa. Aunque no ha acudido mucho público, ¿verdad?

—La gente de este pueblo es muy peculiar.

—Sí, empiezo a darme cuenta —Dante se rascó la cabeza—. Verá, padre, tengo entendido que usted conocía a mi tío.

—Era un buen hombre, y me honraba con su amistad.

—Ya. La cuestión es que no estoy muy seguro de saber a qué se dedicaba Moisés últimamente, y he pensado que quizá usted pueda ayudarme. ¿Qué hizo mi tío mientras estuvo aquí?

El padre Elías se había despojado ya de las vestimentas ceremoniales y estaba terminando de abrocharse la sotana. Le hizo un gesto al monaguillo y el muchacho desapareció de la sacristía como una exhalación.

—Moisés llegó a Orballo a principios de enero —dijo el sacerdote, tomando asiento frente a una mesa de madera—. Ignoro qué es lo que andaba buscando, pero durante unos días se dedicó a recorrer el pueblo y los alrededores. Sé que estuvo examinando los archivos del Ayuntamiento y que habló con mucha gente, sobre todo con los ancianos. Al parecer, estaba interesado en ciertos sucesos acaecidos cincuenta años atrás. Recuerdo que la primera vez que lo vi fue en el cementerio, deambulando entre las tumbas. Se acercó a mí y me pidió permiso para consultar los documentos parroquiales. Bueno, se trataba de un reputado historiador, así que hablé con las autoridades eclesiásticas y, tras obtener su licencia, le permití a Moisés examinar a su antojo los archivos de la iglesia. Así fue cómo encontró el *Códice Ambrosino.* Supongo que eso fue lo que le puso tras la pista de los megalitos de Xas.

—¿Qué es el *Códice Ambrosino?*

—A mediados del siglo trece, una comunidad religiosa, la orden de San Ambrosio, fundó un monasterio en Xas. Los monjes apenas estuvieron allí un año: a finales de 1257 abandonaron repentinamente la isla y no volvieron a poner un pie allí. La orden se disolvió y sus miembros ingresaron en los Hospitalarios. Pero Alberto de Mondragón, el prior de San Ambrosio, escribió un documento relatando la historia de la orden. Ese documento es conocido como el *Códice Ambrosino*, y en él se menciona la existencia en Xas de un antiguo templo pagano de piedra. Tu tío leyó el texto y supongo que ésa es la causa de que fuera a la isla.

Dante permaneció un buen rato en silencio.

—El accidente que sufrió mi tío ocurrió durante la noche —dijo al fin—. ¿Solía pernoctar en la isla?

—Oh, sí, lo hacía de vez en cuando. Tenía una tienda de campaña y algunas noches las pasaba en Xas. Yo le advertí que eso era una locura para un hombre de su edad, pero él decía que así le cundía más el tiempo —el padre Elías suspiró—. Al final, desgraciadamente, se demostró que yo tenía razón.

—Antes de su muerte, ¿notó algo raro en mi tío?

—¿Algo raro? —el cura enarcó las cejas.

—Sí, un cambio en su conducta, algo fuera de lo normal. Quizá hizo algún comentario extraño...

—Bueno, últimamente parecía preocupado. Recuerdo que le pregunté si sucedía algo. Él, en vez de contestarme, me preguntó a su vez si yo creía en el mal. Le contesté que, como católico, creía en el Diablo, pero él señaló que no se refería a eso, sino a la existencia de personas totalmente malas. Bueno, en mi opinión, todos llevamos en nuestro seno una semilla de bondad plantada por Dios, y así se lo dije. Recuerdo que él me miró muy serio y contestó: «Hay seres absolutamente malvados, y yo los he visto».

—¿A qué se refería?

—No tengo ni idea. A veces, Moisés se volvía muy críptico.

— Ya veo... Supongo que eso es todo, padre —dijo Dante, levantándose de la silla—. Por cierto, ¿podría examinar ese documento, el *Códice Ambrosino?*

—Se trata de un manuscrito muy valioso y no creo que un profano...

—Al igual que mi tío, me dedico a la investigación histórica. Si lo desea le mostraré mis credenciales.

—No, hijo, no hace falta; te creo. Pero, aun así, no está en mi mano mostrar ese documento. Necesitaría la autorización del obispado.

—Por supuesto. Pero, verá, voy a continuar con las investigaciones de mi tío, y creo que ese documento puede serme útil. Así que le agradeceré mucho que solicite el permiso —Dante se encaminó hacia la puerta, pero antes de salir añadió—: Por cierto, padre, llevo toda la mañana intentando alquilar una barca para ir a la isla, y la gente me trata como si fuera un apestado.

—Los habitantes de Orballo son muy supersticiosos. Piensan que la isla está maldita. Son tonterías, claro, pero me temo que no conseguirás que nadie te lleve allí —suspiró—. Lo mismo le sucedió a Moisés. De todas formas, la Guardia Civil encontró en el mar la barca de tu tío. Puedes reclamarla.

Dante se despidió del sacerdote, abandonó la iglesia y, silbando desafinadamente una juguetona melodía, se internó en las soleadas calles de Orballo. Las primeras piezas del rompecabezas comenzaban a encajar.

* * *

Óscar encontró a Cris sentado en un banco próximo al gran roble centenario que crecía en el centro de la plaza. El reloj del Ayuntamiento marcaba las doce del mediodía.

—Hola —Óscar se acomodó junto a su amigo—. ¿Cómo estás?

—Bien.

—Pues no lo parece.

—Estoy perfectamente, ¿vale?

Óscar advirtió el mal humor de su amigo, de modo que decidió permanecer en silencio. Paseó la mirada por la plaza, hasta detenerla en un grupo de jóvenes *veinteañeros* que, congregados cerca de una pequeña fuente, charlaban animadamente en inglés. Todos llevaban camisetas blancas estampadas con el dibujo de tres palmeras entrecruzadas, en cuya base aparecían las iniciales «I.H.C.».

—¿Quiénes son? —preguntó Óscar, señalándolos con un cabeceo.

—Miembros del campamento de verano —respondió Cris—. Pertenecen al *International Holiday's Club*, o algo así, una organización de vacaciones formada por jóvenes de todos los países. Están acampados cerca de la playa de Mouro.

Óscar examinó detenidamente al grupo de veraneantes. Tenían un aspecto realmente saludable: facciones regulares, cuerpos musculosos y piel tostada por el sol. Parecían modelos publicitarios. Por el rabillo del ojo, Óscar advirtió que una pareja se aproximaba al grupo. Se trataba de un chico y una chica; él, con el torso cubierto, como los otros, por la camiseta de las palmeras, era alto y fornido, con el pelo rubio y los ojos intensamente verdes. Ella... Bueno, lo cierto es que Óscar jamás había visto una muchacha tan bonita. Tenía unos dieciséis o diecisiete años, el pelo del color del trigo en agosto y los ojos azules como dos jirones de cielo.

—¿Sabes quién es esa chica? —preguntó Cris, sonriendo por primera vez.

—Un sueño —murmuró Óscar, sin apartar los ojos de la muchacha.

—Pues tú la conoces.

—Imposible. Me acordaría de ella.

—Bueno, por aquel entonces no tenía tanto... de todo. Es la hija menor de los Ribera. A veces jugaba con nosotros; ¿no te acuerdas? Se llama Abril.

¿Abril?... Óscar evocó la imagen de una niña pecosa y descarada que, si la memoria no le fallaba, prefería los rudos juegos de los muchachos a las más tranquilas diversiones de las niñas.

—¿Ésa es Abril? —preguntó incrédulo—. Menudo cambio.

Óscar enmudeció. La muchacha había vuelto la mirada hacia él y, tras reconocerlo, había echado a andar en su dirección.

—Tú eres Óscar, el hijo del mago —dijo al llegar a su altura—. ¿Te acuerdas de mí? —y sin esperar respuesta, continuó hablando—: Jugábamos juntos de pequeños. Una vez me cortaste el pelo con unas tijeras.

—Lo siento, yo...

—No importa. El pelo me volvió a crecer —Abril sonrió y el día se volvió instantáneamente más luminoso—. ¿Sabes?, siempre te tuve envidia. Eso de ser el hijo de un ilusionista es fantástico. ¿Es cierto que naciste en un circo?

—Pues...

—Claro que sí, ya lo sé. Tu vida es como una novela. Un día de éstos me lo tienes que contar todo —Abril comenzó a alejarse—. Me alegro de haberte visto, Óscar. Hasta luego, Cris.

—Es preciosa... —murmuró Óscar, contemplando cómo la muchacha regresaba junto al grupo de veraneantes.

—Sí, pero habla demasiado —Cris contempló con ojos divertidos el aspecto embobado de su amigo—. Más vale que no te hagas ilusiones, muchacho. ¿Ves a ese rubio lleno de músculos que está con ella? Es un paraguayo llamado Fabián Santamaría. Y, ¿sabes?, se le ve mucho con Abril.

Justo en aquel momento, los miembros del IHC echaron a andar en dirección a la playa. Abril se volvió hacia Óscar y agitó la mano alegremente. Éste le devolvió el saludo, pero la muchacha ya había apartado la mirada y se alejaba junto al joven rubio y musculoso. Óscar, sintiéndose un idiota, dejó caer la mano que tenía alzada. Al cabo de unos minutos de silencio se volvió hacia Cris.

—¿Qué vas a hacer esta tarde? —preguntó.

—Nada. ¿Por qué?

—Bueno, Dante dijo que nos pagaría si le ayudábamos a ordenar la casa.

—Yo no pienso ir —contestó Cris secamente.

—Pero si ayer decías que estabas sin un duro.

Cris se levantó del banco y miró fijamente a su amigo.

—Escucha: tú puedes hacer lo que te venga en gana, pero yo no pienso volver a poner un pie en esa casa. ¿Está claro?

—Muy claro, pero no lo entiendo. ¿Qué te pasa, Cris? Anoche parecías un manojo de nervios, y ahora...

—No quiero tener nada que ver con Dante Oberon. Y punto. Tampoco quiero seguir hablando de este tema. Ahora me voy a dar una vuelta. Si quieres acompañarme, vale. Pero si vas a seguir dándome la tabarra, será mejor que lo dejemos correr.

Óscar levantó las manos con gesto apaciguador.

—De acuerdo, de acuerdo. No me meteré en tus asuntos.

Mientras caminaban en silencio hacia la parte baja del pueblo, Óscar pensó que Cris parecía muy asustado.

Pero, ¿a qué le tenía tanto miedo?

* * *

Óscar se presentó en el domicilio de Dante a primera hora de la tarde. La puerta estaba abierta y del interior de la casa surgía el sonido a todo volumen de una pieza de *rock* sinfónico. Golpeó con los nudillos en la entreabierta hoja de madera. Al no obtener respuesta, gritó:

—¡Señor Oberon, estoy aquí!

Pero sus palabras quedaron ahogadas por un potentísimo acorde de guitarra, así que Óscar decidió entrar en la casa. Encontró a Dante en el salón, recogiendo papeles del suelo mientras tarareaba desafinadamente la canción que sonaba con inusitada potencia en el equipo de sonido.

—¡Señor Oberon! —aulló Óscar.

Pero Dante, vuelto de espaldas y ensordecido por la música, continuó cantando a voz en cuello.

—¡Señor Oberon! —insistió Óscar, dándole un toquecito en la espalda.

Dante pegó un grito y se giró en redondo. Los papeles que tenía en los brazos salieron despedidos hacia arriba.

—¡Vaya, muchacho, qué susto me has dado!

—¡¿Cómo dice?! —preguntó Óscar, llevándose una mano a la oreja.

—¡Que me has asustado! —gritó Dante.

—¡Con esa música no puedo oírle!

—¡¿Qué dices?! —preguntó a su vez Dante, inclinándose hacia el muchacho.

Óscar señaló el equipo de sonido.

—¡¡Demasiado volumen!! —gritó.

Dante desconectó el aparato. Instantáneamente, la habitación se sumió en un reconfortante silencio. Dante sacó la casete y se la mostró a Óscar.

—Es el álbum *Relics*, de Pink Floyd. Grabación de 1971. Una joya —guardó la cinta en su funda y añadió—: ¿Dónde está tu amigo?

—¿Cris? —Óscar improvisó rápidamente una excusa—: Tenía que hacer unos encargos para su padre, señor Oberon.

—Llámame Dante... —se ajustó las gafas—. Pues es una pena que no haya venido, porque aquí hay trabajo para una brigada —recogió del suelo un fajo de folios y lo depositó sobre la mesa—. En fin, más vale que empecemos cuanto antes. Lo primero es reunir los documentos de mi tío. Así que dejaremos sobre la mesa del despacho todos los papeles que encontremos, ¿de acuerdo? Luego te ocuparás de ordenar los libros por orden alfabético. Pero eso después; ahora ponte a buscar papeles —cogió una de las casetes que había junto al reproductor—. *¡Close to the Edge,* de Yes! —exclamó, y luego, con un susurro, añadió—: Un álbum mítico.

Óscar pasó el resto de la tarde intentando poner orden en la casa. Mientras trabajaba, la música de los años sesenta y setenta que tanto le gustaba a Dante no cesaba de sonar ensordecedoramente en el equipo de sonido. Notando en las sienes los latidos de un incipiente dolor de cabeza, Óscar amontonó todos los documentos que encontró sobre la abarrotada mesa del despacho. Luego comenzó a ordenar los libros alfabéticamente, como le había indicado Dante. Sólo entonces fue consciente de la magnitud de la tarea que le aguardaba: allí había, literalmente, miles de volúmenes. Al atardecer, Dante desconectó el equipo de música y le dijo a Óscar que podía irse.

—Mañana continuaremos —comentó.

—Verá, señor Oberon, mañana...

—Llámame Dante —le interrumpió—. Y tutéame, demonios, a fin de cuentas sólo soy increíblemente más viejo que tú. ¿Qué decías?

—Que mañana es la fiesta del pueblo.

—Hummm... Vaya, qué contrariedad —dijo Dante; luego, sonriendo, añadió—: Pero la festividad de San Buenaventura es una buena razón para descansar —sacó su cartera, extrajo un par de billetes y se los entregó a Óscar—. Esto es un adelanto sobre tu paga, para que te diviertas en la fiesta. El domingo tengo que ir a Santiago, de modo que reanudaremos el trabajo el lunes. Por cierto, sería fantástico que Cris, o quien sea, viniera a ayudarte. Iríamos más rápido.

* * *

En cuanto Óscar se hubo ido, Dante, silbando una suave balada de los Beatles, fue en busca de una caja de herramientas. Luego, con ayuda de un destornillador, desmontó el teléfono. Lo examinó durante unos minutos y, tras comprobar que no había nada extraño en él, volvió a montarlo. Acto seguido se puso de rodillas y recorrió el salón a gatas, comprobando cada centímetro de cable, hasta llegar al despacho, lugar donde el hilo desaparecía por un agujero perforado en la pared. Dante salió al exterior, apoyó una escalera contra el muro norte de la casa, subió rápidamente los peldaños y desatornilló la tapa de una caja de conexiones telefónicas.

Lo vio inmediatamente. Era un pequeño objeto de plástico negro con dos cables fijados a los hilos del teléfono. Un transmisor de radiofrecuencia cuya función era intervenir las llamadas telefónicas.

—De modo que hay alguien espiando... —murmuró Dante; luego, volvió a atornillar la tapa del cajetín y musitó—: Ahora sólo falta saber quién es.

CAPÍTULO 4

Los hombres de piedra

El ataque se produjo a última hora de la mañana y, cuando llegó, lo hizo de un modo tan violento como inesperado. Marco Plauto había dado la orden de levantar el campamento una hora antes de la salida del Sol. Ya no nevaba, pero el viento soplaba fuerte del Norte, hiriendo la piel de los legionarios, mal pertrechados para un tiempo invernal, como un cuchillo helado. Antes de iniciar la marcha, Marco Plauto reunió a los hombres y les habló acerca de sus planes: se habían perdido, por tanto volverían al círculo de piedra e intentarían encontrar el camino correcto. Eso era todo. ¿Alguna pregunta?

Nadie habló. Los legionarios se limitaron a mirarse entre sí en silencio, con incertidumbre y aprensión. Fiach y Bron, los guías britanos, permanecían mudos, con el rostro pálido y la mirada perdida, como si presintieran un peligro ominoso cerniéndose sobre ellos.

La patrulla inició la marcha poco antes de que los primeros rayos del Sol tiñeran de oro las cumbres de las montañas. A mediodía llegaron a la altura de un río que discurría junto a unas colinas de granito y se detuvieron allí para aprovisionarse de agua. Unos minutos más tarde reiniciaron la marcha siguiendo el sendero que, en aquel punto, corría paralelo al río, justo al pie de las colinas. No habían dado más de cien pasos cuando, de repente, como surgiendo de la nada, una lluvia de piedras se abatió sobre ellos. Se trataba de rocas de buen tamaño y su número era tan nutrido que resultaba casi imposible esquivarlas.

—¡Agrupaos y protegeos con los escudos! —ordenó Marco Plauto.

Los hombres obedecieron instantáneamente y adoptaron una formación defensiva, con los escudos alzados sobre sus cabezas a modo de parapeto.

—¡Retrocedamos! —ordenó Marco Plauto, comprobando que la lluvia de piedras, lejos de disminuir, arreciaba en intensidad—. ¡Id hacia el río!

Los legionarios, estrechamente agrupados y con los escudos siempre en alto, se apartaron del camino y se adentraron en el agua hasta quedar fuera del alcance de las piedras. Sólo entonces apartaron los escudos para poder contemplar lo que había sucedido. Licinio, Aqueón y Trasilo, tres de los legionarios, yacían muertos en el sendero, medio enterrados por las piedras que, aun ahora, continuaban cayendo sobre ellos.

De pronto, sobre las colinas, aparecieron los hombres de piedra. Eran un centenar de guerreros, altos y fornidos, de piel clara y cabellos rubios. Se cubrían con pieles e iban armados con lanzas y hachas de sílex. Muchos de ellos llevaban el rostro pintado de rojo y negro, lo que les confería un aspecto decididamente temible. Se detuvieron en lo alto de la colina, contemplando a los legionarios romanos, que permanecían inmóviles con el agua al nivel de la cintura. Uno de los hombres de piedra, un individuo de enorme tamaño que llevaba en la cabeza un casco adornado con plumas de águila, comenzó a descender por la ladera de la colina.

—Ésos no parecen los hombres de Caswallawn —dijo Marco Plauto; luego le ordenó a Cornelio Izhak—: Pregúntales a los guías si saben a qué tribu pertenecen.

Izhak habló brevemente con Fiach y Bron. Éstos le contestaron con susurros y sacudidas de cabeza.

—Ignoran qué tribu es ésa —dijo el hebreo—. Pero no son celtas.

Marco Plauto asintió, pensativo, mientras examinaba la orilla opuesta. Era imposible escapar por allí; ese lado del río estaba plagado de grandes rocas cubiertas de zarzas. A izquierda y derecha sólo había agua, y frente a ellos se interponían los guerreros de piedra. La patrulla no tenía escapatoria.

El gigante del casco emplumado, que por su autoritaria actitud parecía ser el jefe de aquella horda, se detuvo en mitad de la ladera. Alzó su hacha de piedra y habló a los legionarios en una lengua extraña, llena de consonantes duras como agujas de granito.

—¿Entiendes lo que dice? —le preguntó Marco Plauto al traductor.

Cornelio Izhak dominaba doce idiomas, sin contar el latín, el griego y el hebreo, que prácticamente eran sus lenguas maternas. Sin embargo, en aquella ocasión se vio obligado a reconocer su ignorancia. Marco Plauto aguardó con paciencia a que el jefe de los hombres de piedra concluyese su violento e incomprensible discurso. Entonces se adelantó unos pasos y, levantando un brazo en señal de saludo, dijo:

—Soy Marco Plauto Longino, jefe de la Primera Centuria de la Tercera Cohorte perteneciente a la Séptima Legión, bajo el mando supremo del cónsul Cayo Julio César. En nombre de Roma yo os saludo, extranjeros. Comprendo que hayáis pensado que invadíamos vuestro territorio, pero os aseguro que estamos de paso y no abrigamos ninguna intención hostil hacia vosotros. Permitid que continuemos nuestro camino en paz y ello os granjeará la bendición de la poderosa madre Roma.

El jefe de los bárbaros contempló a Marco Plauto con ojos inexpresivos. Luego se agachó y, levantándose el taparrabo, le mostró a los legionarios su peludo trasero. Los hombres de piedra prorrumpieron en carcajadas.

—Me parece —comentó el soldado Isquirión— que ese tipo acaba de decirnos dónde podemos meternos las bendiciones de la madre Roma, centurión.

—¡Cállate, carroña griega! —bramó Aufidio Décimo—. ¡Como vuelvas a abrir la boca lamentarás haber nacido!

—Ya lamento haber nacido, sargento —dijo Isquirión,

señalando con un cabeceo a los bárbaros—. Además, si seguimos en este río, nos congelaremos.

Marco Plauto pensó que difícilmente iban a disponer del tiempo necesario para congelarse. El coloso del casco emplumado se dirigía ahora a sus hombres con grandes aspavientos; sus palabras resultaban incomprensibles, pero el efecto enardecedor que causaban en los guerreros dejaba muy claro que aquello era una arenga.

—Van a atacarnos —murmuró Marco Plauto.

Izhak se aproximó chapoteando al centurión.

—¿Has visto su armamento, Marco? —preguntó—. Es todo de piedra; no llevan ningún arma de metal.

—Ya. Pero me temo que, ante una proporción de diez a uno, el acero no va a suponer una ventaja muy relevante.

—Tampoco llevan arcos —insistió Izhak—. Es más, creo que esos tipos no han visto un arco en su vida.

—Son demasiados —objetó el centurión—. Ni siquiera tenemos flechas suficientes para todos.

Izhak sujetó a Marco por el brazo y le miró con fijeza.

—Puede que una sola flecha sea suficiente —dijo—. ¿No lo entiendes?

Marco Plauto reflexionó unos segundos, desconcertado por las palabras del hebreo. De pronto, sus ojos se iluminaron.

—¡Claro! —exclamó—. Puede que funcione, Izhak —se volvió hacia los legionarios—. Anteo, ven aquí.

Uno de los soldados se aproximó al centurión. Se trataba de un hombre de baja estatura, pero extremadamente fornido y ancho de hombros. A la espalda llevaba un pesado arco de bronce y un haz de flechas.

—Dicen que los espartanos sois los mejores arqueros de Grecia —prosiguió Marco Plauto—. ¿Es cierto?

—Somos los mejores arqueros del mundo —le corrigió Anteo.

—Muy bien, pues vamos a demostrárselo a esos bárbaros. ¿Ves a ese tipo con aspecto de oso, el del casco emplumado?

Pues quiero que le atravieses de un flechazo. No se trata de herirle. Quiero que muera al instante. ¿Podrás hacerlo?

—Con los ojos cerrados.

Marco Plauto asintió, complacido.

—Perfecto —dijo, y añadió—: Pero, por si acaso, mantenlos abiertos.

Anteo sacó una flecha del carcaj, la montó en el arco y aguardó. Entre tanto, los bárbaros se mostraban cada vez más exaltados, gritando como diablos mientras agitaban con furia sus mazas de piedra. De pronto, su jefe dejó de hablar y levantó los brazos con gesto autoritario. Al instante, los hombres de piedra enmudecieron. Tras unos segundos de tenso silencio, el jefe dio un nuevo grito y los bárbaros, como un solo hombre, se lanzaron aullando ladera abajo, en dirección a los legionarios.

—Nos van a masacrar... —musitó el soldado Isquirión.

Aufidio Décimo se volvió hacia el cretense, pero en el último momento decidió no reprenderle. A fin de cuentas, el soldado tenía razón: iban a masacrarlos.

—Prepárate, Anteo —dijo en voz baja Marco Plauto.

El espartano tensó la cuerda del arco y mantuvo la vista fija en el jefe de los bárbaros que, corriendo en primera línea, se acercaba a toda velocidad hacia ellos. Cuando calculó que el gigante se hallaba a la distancia adecuada, contuvo el aliento y, con un casi imperceptible gemido, soltó la cuerda. La flecha hendió el aire y, describiendo una brillante parábola, fue a hincarse profundamente en el pecho del jefe de la horda, justo en el corazón. El gigante se derrumbó sobre el suelo como un bisonte herido por el rayo. Al instante, sus hombres se detuvieron. En silencio absoluto, con los ojos llenos de estupefacción, contemplaron el cadáver del que hasta aquel momento había sido su líder indiscutible. Uno de ellos se acercó al cuerpo y lo zarandeó tímidamente. Luego tocó con supersticioso respeto el astil de madera que sobresalía del pecho del cadáver.

—¡Ha funcionado! —exclamó por lo bajo Marco Plauto—.

Esos salvajes deben de estar preguntándose cómo es posible que un palito haya podido matar a su jefe.

—Para ellos, una flecha es cosa de magia —convino Izhak.

Los hombres de piedra, congregados en torno al cuerpo de su jefe, se miraban entre sí con gestos de desolación y temor, y se hablaban en voz baja, como si temieran que una presencia invisible pudiera espiar sus palabras. Finalmente, recogieron el cadáver y comenzaron a remontar la suave ladera de la colina, hasta desaparecer por detrás de su cima. Cuando el último de los hombres de piedra se hubo marchado, los legionarios prorrumpieron en una cerrada ovación, palmeando con entusiasmo la espalda de Anteo y cantando a voz en grito las excelencias de los arqueros espartanos. Marco Plauto los hizo callar con un gesto.

—No os pongáis tan contentos —dijo—. Esto sólo es una tregua. Esos salvajes no tardarán en elegir otro jefe y, entonces, vendrán a por nosotros. De modo que más vale que nos vayamos cuanto antes de aquí.

Los soldados, con el ánimo algo menos exultante, salieron a toda velocidad del agua. Izhak se aproximó a Marco Plauto.

—¿Continuaremos por el sendero hacia el círculo de piedra? —preguntó.

—Ya sé que eso supone marchar al descubierto. Pero, ¿qué otra opción tenemos? —se volvió hacia Aufidio Décimo—. Sargento, dispón a los hombres en columna. Partiremos inmediatamente a paso ligero.

—¡Ya habéis oído al centurión, escoria! —tronó la voz de Aufidio Décimo—. ¡Vamos, moveos!

Unos minutos más tarde, los legionarios de la patrulla perdida de Marco Plauto Longino comenzaron a recorrer el sendero con un trote rápido y constante. El círculo de piedra se encontraba a cinco horas de marcha. Sólo cinco horas.

Una eternidad. En particular, para los que nunca conseguirían llegar.

CAPÍTULO 5

Incidente en la noche de San Buenaventura

Renard saludó con un gesto a los individuos armados que montaban guardia en el jardín, cruzó la puerta principal de la Casa del Indiano y se dirigió a la amplia escalinata de mármol que conducía a los pisos superiores. Subió los peldaños de dos en dos, caminó hacia la puerta que se alzaba al fondo del pasillo y entró en una oscura habitación. Cuando sus ojos se acostumbraron a las penumbras, pudo distinguir la frágil figura del viejo inválido sentado en su silla de ruedas.

—¿Qué quieres, Renard? —la voz del anciano era grave y oscura.

—Ha llegado al pueblo un hombre que afirma ser el sobrino de Moisés Abravanel y se ha instalado en su casa.

—¿Un sobrino? —los ojos del anciano se entornaron—. Ignoraba que el pequeño sabio tuviera familia. ¿Cómo se llama?

—Dante Oberon, señor.

—Dante Oberon... ¿Debe preocuparnos ese hombre, Renard?

—Quizá, señor. Ha intentado alquilar una barca para ir a la isla.

—Haz que lo vigilen. Quiero saber quién es ese Dante Oberon —el inválido hizo una pausa—. Por cierto, Renard, ¿ha llegado ya el equipo?

El gigante notó que el sudor comenzaba a perlar su frente. El anciano siempre tenía frío, de modo que había varias estufas encendidas y en la habitación reinaba un calor asfixiante. Pero no era eso lo que le hacía sudar: Renard sabía que había cometido un error, y que ese error estaba retrasándolo todo. Y también sabía que el anciano no se caracterizaba precisamente por su indulgencia.

—No, señor, el equipo todavía no ha llegado —contestó Renard—. El fabricante pone excusas, dice que es muy precipitado y...

Se interrumpió. Todo había ocurrido un par de semanas antes, cuando pusieron a prueba el equipo que habían comprado a Electrocom, una pequeña empresa californiana. Se trataba de un sonar de alta definición, un sofisticado sistema de detección capaz de obtener imágenes muy nítidas del fondo marino. Había costado una pequeña fortuna, pero cuando intentaron ponerlo en funcionamiento descubrieron con sorpresa que aquel costoso instrumento estaba estropeado. El fabricante aceptó cambiarlo, pero los días pasaban y la empresa californiana demoraba la entrega del nuevo material, alegando que su agenda de pedidos estaba saturada. Todo aquello había ocasionado un gran retraso y, dado que Renard fue el encargado de la compra del sonar, también era, por tanto, responsable de los problemas que pudieran derivarse de ella.

—Estoy decepcionado, Renard —el anciano respiró profundamente—. ¿Por qué no se comprobó antes de su envío que el equipo estaba en buen uso?

—Lo hizo el fabricante —protestó Renard—. Quizá el sonar se dañó durante su traslado...

—O quizá esa maldita empresa yanqui ni siquiera se molestó en comprobar el material. No podemos esperar más. Habla con nuestros agentes de Estados Unidos y diles que presionen a ese estúpido fabricante de artefactos —hizo una pausa y luego, en tono helado, añadió—: Quiero que el equipo se encuentre en nuestras manos, y en perfecto estado de funcionamiento, antes de una semana. ¿Está claro?

Renard asintió. El inválido desvió la mirada, dando a entender que aquella conversación había concluido. Renard se dirigió cabizbajo hacia la puerta. Iba a salir cuando, guiado por un impulso, se volvió hacia el anciano.

—Yo... —vaciló—. Lo siento mucho, padre.

Padre... El inválido notó cómo un latido de orgullo vibraba en su corazón. Miró de nuevo a Renard y le indicó con un gesto que se aproximara. El gigante se arrodilló junto a él y apoyó la cabeza sobre sus muertas piernas.

—No volverá a ocurrir —musitó—. Perdóname, padre.

El anciano sonrió y cabeceó con agrado. Sí, él era el padre de una inmensa prole, el progenitor de una estirpe de inmaculada pureza. Posó una temblorosa mano sobre la cabeza de Renard y acarició sus blancos cabellos.

—De acuerdo, hijo mío —dijo, casi con ternura—. Esta vez, Eihwaz te perdona —y en tono admonitorio, añadió—: Pero nunca vuelvas a fallarnos. Nunca.

* * *

Orballo amaneció el sábado con el estruendo de los cohetes y los sones de las fanfarrias; era el día grande del pueblo, el quince de julio, festividad de San Buenaventura. A primera hora de la mañana Cris fue en busca de Óscar, lo sacó literalmente de la cama, lo metió en la ducha y luego ambos se dirigieron al puerto, donde tenía lugar una regata de traineras. A partir de ese momento, los diversos actos de la celebración de San Buenaventura se fueron sucediendo sin interrupción. A las once el alcalde pronunció un pregón desde el balcón de la casa consistorial. Media hora más tarde se celebró la misa mayor y a las doce se inició la romería a la cercana ermita del santo. Luego todos fueron al muelle para dar cuenta de la *sardinada* ofrecida por el Ayuntamiento. La fiesta, en fin, discurría con total normalidad, cuando un extraño suceso tuvo lugar.

Simeón Orolés, un hombre enjuto y renegrido cuya edad podía oscilar entre los ochenta y los doscientos años, era buhonero; desde tiempo inmemorial recorría los pueblos de Galicia vendiendo cacharros de latón y hierbas curativas. También, aunque más de tapadillo, comerciaba con filtros de amor y talismanes de la buena suerte, razón por la cual se le consideraba un poco brujo. Aquella tarde, mientras un grupo de danzas bailaba una muñeira junto al malecón, Simeón Orolés, cubierto con una capa negra y un sombrero ancho, bebía tranquilamente un vaso de vino en el improvisado tenderete que hacía las funciones de bar. De pronto, el buhonero dejó caer el vaso al suelo al tiempo que de su boca surgía un grito desgarrador. La música cesó al instante y la gente dejó de charlar y de beber. Simeón, con los ojos muy abiertos y la expresión alucinada, avanzó unos pasos, señalando con un dedo sarmentoso a las personas que le rodeaban.

—*¡Tades ameigados!* —exclamó; su voz parecía el graznido de un cuervo—. *¡A Escuridade aniñou no Orballo e hásevos meter na alma! ¡A maldición de Xas caerá sobre as vosas cabezas sen que ninguén poida fuxir dela!*

—¿Qué dice? —le preguntó Óscar a Cris.

—Es Simeón el buhonero. Dice que..., bueno, que el pueblo está maldito y que las fuerzas del mal se apoderarán de nuestras almas. Tonterías.

—Pero ha mencionado Xas —señaló Óscar.

—No es más que un viejo borracho —Cris sacudió la cabeza—. Anda, vámonos.

Pero Simeón Orolés no estaba borracho. Cuando dejó de gritar permaneció unos instantes inmóvil, sorprendido y desconcertado. Sus pupilas se movían de un lado a otro, como si no fuera capaz de reconocer el lugar donde se encontraba. Finalmente, agachó la cabeza, recogió sus cosas y abandonó el pueblo. Los que le conocían de antiguo afirmaron que su comportamiento no podía haber sido más extraño, ya que Simeón siempre se caracterizó por ser un hombre discreto y reservado.

Pero pronto todos olvidaron el incidente y la fiesta continuó. En cierto momento, mientras un pasacalles recorría la calzada al son de una gaita y un tambor, Óscar distinguió a lo lejos la maravillosa figura de Abril Ribera, cogida del brazo de Fabián Santamaría, el atlético miembro del club de vacaciones. Óscar agitó la mano, saludando a la muchacha, pero Abril parecía muy interesada en la conversación de su acompañante y ni siquiera lo vio. Óscar bajó la mano, sintiéndose de nuevo vagamente ridículo, y contempló cómo la pareja se perdía de vista.

Al anochecer, el escenario instalado en la plaza resplandeció con la luminosidad de los focos, mientras que acordes de guitarra, batería, gaita y violín comenzaban a sonar en los grandes altavoces situados a ambos lados del proscenio.

El concierto estaba a punto de comenzar, y con él llegaría también el desagradable incidente en el que Óscar se iba a ver infortunadamente implicado.

* * *

Se llamaban La Banda de la Ostra, un grupo de *rock* celta en cuya música se mezclaban los sones tradicionales irlandeses, bretones y gallegos. Nada más comenzar a tocar, cientos de jóvenes se congregaron en torno a la plataforma; nadie quería perderse una de las primeras fiestas del verano.

Cris le presentó a Óscar varias muchachas de la localidad y éste pasó la primera parte del concierto bailando sin descanso. En ocasiones, entre los centenares de cuerpos que se agolpaban en la plaza, Óscar lograba distinguir a Abril y a Fabián, que, situados muy cerca del escenario, se movían al ritmo de la música. El joven paraguayo parecía haber bebido demasiado y sus tambaleos le conferían el aspecto de un barco a la deriva en medio de un temporal.

Después del entreacto, demasiado cansado para seguir bailando, Óscar se instaló en un lateral de la plaza y allí permaneció un buen rato, escuchando la música mientras bebía un refresco. Cris se había encontrado con una prima suya, una muchacha llamada Alicia, y ambos estaban en mitad de la muchedumbre, charlando y bailando animadamente. Óscar los saludó con la mano.

Entonces, amortiguado por el volumen de la música, escuchó un grito.

Había mucha gente gritando, por supuesto; pero aquél no era un grito de euforia, sino de miedo. Óscar se puso en pie y cerró los ojos, concentrándose en los sonidos. Y de nuevo escuchó el grito. Un grito de mujer, apenas audible en medio del estruendo reinante, que parecía provenir de la parte trasera del escenario.

Echó a correr en esa dirección, atravesó la doble fila de vallas que bloqueaba el acceso a la plataforma, se internó entre la maraña de cables y comenzó a rodear el armazón de tubos metálicos que sostenía el escenario. Allí el sonido de la música era más apagado, de modo que Óscar pudo escuchar con más nitidez un rumor cercano de jadeos y lamentos. Entonces los vio.

Abril y Fabián estaban apoyados en un muro de piedra, muy apretados el uno contra el otro. Óscar pensó que acababa de meter las narices en algo que no le concernía y, sintiéndose un perfecto imbécil, comenzó a retroceder en silencio. Pero, mientras se alejaba, advirtió que Abril intentaba apartarse de Fabián.

—¡Déjame, me haces daño! —gritó la muchacha.

Fabián Santamaría le tapó la boca con una mano e intentó besarla en el cuello. Abril luchó por zafarse; tenía la blusa rasgada y el pelo revuelto.

—¡Suéltala! —gritó Óscar, avanzando unos pasos.

Fabián giró la cabeza y lo contempló con ojos turbios.

—Lárgate —advirtió amenazador—. Ésta no es una fiesta para niños.

—Me parece que a esa chica no le gusta nada tu fiesta —replicó Óscar—. Vamos, déjala en paz, has bebido demasiado.

—¡Fuera de aquí, cretino! —bramó Fabián.

Y, desentendiéndose del muchacho, comenzó a manosear torpemente a Abril. Óscar encajó la mandíbula, respiró hondo y, tomando carrerilla, le propinó un violento empujón a Fabián. El joven se desplomó sobre el suelo, arrastrando en su caída a Abril, que se dio un fuerte golpe en la cabeza contra el muro. Fabián se levantó resoplando como un búfalo enfurecido.

—¡Te voy a matar, desgraciado! —bramó.

Y lanzó contra Óscar una serie de coléricos puñetazos. El muchacho esquivó con facilidad los golpes, pero Fabián comenzó a perseguirlo, girando en torno al escenario hasta llegar a las vallas que daban acceso a la plaza. Óscar saltó por encima de ellas y fue a chocar contra un grupo de jóvenes que bailaba en corro.

—¡Eh, cuidado, colega, que nos atropellas! —protestó alguien.

Fabián apartó las vallas metálicas a patadas y, con una mirada asesina brillando en sus ojos, se abalanzó contra Óscar. Éste saltó ágilmente a un lado, apoyó las manos en el suelo y giró en el aire, para caer de pie un par de metros más allá. Fabián no pudo frenar su acometida y chocó contra el corro de danzantes.

—¡Contrólate, tío, que nos vas a matar! —dijo alguien.

Fabián apartó a empujones a cuantos lo rodeaban y, tras proferir, literalmente, un rugido, se lanzó de nuevo a por Óscar. Parte del público comenzó a congregarse en torno a los combatientes. Fabián era cuatro o cinco años mayor que Óscar y, a juzgar por su tamaño, parecía disponer de un juego extra de músculos. Pero Óscar se movía con una agilidad extraordinaria. En ningún momento intentó devolver los golpes; se limitaba a esquivar y fintar, pero lo hacía con tal ligereza que aquello parecía más la lucha entre un torero y un toro que un combate de boxeo. La gente pareció darse cuenta y, al poco, comenzaron a corear con «olés» cada una de las fintas y quiebros que realizaba el muchacho.

Eso enfureció aún más, si cabe, a Fabián. Jadeando, intentó coordinar sus ataques de una forma más efectiva. Avanzó lentamente hacia Óscar, manteniéndolo a distancia con una serie constante de puñetazos al aire que lo obligaban a recular. Al cabo de unos segundos, la espalda del muchacho chocó contra unos cubos de basura. No podía retroceder más: estaba acorralado.

—Ahora vas a tener que pelear como un hombre —Fabián sonrió ferozmente.

Y, con los puños levantados y el cuerpo inclinado hacia delante, se abalanzó contra Óscar. Los espectadores contuvieron el aliento: el muchacho no podía escabullirse ni por la izquierda ni por la derecha, estaba perdido... Pero lo que sí podía hacer era escapar por arriba, y eso fue exactamente lo que hizo. Cuando Fabián llegó a su altura, dispuesto a machacarlo a puñetazos, Óscar flexionó las piernas y saltó por encima de él, como si jugaran a pídola. Cayó de pie justo detrás de Fabián, pero éste, sin poder controlar su acometida, fue a estrellarse violentamente contra los cubos de basura. Entonces la gente comenzó a ovacionar a Óscar; varios jóvenes le estrecharon la mano, asegurándole que jamás habían visto a nadie pelear así. Óscar se apartó jadeante y buscó a Abril con la mirada. Entonces un grito furioso resonó a su espalda, acompañado de un estrépito de vidrios rotos.

—¡Te voy a matar!

Óscar se giró en redondo y vio que Fabián, con un hilo de sangre fluyendo de su frente, se había puesto en pie y avanzaba amenazador hacia él, aferrando en una mano el gollete de una botella rota. Las afiladas aristas de cristal brillaron bajo los focos como una promesa de muerte. Durante un instante nadie se movió, todo pareció congelarse. Entonces alguien se interpuso entre Óscar y Fabián, dirigiéndose con voz autoritaria a este último.

—*Stop it, Fabián! You are making a scene!* —dijo; luego, con fuerte acento inglés, añadió—: ¡Vuelve ahora mismo al campamento! Vamos, *go away!*

Fabián Santamaría mantuvo los ojos fijos en Óscar, como si quisiera asesinarlo con la mirada; luego dejó caer la botella al suelo y se alejó rápidamente, apartando a empujones a quienes se cruzaban en su camino. El recién llegado se volvió hacia Óscar. Era un joven de *veintipocos* años, de pelo castaño y rostro agradable. La chaqueta azul que llevaba le acreditaba como miembro del IHC.

—Me llamo Brian Carter Brown —dijo—. Soy de Liverpool, Inglaterra. No sabes cuánto lamento lo ocurrido. En nombre del *International Holiday's Club* te ruego que disculpes el comportamiento de Fabián. *I'm shocked.*

—No tiene importancia —repuso Óscar—. Estaba borracho.

—*That's not an excuse.* Fabián ha ensuciado el nombre de nuestro club. Ahora debo irme; de nuevo te pido disculpas.

El joven desapareció entre el gentío y Óscar volvió la mirada hacia la plaza, buscando a Abril. A lo lejos, vio cómo la muchacha, aturdida, se alejaba en compañía de dos amigas. Óscar pensó en acercarse a ella, pero en el último momento decidió que ya habían sido demasiados acontecimientos para un solo día.

Incluso para todo un verano.

* * *

Óscar despertó el domingo con unas agujetas tan intensas que parecía como si a cada músculo de su cuerpo le hubiesen hecho un par de nudos, así que estuvo casi veinte minutos bajo la ducha, disfrutando de la tibieza del agua. Luego, cuando bajó a desayunar, encontró en la cocina una nota de su padre informándole de que había tenido que salir y que no volvería hasta la tarde. Junto a la nota había una fuente repleta de bollos y pastas. Óscar calentó un poco de leche y se disponía a dar buena cuenta de su desayuno cuando sonó el timbre de la puerta. Era Abril Ribera.

—Hola —dijo la muchacha, sonriendo alegremente al otro lado del umbral.

—Ho-hola... —tartamudeó Óscar.

Si en aquel momento se hubiese celebrado un campeonato de caras de sorpresa, habría tenido garantizado un lugar en el podio.

—¿Puedo pasar? —preguntó Abril.

—Oh, sí, sí..., claro...

La muchacha entró en la casa y paseó la mirada por el salón, contemplándolo todo con curiosidad. Luego se volvió hacia Óscar.

—¿Está tu padre? —le preguntó.

—No. Se fue antes de que yo me despertase.

—Pues es una pena, porque quería decirle lo valiente que es su hijo —Abril se acomodó en el sofá—. Eres un tío fenomenal.

—Bueno, no tiene importancia...

—Sí que la tiene. Ese animal iba a violarme.

—Estaba borracho. Al final, no creo que hubiera pasado nada.

—Eso lo dices porque no eras tú a quien le estaban manoseando. Anoche, Fabián no paró de beber. Luego, durante el concierto, me dijo que se encontraba mal. Le acompañé a la parte trasera del escenario y, entonces, se arrojó sobre mí como un pulpo en celo. De no ser por ti no sé lo que habría pasado.

—¿Tú y Fabián erais...?

—No éramos nada. A mí me gustaba salir con los chicos del club de vacaciones porque..., en fin, me hacía sentir sofisticada eso de conocer gente de todo el mundo. Ya, ya lo sé: soy una idiota —se puso de rodillas en el sofá e, inclinándose hacia Óscar, le besó en una mejilla—. Esto por ser tan valiente —dijo, luego le besó en la otra mejilla—. Esto por ser tan simpático —le besó en la punta de la nariz y añadió—: Y esto por ser el caballero que me salvó de las garras del dragón.

Óscar notó al instante que se estaba sonrojando. Durante unos segundos deseó con todas su fuerzas que el suelo se abriera bajo sus pies, tragándoselo a él y el maldito rubor de sus mejillas. Afortunadamente, Abril acabó con aquella incómoda situación levantándose del sofá y cambiando de tema.

—Oye, pensaba pasar el día en la playa de Barbaña. Es

una cala preciosa, y nunca hay nadie. Está a un par de kilómetros de aquí, pero he traído mi moto y..., bueno, mucha comida. ¿Quieres venir conmigo?

Óscar recordaba vagamente haber quedado con Cris al mediodía, pero imaginaba que su amigo comprendería que existen cierto tipo de ofertas que no pueden rechazarse y sabría disculpar el plantón que iba a darle.

—Voy a por el bañador —contestó.

* * *

—Vi tu pelea con Fabián —dijo Abril mientras se daba la vuelta sobre la toalla—. O quizá debería decir tu «no pelea». ¿Dónde aprendiste a hacer eso?

Se encontraban tumbados sobre la arena de la playa, bajo un cielo maravillosamente azul y acariciados por una suave brisa que traía aromas de salitre y algas. El batir de las olas era un rumor tranquilo.

—Me enseñó un chino llamado Zhou Qing. Yo vivía entonces en un circo, y él era el jefe de una compañía de acróbatas —Óscar entrelazó los dedos y apoyó la cabeza sobre las manos—. Un día me peleé con el hijo del domador. Era mucho mayor que yo, así que me dio una buena paliza. Entonces, Zhou Qing fue a verme y me dijo: «El secreto para ganar una pelea no reside en pegar tú, sino en que no te peguen a ti».

—Eso suena muy profundo —comentó Abril, divertida—. Muy chino.

—Zhou Qing siempre decía: «La huida no tiene buena prensa, se considera cosa de cobardes. Pero, ¿qué tiene de bueno quedarte ahí para que te rompan la cabeza? Si llueve, ¿no nos guarecemos? Si hace frío, ¿no nos cubrimos? Entonces, ¿por qué no hemos de huir si alguien quiere pegarnos? Por muy fuerte que te creas, siempre habrá alguien que lo sea más que tú. Lo mejor es no pelear, huir ordenadamente y dejar que tu enemigo se canse de perseguirte.»

—Parece razonable —rió Abril.

—Lo es. Durante dos años me enseñó las técnicas que había inventado para pelear sin usar la fuerza. Sólo hacen falta buenos reflejos y agilidad.

—Pues tú lo haces muy bien —una sonrisa soñadora afloró a los labios de la muchacha—. Debe de ser maravilloso vivir en un circo. Es tan romántico...

—¿Te parece que mi vida ha sido romántica? —los ojos de Óscar se ensombrecieron—. Desde que tengo uso de razón no recuerdo haber hecho otra cosa más que moverme sin parar. Cambiaba constantemente de colegio, de modo que no tenía amigos. Nunca llegaba a estar el suficiente tiempo en una ciudad como para conocerla. Jamás tuve un hogar que pudiese considerar mío. ¿Eso es romántico?

—¿Y tu madre? ¿Qué le pasó?

—Hace ocho años, durante una gira por el Este de Europa, se puso enferma. Estábamos en Rumanía, y ningún médico pudo diagnosticar su enfermedad. Sólo tardó una semana en morir —Óscar hizo una pausa y luego sacudió la cabeza—. Pero qué fúnebres nos estamos poniendo —dijo con una sonrisa—. Anda, cambiemos de tema. Háblame de ti.

—Yo apenas he salido de La Coruña. Me paso todo el año estudiando y luego, durante el verano, ¡hala!, a este pueblo. A veces siento como si me asfixiase. Es todo tan monótono... ¿Sabes por qué me llamo Abril?

—¿Porque naciste en abril?

—Exacto. Y tuve suerte: después de todo Abril no está tan mal. Pero, ¿y si hubiese nacido en noviembre? ¿Me llamaría Noviembre Ribera?

La muchacha se echó a reír y tiró de la mano de Óscar, invitándole a ir a la orilla. Nadaron durante un buen rato, jugando con las olas y buceando entre bosques de algas y peces. Hubo un momento en que Óscar vio cómo Abril surgía del agua, con el pelo mojado y la sal pegada a la piel, y no pudo evitar pensar que aquella chica que ahora se recortaba contra el resplandor del mar era lo más bonito que había visto en su vida. Luego, consciente de que necesitaba refrescarse, metió la cabeza en el agua, intentando poner a raya el ímpetu de sus hormonas.

Después de comer pasaron un rato charlando de esto y de lo otro. La muchacha le habló de su intención de ir a estudiar informática a Madrid, y Óscar le dijo que era precisamente en Madrid donde su padre estaba montando un café-restaurante.

—Entonces, podremos vernos allí —exclamó Abril, luego contempló a Óscar con curiosidad—. Estás trabajando en casa del sobrino de ese profesor que murió, ¿no? ¿Cómo es? Ayer lo vi a lo lejos y me pareció muy atractivo.

—¿Ah, sí? —Óscar se sintió vagamente molesto—. Pues a mí me parece más bien desgarbado. Y, además, tiene un ojo de cada color.

—Sí —aceptó la muchacha—. Resulta un poco raro. Pero parece simpático.

—No he hablado mucho con él; siempre tiene la música a todo volumen.

—¿Y en qué le estás ayudando?

Óscar contó su encuentro con Dante Oberon y el desorden en que habían hallado su casa. Le describió el extraño comportamiento de Cris, y le dijo que Dante tenía la intención de proseguir los trabajos de su tío en Xas.

—Siempre he querido conocer Xas —Abril buscó con la mirada el contorno de la isla sobre el horizonte—. ¿A ti no te gustaría ir?

—Pues... —Óscar dudó unos instantes—. Supongo que sí.

— Quizá tu amigo nos lleve.

—¿Quién, Dante? —sacudió la cabeza—. No lo creo.

—Todo es cuestión de pedírselo. ¿Por qué no me lo presentas?

—¿Quieres conocer a Dante? —Óscar evocó los centenares de libros que le quedaban por ordenar y se le ocurrió una idea—. ¿Tienes algo que hacer mañana? —preguntó de repente.

CAPÍTULO 6

Marcas ocultas

—Fantástico —dijo el arqueólogo, contemplando a Óscar y a Abril—. Entre los tres acabaremos antes —se inclinó hacia el muchacho y añadió—: Además, tu amiga es mucho más guapa que Cris, ¿eh?

Le guiñó un ojo (el azul) y conectó el equipo de música. Al instante, un torrente de sonido brotó a raudales por los altavoces.

—¡A trabajar! —gritó Dante, ojeando unos papeles.

Abril, que hasta aquel momento había permanecido muda, se puso a recoger libros del suelo. Al cabo de unos minutos torció el gesto, se dirigió con paso decidido al equipo de sonido y lo desconectó.

—¿Qué pasa? —preguntó Dante.

—Me voy a quedar sorda. Además esa música es prehistórica.

—¿*Trilogy*, el mejor álbum de Emerson, Lake & Palmer, es prehistórico? —Dante parecía escandalizado.

—Vaya, señor Oberon, sus gustos musicales se estancaron en el siglo pasado —Abril sonrió—. Trabajaremos sin música; así podremos charlar.

Dante frunció el ceño y se enfrascó de nuevo en la tarea de ordenar los papeles que se amontonaban sobre la mesa. Al poco rato, Abril preguntó:

—¿Su tío era arqueólogo, señor Oberon?

—Arqueólogo, experto en Arte, historiador y lingüista —contestó Dante, sin apartar la mirada de sus papeles.

—Ya... Y usted va a continuar con las excavaciones en Xas, ¿verdad?

—Sí.

—¿Qué hay en la isla?

—Trilitos, menhires y un crónlech.

—¿Qué es un crónlech?

—Un conjunto de piedras dispuestas en círculo.

Abril meditó unos instantes.

—Su tío era judío, ¿no? ¿Dónde había nacido?

—En Polonia —Dante suspiró—; pero tenía nacionalidad israelí.

—Y trabajaba en Estados Unidos.

—Sí.

—¿Y usted? Su nombre es italiano, pero el apellido, la verdad, nunca lo había oído. Y tampoco reconozco su acento. ¿Dónde ha nacido?

—Mi querida amiga —repuso Dante, volviéndose hacia ella; tras su sonrisa se agazapaba un fastidio apenas oculto—, en otro momento estaré encantado de contestar a ese cuestionario que me estás formulando, pero ahora, si no te importa, trabajemos en silencio.

—Lo siento, hablo mucho —el rostro de Abril se convirtió en un monumento a la inocencia—. Pero, a partir de ahora... —se llevó un dedo a los labios—: shhhh...

Trabajaron durante toda la mañana, y también después de comer. Al ser dos los que se ocupaban de poner orden (Dante se limitaba a revisar papeles), el trabajo avanzó con tanta rapidez que a última hora de la tarde ya habían concluido su labor.

—Bueno, esto parece un palacio —dijo Dante mientras contemplaba el ordenado salón—. Os merecéis una justa recompensa. Esperad un momento.

El arqueólogo subió rápidamente las escaleras. Óscar suspiró, sacudiéndose el polvo de las manos, y contempló a Abril. La muchacha estaba arrodillada al lado del teléfono, intentando alcanzar algo que permanecía oculto tras el sofá.

—¿Qué haces? —preguntó Óscar.

—Aquí hay algo caído —respondió Abril al tiempo que cogía el objeto blanco y rectangular que yacía en el suelo, detrás del mueble—. Es un bloc de notas.

Abril observó atentamente el pequeño cuaderno. Luego se incorporó pensativa, sacó de su bolso una lima de uñas, cogió un lápiz y, con ayuda de la lima, comenzó a rayar la mina de grafito sobre la primera hoja del bloc. En ese momento regresó Dante.

—Llega vuestro jornal, muchachos... —el arqueólogo se detuvo en seco al ver la extraña labor en que estaba enfrascada Abril—. ¿Qué haces?

—He encontrado este bloc de notas detrás del sofá —repuso la muchacha—. Está en blanco, pero la primera hoja del cuaderno ha sido arrancada, y violentamente, ya que el borde superior está rasgado. Alguien, supongo que su tío, escribió algo en esa primera hoja con un bolígrafo y luego él, u otra persona, la arrancó. Sin embargo, el bolígrafo dejó marcas en la hoja de abajo. Utilizando polvo de grafito quizá podamos descubrir lo que había escrito.

Sopló suavemente sobre el papel. Una nube gris flotó en el aire, pero parte del polvo permaneció adherido a las débiles marcas dejadas por el trazo del bolígrafo, poniendo al descubierto un conjunto de garabatos entre los que destacaba una palabra seguida de un signo de interrogación:

E I H W A Z ?

—¿Dónde has aprendido a hacer eso, muchacha? —preguntó Dante.

—En una película. La verdad es que no sabía si iba a funcionar.

—¿Qué significa «eihwaz»? —intervino Óscar.

Dante se acomodó en una silla y comenzó a mesarse la barba con aire ausente.

—Es una runa —dijo al fin—. Las runas son signos de origen escandinavo. Durante mucho tiempo se pensó que eran una imitación del alfabeto griego realizada durante el siglo segundo después de Cristo. Pero algunos autores creen que las runas son mucho más antiguas; incluso hay quien afirma que provienen del Neolítico.

—Y *eihwaz* es el nombre de una de esas runas... —dijo Abril.

—Sí. Hay veinticuatro. En concreto, *eihwaz* es el nombre germánico de la runa escandinava *Yr,* que en inglés antiguo se denomina *ëöh*.

—Ya. Pero, ¿qué significa? —preguntó Óscar.

—Bueno, *eihwaz* representa al tejo y suele simbolizar..., en fin, la muerte.

—¿Por qué escribiría el nombre de esa runa el profesor Abravanel? —preguntó Abril, pensativa.

—Es normal —dijo Dante—. En los mcgalitos de Xas hay inscripciones rúnicas. Mi tío estaría dándole vueltas a una traducción y escribió eso en el bloc.

—¿Cómo es el signo de *eihwaz?*

—Así... —Dante cogió un rotulador y trazó rápidamente tres líneas:

Abril contempló fijamente las tres rayas entrecruzadas. Luego se levantó y comenzó a pasear de un lado a otro del salón.

—Le voy a contar lo que pienso —dijo de pronto—. Encontré el cuaderno junto al teléfono. Aparentemente, es uno de esos blocs que se usan para anotar recados. Tal como yo lo veo, el profesor Abravanel estaba hablando por teléfono y, mientras, hacía garabatos con el bolígrafo; escribió *eihwaz*, porque el nombre de esa runa estaba relacionado con su llamada. Pero, ¿por qué escribió *eihwaz,* con todas las letras, en vez de dibujar sencillamente su signo? Porque no estaba pensando en la runa, sino en algo que se llama como la runa.

—Algo que se llama *eihwaz* pero que no es *eihwaz*... ¿El qué?

—No tengo ni idea —contestó Abril, sonriente—. ¿Y usted?

—Es tu teoría —replicó Dante—. ¿A dónde quieres llegar?

Óscar contempló alternativamente a Dante y Abril. Parecía como si se hubiese entablado entre ellos una especie de campeonato de «a ver quién es más listo».

—Verá, señor Oberon —prosiguió la muchacha, sonriente—, tengo un amigo guardia civil que está destinado en el cuartel de Muros. Bueno, pues ese joven, que es muy simpático y me suele contar muchas cosas de su trabajo, me ha dicho que hay aspectos muy oscuros en la muerte de Moisés Abravanel. Según el informe forense, el profesor se golpeó la cabeza y murió ahogado cuando una ola volcó su barca. Sin embargo, aquella noche el mar estaba absolutamente en calma.

—El mar siempre es peligroso —repuso Dante—. Y más de noche.

—Es cierto —reconoció Abril—. Pero acaba usted de mencionar otro de los puntos oscuros. El patrón de un pesquero que volvía a Orballo al anochecer vio la barca del profesor amarrada al muelle de la isla, de modo que su tío tuvo que hacerse a la mar en plena noche. ¿Por qué lo hizo?

—Porque en el último momento decidió no pernoctar en Xas —repuso Dante—. Era un hombre muy mayor; quizá se sintió indispuesto e intentó volver al pueblo.

—Mi amigo, el guardia civil, me dijo también que el profesor Abravanel tenía un tatuaje muy extraño en el brazo: un número.

—Me decepcionas, muchacha —replicó Dante con ironía—. Tendrías que saber lo que eso significa. Durante la Segunda Guerra Mundial, mi tío fue internado en un campo nazi de concentración. Y los nazis identificaban a sus prisioneros tatuándoles un número. ¿Ves?, no hay ningún misterio —Dante se levantó y comenzó a rebuscar entre sus cintas de música—. Mi tío sufrió un accidente y se ahogó. Eso es todo.

Abril apoyó las manos en las caderas y lo miró desafiante.

—¿Y esto? —preguntó, señalando con un gesto la habitación—. Alguien ha registrado la casa a fondo. ¿Qué buscaba?

—Si fue un ladrón, dinero. Y si fueron unos chiquillos, diversión.

—¿Lo ha denunciado a la Guardia Civil? A fin de cuentas, el cuartel sólo está a veinticinco kilómetros de aquí.

—Ayer fui a Muros y denuncié este terrible allanamiento de morada. Insistí en que avisaran a la Interpol y quizá intervenga la CIA. ¿Estás satisfecha?

La muchacha ignoró el sarcasmo y sonrió con inocencia.

—Disculpe, señor Oberon. Todos mis amigos dicen que hablo demasiado... Por cierto, ¿va a ir pronto a Xas?

—En cuanto reparen la barca de mi tío. ¿Por qué?

—Óscar y yo queríamos pedirle que nos llevara a la isla.

—Ni hablar —exclamó Dante—. Yo voy allí a trabajar, no a cuidar de dos adolescentes con la imaginación calenturienta.

—Pero...

—Es inútil que insistas, no voy a llevaros a Xas.

Dante sacó su cartera del bolsillo y extrajo de ella unos billetes. Los repartió entre Óscar y Abril, le alcanzó el bolso a la muchacha y luego, casi a empujones, los condujo hacia la salida.

—Habéis hecho un buen trabajo —dijo, abriendo la puerta—. Me encantaría poder charlar un rato más, pero tengo cosas que hacer, así que otro día será.

«Endiablada muchacha...», pensó Dante mientras cerraba la puerta. «Aunque muy lista», añadió mentalmente. Luego cogió el cuaderno de apuntes y observó los trazos que el polvo de grafito había puesto al descubierto.

Eihwaz... Una runa, sí. ¿Pero qué demonios significaba?

* * *

—Por un momento pensé que eras la nieta de Sherlock Holmes —dijo Óscar mientras caminaban bajo la dorada luz de la puesta de Sol.

—Dante Oberon nos ha mentido —repuso Abril—. A la hora de comer he llamado por teléfono a mi amigo el guardia civil. Me ha dicho que Dante estuvo ayer en el cuartel, sí, pero para reclamar la barca de su tío, no para denunciar el allanamiento de su casa.

—Bueno, es asunto suyo.

Abril fue a decir algo, pero en el último momento cambió de idea. Se inclinó hacia Óscar y le besó en la mejilla.

—Te llamaré —dijo, mientras comenzaba a alejarse.

* * *

—¡Yo tenía razón! —exclamó Abril mientras releía el texto que aparecía en la pantalla del ordenador.

El dormitorio se encontraba casi en completa oscuridad. Tan sólo la luminosidad de la pantalla arrojaba algo de claridad sobre el rostro de la muchacha.

—¿Todavía estás despierta? —la voz de su madre le llegó desde el otro extremo del pasillo—. Es casi la una.

—En seguida acabo, mamá —respondió Abril en voz alta, mientras archivaba el texto en la memoria del ordenador.

—No tardes. Los jóvenes deben dormir mucho. Y más tú, con lo delgada que estás.

Abril, sin hacer mucho caso a la perorata en que se había enfrascado su madre, desconectó el ordenador. Luego descolgó el auricular del teléfono y marcó un número. Al cabo de unos segundos, la voz de Óscar sonó al otro lado de la línea.

—¿Sí?

—Soy Abril. Es muy tarde, lo siento; seguro que te he despertado.

—No pasa nada, estaba leyendo. ¿Qué querías?

—He descubierto algo acerca del sobrino del profesor —Abril bajó el tono de voz—. Pero no te lo voy a contar por teléfono. Si quieres saber qué es, ve mañana a la casa de Dante a las cuatro y media.

Y con una sonrisa traviesa, Abril colgó el auricular.

* * *

Al día siguiente, a primera hora de la mañana, Dante se dirigió en su coche a Santiago de Compostela. Una vez allí fue directamente al edificio central de la compañía telefónica y, tras identificarse, solicitó información sobre las llamadas efectuadas por el profesor Abravanel desde su casa de Orballo. Al cabo de unos minutos le entregaron una hoja de ordenador en la que aparecían registradas varias conferencias al extranjero, casi todas a la Universidad de Nevada. La última, efectuada catorce días atrás, era la más inusual: el prefijo del número correspondía a Israel, en concreto a la ciudad de Tel-Aviv.

Dante se dirigió a un locutorio público y comprobó que aquel número pertenecía al profesor David Ben Shazar, catedrático de Historia Contemporánea. Habló largo rato con él y cuando, finalmente, abandonó el locutorio, su rostro mostraba una intensa preocupación. Lo que había averiguado no podía ser más alarmante: *Eihwaz* era algo mucho más peligroso de lo que jamás hubiera podido imaginar.

* * *

El coche dobló la esquina del callejón y se detuvo con un brusco frenazo. En la radio del vehículo sonaba estruendosamente una canción de Led Zeppelin. Dante descendió del automóvil y, de pronto, advirtió la presencia de Óscar y Abril junto a la puerta de la casa.

—¿Qué demonios hacéis aquí?

—Queremos hablar con usted —dijo Abril—. Sólo serán cinco minutos.

Dante cerró los ojos, se ajustó las gafas y suspiró, todo a

la vez.

—De acuerdo —concedió—. Cinco minutos.

Abrió la puerta y entraron en la casa. Abril se dirigió a la mesa del salón, sacó del maletín un ordenador portátil, lo conectó y, mientras pulsaba alegremente el teclado, comentó:

—¿Sabe una cosa, señor Oberon? Me encantan los ordenadores. Por mi último cumpleaños convencí a mi padre de que me pagase la inscripción a Internet...

—Oye, un momento —le interrumpió Dante—. ¿Vas a hablarme de informática?

—Tranquilo. No le voy a soltar ningún rollo. Sólo quería que supiese que puedo navegar por Internet. Verá, ayer estuve pensando y recordé que muchas universidades están conectadas a la red. Investigué un poco y descubrí que la Universidad de Nevada edita una revista electrónica —pulsó una tecla y en la pantalla del ordenador apareció un largo texto en inglés—. En esa revista hay artículos, chistes verdes, cartas de protesta contra los profesores y... ¿sabe qué más?

—Sospecho que me lo vas a decir.

—Necrológicas —concluyó Abril—. ¿Y sabe qué necrológica aparecía en el último número de la revista? La de su tío. Voy a leerle un fragmento: «El distinguido profesor Moisés Abravanel, catedrático de Historia Antigua de nuestra Universidad, falleció el pasado cinco de julio víctima de un accidente marítimo acaecido en las costas de España». Ahora viene un poco de rollo, bla, bla, bla, y llegamos a lo más interesante: «El profesor Abravanel, nacido en Polonia el diez de junio de 1920, era hijo único de una familia de intelectuales judíos...» —Abril miró fijamente a Dante—. «Hijo único» —repitió—. Y si era hijo único, es que no tenía hermanos. Y si no tenía hermanos, tampoco podía tener sobrinos, ¿verdad? De modo que, si el profesor no tenía sobrinos, ¿quién demonios es usted, señor Oberon?

CAPÍTULO 7

En el círculo de piedra

Cuando los bárbaros atacaron de nuevo, la extraviada patrulla de Marco Plauto Longino llevaba más de cinco horas recorriendo el sendero a toda la velocidad que los agotados legionarios podían imprimir a sus cansadas piernas. El Sol estaba a punto de ocultarse tras las montañas y la temperatura descendía rápidamente, aunque aquello no parecía afectar mucho a los sudorosos soldados.

—Estamos muy cerca —dijo Marco Plauto—. Creo que el círculo de piedra se encuentra detrás de esa colina.

Repentinamente, unos gritos resonaron en el bosque, a ambos lados del camino. Los legionarios miraron en derredor con aprensión. Marco Plauto, sin dejar de andar, llevó instintivamente su mano al pomo de la espada.

—Están ahí... —murmuró; luego gritó—: ¡Avivad el paso!

En realidad, aquella orden era innecesaria. Al escucharse los primeros gritos, los legionarios habían acelerado su marcha sin tan siquiera proponérselo. Nuevos alaridos, cada vez más próximos, surgieron de entre los árboles. El centurión volvió la mirada. A unos centenares de pasos detrás de ellos comenzaban a distinguirse las figuras de los hombres de piedra, corriendo velozmente a través del bosque. Marco Plauto se volvió hacia Cornelio Izhak.

—Ayer dijiste que todos los pueblos sentían temor hacia los templos de piedra. ¿Crees que esos bárbaros se atreverán a entrar en el círculo?

—No tengo... ni idea —jadeó el hebreo—. Pero no perdemos nada con probarlo..., ¿verdad?

El centurión se volvió hacia sus hombres y gritó:

—¡Estamos muy cerca! ¡Si logramos llegar al círculo de piedra antes de que esos salvajes nos corten el paso, quizá consigamos salvarnos!

—¡Ya habéis oído al centurión! —bramó el sargento—. ¡Vamos, corred, perros!

De nuevo aquellas órdenes eran innecesarias. Los legionarios, impulsados por el miedo, avanzaban a la carrera, en medio del tintineo de las armas y el soplo de sus alientos. Durante unos minutos, la distancia entre perseguidos y perseguidores se mantuvo inalterada, pero cuando el camino inició la subida de la colina, los legionarios se vieron obligados a reducir el ritmo de sus zancadas, lo que permitió que los bárbaros se aproximaran peligrosamente a los más rezagados de la patrulla.

El primero en caer, atravesado por una pesada lanza de punta de sílex, fue Bleso Lépido, un veterano de las guerras contra los germanos, al que el peso de la edad había impedido mantener el ritmo impuesto por sus compañeros más jóvenes. Le siguió Kaptah, el egipcio, y Seyano, el corso, y Macro Lucano, contra cuya cabeza se estrelló una piedra del tamaño de un pomelo, y Basias, el milesio, que cayó rodando por la ladera y fue literalmente despedazado por los bárbaros.

Cornelio Izhak, agotado, se detuvo un instante, intentando recuperar el resuello. Marco Plauto lo agarró por el brazo y tiró de él.

—Vamos, Izhak. Ya falta poco.

—No... puedo... —jadeó el hebreo.

—¡Sí que puedes! —gritó el centurión—. ¡Muévete!

Con un último esfuerzo, Cornelio Izhak logró recorrer los pocos, pero escarpados pasos que le separaban de la cima de la colina.

—¡Míralo! —exclamó Marco Plauto—. ¡Ahí está!

Izhak se enjugó el sudor y vio, al pie de la colina, en medio de una pequeña llanura atravesada por un riachuelo, la mole gigantesca del círculo de piedras.

—Ahora todo es cuesta abajo —dijo el centurión—. Vamos, lo conseguiremos.

Descendieron por la ladera a toda velocidad, sorteando las rocas y los arbustos que se interponían en su camino. Al cabo de unos instantes, los hombres de piedra coronaron la cima de la colina y se lanzaron en pos de los romanos gritando cual demonios. Marco Plauto vio a los primeros legionarios que llegaban al templo, seguidos casi inmediatamente por el resto de sus compañeros. Izhak era el que marchaba más retrasado, ya que, pese a ir menos cargado (no llevaba armas), carecía de formación militar y sus músculos no estaban acostumbrados a aquellas penalidades.

Marco Plauto se encontraba muy cerca del círculo de piedra cuando escuchó un grito ahogado a su espalda. Volvió la cabeza y vio que Cornelio Izhak caía al suelo en medio de una nube de polvo. Se detuvo en seco y, mientras desenvainaba su espada, echó a correr en dirección al hebreo y se interpuso entre él y los tres bárbaros que corrían en cabeza de la horda.

El primero de ellos, un tipo musculoso y mal encarado, llegó a la altura del centurión y descargó su hacha de sílex contra él. Marco Plauto desvió el golpe con el escudo y atravesó con su espada el abdomen del guerrero. Instantáneamente, se volvió hacia el segundo bárbaro y bloqueó un feroz mazazo, al tiempo que lo golpeaba con el escudo en el mentón. El guerrero retrocedió, momentáneamente aturdido, pero no tardó ni un segundo en volver a embestir. Marco Plauto fintó y descargó el filo de la espada contra el cuello de su atacante. Entonces, por el rabillo del ojo, vio que el tercer bárbaro estaba a punto de arrojarle su pesada y mortífera lanza.

Marco Plauto supo al instante que no podía defenderse, que iba a morir. De pronto, un siseo rasgó el aire... y el centurión vio con sorpresa cómo el bárbaro soltaba la lanza y se llevaba las manos al cuello; acto seguido se desplomó sobre el suelo. Una flecha le atravesaba la garganta. Marco Plauto volvió la cabeza y distinguió entre los megalitos el brillo broncíneo del arco de Anteo, pero no se entretuvo en dar gracias a Esparta por educar tan bien a sus arqueros, ya que el grueso de la horda se aproximaba a velocidad vertiginosa.

—¡Vamos, Izhak, corre! —gritó.

—No puedo —el hebreo yacía en el suelo, sujetándose una pierna—. Creo que me he roto el tobillo.

—¡Maldita sea! —masculló Marco Plauto, envainando la espada.

Luego, sin dejar de proferir maldiciones, se inclinó sobre el hebreo, se lo cargó al hombro y echó a correr hacia el círculo de piedra.

—¡Suéltame! —exclamó Cornelio Izhak, cabeza abajo—. ¡Sálvate tú!

—¡Cállate, maldito judío debilucho! ¡Si estuvieses más en forma, no nos veríamos en esta situación!

El centurión, cargando con el peso de su amigo, intentó correr lo más rápido posible. Por detrás oía cada vez más próximos los aullidos de sus perseguidores, pero no se entretuvo en volver la cabeza y siguió corriendo, y corriendo, y corriendo... Hasta que, cuando faltaban apenas diez pasos para alcanzar el círculo de piedra, sencillamente no pudo más y se derrumbó sobre el suelo. Durante varios segundos, Marco Plauto no sintió ni escuchó nada. Luego, mientras la consciencia volvía lentamente a él, se dio cuenta de que, en realidad, no había nada que escuchar, ya que los gritos de los bárbaros habían cesado. Unas manos le ayudaron a incorporarse y alguien, quizá el sargento Aufidio Décimo, le susurró al oído:

—¡Tenía razón, centurión! ¡No se atreven a acercarse!

Marco Plauto abrió los ojos y comprobó que los bárbaros se habían detenido a una distancia de sesenta pasos del círculo. Entre jadeos y resoplidos, miraban con odio salvaje a los legionarios que se amparaban en aquel lugar sagrado.

Entonces Marco Plauto comenzó a reír, y no paró de hacerlo hasta que las lágrimas anegaron sus ojos y las carcajadas se trocaron en un acceso de tos.

* * *

De los quince legionarios que en un principio componían la patrulla, sólo habían sobrevivido siete: Isquirión el cretense, Anteo el espartano, Gran y Galda, los honderos baleares, y los romanos Marcelo Cumano, Casio Corbulo y Vigésimo Tulio. Fiach y Bron, los guías celtas, no habían sufrido el menor daño. En cuanto a Cornelio Izhak, el sargento Aufidio Décimo le había entablillado el tobillo con la pericia de quien está acostumbrado a realizar ese tipo de reparaciones corporales.

Marco Plauto se apoyó contra uno de aquellos inmensos bloques de granito bastamente tallados y contempló la escena que se desarrollaba en la llanura. Los bárbaros se habían desplegado en torno al círculo, manteniendo en todo momento una prudente distancia. Así habían permanecido toda la noche y toda la mañana, y aparentemente así se proponían continuar, hasta que los romanos, acuciados por el hambre y la sed, se decidieran a abandonar la protección que les brindaba el templo de piedra. Entre tanto, se dedicaban a asar grandes piezas de carne sobre enormes hogueras. El aroma que de ellas se desprendía provocaba lamentos de angustia en los vacíos estómagos de los legionarios. Marco Plauto se aproximó a Cornelio Izhak, que permanecía sentado en el suelo, recostado contra una piedra.

—¿Qué tal el tobillo? —preguntó el centurión, acomodándose a su lado.

—Duele —respondió el hebreo; luego señaló con un gesto a los bárbaros que se agolpaban en la llanura—. Parecen más que cuando nos atacaron la primera vez.

—Al menos el doble. ¿Crees que fueron ellos los que construyeron el círculo?

—Amigo mío, citando las palabras del insigne filósofo Diógenes: «Esos tipos no sabrían ni rascarse el trasero cuando les pica» —tras una pausa, Izhak puso una mano sobre el fornido antebrazo del centurión—. Marco, quiero darte las gracias por haberme salvado la vida.

—Me temo que lo único que hice fue aplazar lo inevitable —sacudió la cabeza—. No tiene importancia, tú hubieras hecho lo mismo por mí.

—Dudo mucho que pudiera cargarte sobre los hombros y correr con ese peso, así que no cuentes con ello —sonrió—. Lo cierto es que estoy en deuda contigo, amigo mío, y me temo que ya no tendré la oportunidad de pagártela.

—Hagamos algo —dijo Marco Plauto tras unos instantes de reflexión—: tú me contestas a una pregunta y quedaremos en paz.

—Una respuesta no vale lo que una vida.

—Tal y como están las cosas, no creo que haya mucha diferencia entre lo uno y lo otro. Y, la verdad, hay algo que siempre me ha intrigado. ¿Qué demonios haces aquí? Tú eres un hombre de letras, éste no es tu lugar, amigo mío, ¿Cómo has llegado a formar parte de esta demencial campaña?

—Como suele ocurrir, todo se debe a una mujer —Izhak suspiró—. Nací en Jerusalén, Marco, pero me crié en Roma y allí pasé la juventud. Mi intención era establecerme en esa gran ciudad. Quería fundar una academia y dedicarme a la enseñanza, así que sentí un gran orgullo cuando Flavio Craso me escogió como maestro de sus hijos. Craso es miembro de una de las familias más importantes de Roma. Posee una villa en las afueras de la capital, rodeada de jardines y arrullada por el murmullo de las fuentes, un lugar paradisíaco donde fui realmente feliz. El problema es que Craso poseía también un grupo de esclavas de gran belleza que, más o menos de tapadillo, le servían como amantes. Una de esas esclavas se llamaba Nefer y era egipcia —suspiró—. No podría describírtela, Marco. No existen palabras que puedan reflejar la hermosa negrura de su pelo, la gracia de su talle, la suavidad de su piel. El día en que vi sus ojos sentí que mi corazón se aceleraba, que mi frente se cubría de sudores fríos y que las piernas me flaqueaban.

—A veces —comentó Marco Plauto—, no hay mucha diferencia entre el amor y una pulmonía.

—Nefer fue para mí peor que la peor de las enfermedades. Me enamoré perdidamente de ella y, al cabo de un tiempo, nos hicimos amantes. Pero Flavio Craso acabó enterándose y, poco después, me acusó de haberle robado un cáliz de oro. La copa apareció en mi dormitorio, aunque te juro, Marco, que no fui yo quien la llevó allí. Me condenaron por ladrón y acabé convirtiéndome en un esclavo más de la casa. Pero Craso no se conformó con eso. Cuando supo que Julio César preparaba una expedición a Britania, no vaciló en enviarme a mí como obsequio. Un intérprete esclavo para servir al gran general en su campaña contra los celtas. Las legiones andaban necesitadas de intérpretes y..., bueno, así concluyó mi sueño de fundar una academia en Roma y dedicarme plácidamente a la enseñanza.

Marco Plauto permaneció unos segundos en silencio.

—¿Valió la pena? —preguntó al fin.

—¿El qué?

—Todo lo que te ha ocurrido; la esclavitud, la guerra, las penalidades. ¿Ha valido la pena sufrir tanto a cambio del amor de una esclava llamada Nefer?

Los ojos del hebreo se iluminaron.

—Sí —dijo escuetamente.

—Entonces, eres un hombre afortunado, amigo mío —repuso Marco Plauto, incorporándose—. Muy afortunado.

* * *

Al atardecer, los hombres de piedra decidieron cambiar de táctica y acelerar un poco las cosas, de modo que comenzaron a ir y venir al bosque, trayendo abundantes cantidades de leña que amontonaban en torno al círculo de piedra.

—¿Qué están haciendo, centurión? —preguntó Aufidio Décimo.

—No tengo ni idea —contestó Marco Plauto con la vista fija en la llanura—. Pero apostaría cien denarios de plata a que nada bueno.

Poco después, cuando el Sol estaba a punto de ocultarse tras las montañas, los bárbaros hicieron algo que parecía carecer de sentido: comenzaron a arrojar la leña que habían reunido en dirección a los legionarios.

—¿Se han vuelto locos? —preguntó el soldado Isquirión—. Están demasiado lejos para alcanzarnos.

Marco Plauto contempló con el ceño fruncido cómo los troncos arrojados por los bárbaros iban amontonándose en torno al círculo de piedra.

—No están locos —dijo en tono lúgubre—. Y tampoco quieren alcanzarnos. Creo que esos malditos salvajes se han cansado de esperar y van a encender una hoguera a nuestro alrededor. Pretenden asarnos vivos.

CAPÍTULO 8

La advertencia de Dante

Dante Oberon dio un sorbo a su refresco de cola y miró alternativamente a Óscar y Abril que, sentados frente a él, aguardaban una explicación.

—De acuerdo —dijo—. He mentido, no soy el sobrino de Moisés Abravanel. Pero, veréis, dado que el profesor no tenía familia, la repatriación de su cadáver iba a suponer un problema. Presentarme como pariente suyo era una forma de simplificar las cosas.

—Y también el modo de tener acceso inmediato a sus papeles —apuntó Abril.

—Es cierto. Pero recuerda que trabajo para la Universidad de Nevada, que es la que ha financiado las excavaciones de Xas, y necesito esos documentos.

—Claro, claro. El único problema es que, a través de Internet, he revisado la lista de miembros de la Universidad y su nombre no aparece, señor Oberon.

—Llámame Dante. Y tutéame de una puñetera vez, demonios —respiró hondo—. He dicho que trabajo para la Universidad, no en la Universidad. Soy un *free-lance*, un agente libre. No estoy en nómina.

—No me lo creo —repuso Abril—. Dudo mucho que una universidad se preste a mezclarse en un juego de falsas identidades. Lo que sí sé, Dante, es que has engañado a las autoridades, y eso es un delito. Me parece que debería contarle todo esto a mi amigo el guardia civil. A menos, claro, que nos cuentes la verdad.

—¿Sabes que el chantaje también es un delito, niña? —observó Dante.

—En primer lugar, no soy una niña. En cuanto a lo del chantaje... —se encogió de hombros—, sinceramente, no creo que me denuncies a la policía.

Dante se quitó las gafas y comenzó a limpiarlas con el faldón de su camisa. Comprobó la nitidez de los cristales y se las puso de nuevo.

—De acuerdo —dijo—. Os contaré lo que pueda —carraspeó—. Moisés Abravanel vino a Orballo en busca de algo muy valioso. Estaba a punto de dar con ello cuando, desgraciadamente, murió. Yo estoy aquí para continuar sus pesquisas. Pero ha surgido un problema: alguien más está buscando lo mismo que nosotros.

—¿Quién?

—No lo sé.

—¿Qué es eso tan valioso que buscaba el profesor?

—No te lo puedo decir, lo siento.

—No nos estás contando mucho —dijo Abril con expresión de fastidio.

—Al contrario. Os estoy contando demasiado. Pero voy a añadir algo más: tenías razón, probablemente Moisés ha sido asesinado. Y eso significa que las personas que le mataron son muy peligrosas. Esto no es un juego, y si seguís metiendo las narices, es posible que, sencillamente, corráis la misma suerte que el profesor.

La muchacha sonrió con fingida tristeza.

—No estás colaborando —suspiró—. Me parece que voy a tener que charlar con mi amigo el guardia civil.

—Un momento —intervino Óscar—. ¿Alguien tiene pruebas de que el profesor Abravanel ha sido asesinado? —nadie dijo nada—. Entonces no existe ningún delito, porque oficialmente se trató de un accidente. En cuanto a si Dante es o no sobrino del profesor, sinceramente, me importa un bledo —se volvió hacia Abril—. Esto es una locura, más vale que lo dejemos correr.

—Pero tenemos que averiguar lo que sucedió —protestó la muchacha.

—No, Abril —le interrumpió Óscar—. Yo me largo; ¿vienes conmigo?

Abril vaciló un instante. Luego, tras una profunda inspiración, movió afirmativamente la cabeza y comenzó a recoger sus cosas.

* * *

Óscar recorría la calle principal del pueblo con las manos en los bolsillos y el ceño fruncido. Parecía realmente malhumorado.

—¿Estás enfadado? —le preguntó Abril.

—Sí.

—¿Por qué? No ha pasado nada.

—Tenías que haberme contado lo que te proponías hacer.

—Bueno, averigüé que Dante había mentido y...

—¡Pues tenías que habérmelo dicho! Pero no, en vez de eso decidiste ir a su casa y actuar como un detective de película —resopló—. Mira, Abril: una de dos, o aquí se ha cometido un crimen, en cuyo caso esto nos viene grande, o no se ha cometido ningún crimen, y por tanto es una tontería darle más vueltas al asunto. Y, si quieres saber mi opinión, todo esto no son más que fantasías.

—Pero Dante ha dicho...

—Dante diría cualquier cosa con tal de que le dejásemos en paz.

Prosiguieron en silencio hasta llegar al puerto. Óscar se detuvo en el malecón y contempló el mar durante largo rato. Los graznidos de las gaviotas sembraban de ecos los muros de la dársena.

—Tienes razón —dijo finalmente Abril—. Lo siento, ¿me perdonas?

Óscar arqueó una ceja y asintió.

—Vale.

Abril inclinó la cabeza y miró a su amigo con ojos de niña arrepentida.

—¿Pero me perdonas de verdad?

—Que sí, te perdono. Pero no vuelvas a hacer algo así.

—Nunca más —dijo alegremente la muchacha, y le estampó dos sonoros besos en las mejillas—. Palabrita del niño Jesús.

Óscar, temiendo sonrojarse de nuevo, desvió la mirada hacia el mar. Sin proponérselo, sus ojos encontraron la silueta de Xas, que aquella tarde se recortaba nítidamente contra un cielo rabiosamente azul. Abril dirigió una mirada de soslayo a su amigo.

—Tienes razón —dijo—, me olvidaré del profesor Abravanel y de Dante Oberon. Sin embargo, tú sigues queriendo ir a la isla, ¿verdad?

—Pues... supongo que sí.

—Entonces, ¿por qué no vamos?

—Porque no tenemos medio de ir, ya lo sabes.

—Oh, sí que lo tenemos —repuso Abril, sonriente—. ¿Tú no eres amigo de Crisanto Touriñán? Pues Cris tiene una lancha fueraborda.

* * *

—Ni hablar —dijo Cris, sacudiendo enérgicamente con la cabeza.

—¿Por qué? —preguntó Abril.

—Pues porque... —Cris intentó dar con alguna excusa, pero no tardó en desistir—. Sencillamente, porque no.

Lo habían encontrado en el bar Arosa, uno de los locales más concurridos de Orballo, jugando al billar con unos amigos. Cris no tuvo inconveniente alguno en dejar el taco y sentarse con Óscar y Abril en una mesa apartada; sin embargo, su humor cambió radicalmente cuando supo cuáles eran sus propósitos.

—¿Te da miedo ir a Xas? —preguntó Abril—. No me lo puedo creer.

—Piensa lo que quieras. Pero no os voy a llevar a la isla.

—Bueno, pues no nos lleves. Pero, al menos, préstanos tu barca.

—¿Tenéis licencia para pilotar lanchas a motor?

Abril resopló y Óscar negó con la cabeza. Cris se encogió de hombros.

—Pues en cuanto os saquéis la licencia, os prestaré la lancha.

—Es tu barco y puedes hacer con él lo que quieras —intervino Óscar—. Pero... ¿por qué te niegas a ir a Xas?

Cris miró a un lado y a otro, se pasó una mano por la frente y tamborileó con los dedos sobre la mesa. Finalmente dijo:

—Prometedme que no os reiréis.

—Ni siquiera una sonrisita —le aseguró Abril.

Cris suspiró ruidosamente y comenzó su relato de no muy buen humor.

—Ocurrió cuando yo tenía catorce años. Aposté con unos amigos que me atrevería a ir a la isla. Fue el típico pique entre chavales, ya sabéis. El caso es que un día cogí la barca de mi padre y me dirigí a Xas. Desembarqué y fui a dar un paseo por la isla. No había recorrido ni quinientos metros cuando..., cuando los vi. Eran nueve o diez. Tenían las caras pintadas de rojo y de negro, llevaban lanzas y hachas de piedra e iban cubiertos de pieles. Parecían salvajes, seres primitivos, qué sé yo... Estaban en el sendero, a unos cincuenta metros de mí, y uno de ellos, al verme, me arrojó su lanza. Yo eché a correr y no paré hasta llegar a la lancha. Y juré no volver jamás a esa maldita isla.

—¿Quiénes crees que eran? —preguntó Óscar, desconcertado.

—Supongo que... No sé, apariciones, fantasmas.

Se produjo un largo silencio. De improviso, Abril se echó a reír.

—A lo mejor estaban rodando una película —sugirió—. O quizá era una fiesta de disfraces. Pero, por favor, ¡fantasmas!

—Ríete si quieres —Cris se levantó del asiento—. Pero yo sé lo que vi. En la isla de Xas ocurre algo muy extraño y no pienso volver.

El joven se dio la vuelta y regresó a la mesa de billar donde le aguardaban sus amigos. Óscar se volvió hacia Abril.

—No deberías haberte reído —dijo—. Se ha enfadado.

—Lo siento. Pero es una historia ridícula. ¿O tú te la has tragado?

—Creo que es sincero cuando dice que vio algo.

—Imaginaciones de chiquillo —Abril se mordió el labio inferior, pensativa—. Ahora tenemos que buscar otra forma de llegar a Xas.

—Déjalo, no lo vamos a conseguir.

—Conque no, ¿eh? —la muchacha se incorporó—. La palabra *imposible* no figura en el diccionario de Abril Ribera. Hasta luego.

—¿A dónde vas? —preguntó Óscar, sorprendido.

—A buscar un medio de llegar a la isla —contestó ella mientras salía del local.

* * *

Tras dejar a Óscar en el Arosa, Abril montó en su ciclomotor y enfiló a toda velocidad la carretera de la costa, en dirección al Sur. A dos kilómetros del pueblo encontró el lugar que andaba buscando. Se trataba de una pequeña casa de ladrillo encalado (en realidad una chabola) situada cerca de un pequeño embarcadero de madera junto al que flotaba, amarrada a un poste, una barca de pesca. El lugar parecía desierto. Abril aparcó el ciclomotor y se aproximó a la casa. La puerta estaba entreabierta, pero la muchacha se detuvo en el umbral y golpeó la agrietada hoja de madera con los nudillos.

—¿Hay alguien? —preguntó en voz alta.

Nadie respondió. Abril empujó la puerta, que se abrió en medio de un chirrido de óxido, y entró en la casa. El interior tenía aún peor aspecto que el exterior. Había unos cuantos muebles, en realidad viejos trastos desvencijados, pero la mayor parte del espacio estaba ocupado por los objetos más diversos: redes, bidones de aceite, leña, grandes rollos de soga, componentes de un motor... Aquel lugar parecía más un basurero que una vivienda. Además, un intenso tufo a pescado flotaba en el ambiente. La fuente del hedor parecía provenir del montón de sardinas secas que se agolpaban en el suelo, junto a la tosca chimenea. Abril avanzó unos pasos, mirando como hipnotizada aquella aglomeración de peces amojamados.

—¡¿Qué rayos haces aquí?! —gruñó una bronca voz a su espalda.

La muchacha se giró en redondo. Un hombre la contemplaba amenazador desde el vano de la puerta. Tenía la piel quemada por el sol y agrietada por el salitre, el pelo negro e hirsuto y los ojos pequeños. Su rostro, plagado de arrugas, mostraba una expresión de colérico enfado, aunque resultaba difícil concebir que aquellos rasgos pudieran expresar algo distinto al más profundo enojo.

—¿Es usted Isaías? —preguntó Abril, tras un parpadeo.

—Soy Isaías el Negro. Y estoy maldito, porque he hecho un pacto con el Diablo. ¿No te han dicho eso en el pueblo, niña?

—Sí —Abril sonrió amistosamente—. Pero no creo en diablos.

—¿Qué haces en mi casa? —Isaías escupió en el suelo—. ¿Venías a robar?

Abril se preguntó por qué extraño motivo podía querer alguien robar en aquel vertedero, pero decidió no plantear un debate en ese sentido.

—Venía a encargarle un trabajo. Dicen que usted es el único pescador de la comarca que se atreve a echar las redes en Xas. ¿Es cierto?

—Eso dicen, ¿eh? —Isaías masculló algo—. Pues es verdad, pesco allí. ¿Y qué?

—Fantástico, señor Isaías —Abril sonrió alegremente—. Quiero que nos lleve a mí y a un amigo a la isla.

Isaías frunció el ceño, adquiriendo, si cabe, un aspecto más amenazador.

—¿Y por qué tendría que hacer eso? —preguntó torvamente.

La muchacha sacó de su bolso los billetes que le había dado Dante y se los mostró al pescador.

—¿Le parece ésta una buena razón? —preguntó con inocencia.

Los labios de Isaías compusieron por primera vez una sonrisa —más bien una mueca—, que dejó al descubierto un puñado de dientes corroídos por las caries.

—¿Cuándo deseas zarpar, niña? —preguntó, sin apartar la mirada del dinero.

CAPÍTULO 9

Los megalitos de Xas

La desvencijada barca de pesca cortaba las olas zozobrando como una cáscara de nuez arrojada a las aguas turbulentas de un torrente. A cada sacudida, Óscar encajaba los dientes y maldecía en su interior el momento en que decidió hacer caso a Abril y embarcarse en aquella loca expedición. Sentía curiosidad por visitar Xas, es cierto, pero no tanta como para arriesgarse a morir ahogado. La muchacha, sentada en el banco de proa, tenía la mirada fija en los cada vez más próximos acantilados de Xas. Estaba muy bonita, con el pelo ondeando al viento y el rostro relajado, como si no le afectaran los constantes vaivenes que agitaban la barca.

—¿Alguna vez ha visto los fantasmas, Isaías? —preguntó de pronto.

—Muchas.

—¿Y no le dan miedo?

Isaías el Negro se encogió de hombros e hizo una mueca.

—Yo no me meto con ellos —dijo—, y ellos me dejan en paz —soltó una feroz carcajada—. Además, yo estoy en el mar y ellos en tierra. No pueden alcanzarme.

Abril sonrió con ironía y volvió a fijar la vista en los altos farallones de Xas. Quince minutos más tarde llegaron a la isla. Óscar y Abril subieron al embarcadero y contemplaron cómo Isaías el Negro daba rápidamente la vuelta en dirección al pueblo.

—Volveré dentro de seis horas —gritó el pescador—. Si no estáis, me iré.

Los muchachos cruzaron la playa de guijarros y se internaron por el sendero que se abría hacia el Oeste, admirando con ojos curiosos el denso bosque que los rodeaba, un bosque tan tupido que el resplandor del Sol apenas lograba traspasar su denso dosel de hojas y ramas. Al poco, tropezaron con unas ruinas casi totalmente cubiertas de vegetación. Se trataba de los restos de un edificio medieval de cuya estructura sólo quedaba en pie un arco ojival cubierto de hiedra.

—Es el monasterio de San Ambrosio —comentó Abril.

—¿Hubo una orden religiosa en la isla? No lo sabía.

—Bueno, no encontrarás a ningún cura por aquí. Se fueron hace siete siglos.

Prosiguieron su camino, impresionados por la melancolía y tristeza que desprendía aquel lugar. A unos cuatrocientos metros del monasterio, el sendero se ensanchaba hasta convertirse en un claro casi perfectamente circular, en cuyo centro se alzaba una piedra alargada.

—¡Un menhir! —exclamó Abril, corriendo hacia el megalito.

Óscar examinó aquella piedra sin tallar que apenas levantaba metro y medio del suelo. Era una masa áspera e irregular, idéntica a cualquier otra piedra que uno pudiera encontrar en el campo, salvo por el hecho de que su superficie se encontraba plagada de marcas extrañas. Abril comenzó a girar lentamente en torno al menhir, contemplándolo desde todos los ángulos, cuando de pronto tropezó con una piedra.

—¡Eh, mira! —dijo la muchacha, señalando hacia el agujero que se abría al pie del pequeño megalito.

—Una madriguera —comentó Óscar.

—Estaba tapada con esa piedra —dijo Abril, y luego, en tono de broma, añadió—: Quizá en ese agujero se esconda un tesoro.

—O un conejo. Mete la mano y lo sabrás.

Abril miró alternativamente al hoyo y a su amigo.

—¿Crees que no soy capaz de hacerlo? —preguntó desafiante.

Óscar sonrió y se encogió de hombros.

—Bueno, quién sabe lo que puede haber allí dentro...

—Piensas que tengo miedo, ¿eh? —dijo Abril con el ceño fruncido—. Que como soy una chica, no me voy a atrever a meter la mano en ese agujero, ¿verdad? A ver, cerdo machista, ¿qué te juegas a que lo hago?

—Nada —contestó Óscar, cada vez más sonriente—. Si hay una víbora y te muerde, tendría que cargar con tu cadáver hasta el embarcadero.

—¿Víboras?... —preguntó Abril, parpadeando alarmada.

—Oh, sí. Aquí hay víboras.

La muchacha permaneció unos instantes pensativa. Luego cogió la piedra con la que había tropezado y tapó con ella la boca del agujero.

—Otro día lo haré —dijo, apartándose del menhir.

Óscar no hizo ningún comentario, pero no pudo evitar sentirse interiormente satisfecho: era la primera vez que veía claudicar a Abril y aquello suponía una especie de triunfo. Sin duda, su amiga era preciosa, simpática e inteligente, y todas esas cualidades hacían de ella un ser adorable. Pero también estaba demasiado segura de sí misma y aquello resultaba, en ocasiones, un tanto irritante.

El sendero proseguía unos quinientos metros hacia el Noroeste, para luego girar bruscamente a la izquierda. La superficie de Xas estaba cubierta en su totalidad por un bosque repleto de las más variadas especies vegetales. Los únicos animales que podían distinguirse eran las aves que volaban entre las ramas y los conejos que, de cuando en cuando, corrían a ocultarse entre el espeso follaje.

Llegaron a un punto donde el camino torcía a la izquierda en ángulo recto. Óscar se detuvo y contempló con asombro un helecho que le triplicaba en altura. Abril, entre tanto, dobló el recodo y descubrió los inmensos menhires y trilitos que, formando una doble fila, se alzaban a ambos lados del sendero, como si fueran los descomunales jalones de una tosca avenida. Al fondo, entre las hojas, podía verse un nuevo conjunto de megalitos. Abril supuso, acertadamente, que aquello que se recortaba contra el cielo al final del camino era el famoso crónlech de Xas. Avanzó un par de pasos...

...Y una mano surgió a su espalda, aferrándola con fuerza por el hombro.

—¿Qué demonios haces aquí? —dijo una voz.

Abril gritó con todas sus fuerzas.

* * *

Óscar se sobresaltó al escuchar el grito de Abril. En realidad, creía que la muchacha se encontraba a su lado, así que durante unos instantes no supo con certeza de dónde procedía aquella voz, ni quién la había proferido. Luego, al comprobar que Abril no estaba a la vista, echó a correr por el sendero. Entonces lo vio, allí, de pie junto a la muchacha. Era Dante Oberon.

—¿Pero es que no voy a poder librarme de vosotros? —dijo el arqueólogo, elevando hacia el cielo sus ojos bicolores—. ¿Cómo habéis llegado aquí?

—Nos trajo un pescador —respondió Óscar, y acto seguido le preguntó a Abril—: ¿Por qué has gritado?

—Pensaba que no había nadie más en la isla —la muchacha se volvió hacia el arqueólogo—. ¿Y tú cómo has llegado? No había ninguna lancha en el muelle.

—Hay otro embarcadero allí, junto al faro. Pero ésa no es la cuestión. ¿Qué hacéis aquí? Y lo más importante: ¿cuándo os vais?

—Parece como si la isla fuera tuya —repuso Abril, desafiante.

—Lo es. Os encontráis en los terrenos de una excavación arqueológica subvencionada por la Universidad de Nevada, bajo los auspicios del Ministerio de Cultura y con las bendiciones de la Xunta de Galicia, y yo soy, en estos momentos, su máximo responsable. Así que declaro la isla cerrada al público. Largaos.

—¿Eso quién lo está diciendo? —preguntó Abril en tono sarcástico—. ¿El *sobrino* del profesor Abravanel?

—Mira, muchacha, a ver si se te mete en la cabeza que estoy trabajando y...

—Un momento, Dante —le interrumpió Óscar—. El pescador que nos ha traído no volverá hasta las dos de la tarde.

—¿Quieres decir que no podéis iros de la isla?

—Eso es.

Dante suspiró.

—Bueno —dijo resignado—; entonces os enseñaré los megalitos. Seguidme —echó a andar—. Las piedras que se alzan a izquierda y derecha forman un conjunto de dieciséis menhires y catorce trilitos dispuestos en dirección Este-Oeste. Se trata de bloques de granito, el más grande de los cuales pesa veinte toneladas. A este tramo del camino, el profesor Abravanel lo llamó la Avenida del Solsticio, ya que su orientación señala el punto por donde se pone el Sol el veintiuno de diciembre.

Recorrieron lentamente la extraña calzada prehistórica. A ambos lados se distinguían zonas donde el bosque había sido desbrozado y excavado. El final del camino era también el límite del bosque; más allá se extendía una pequeña planicie que acababa transformándose en un acantilado al llegar al mar. Y en el centro de aquella meseta cubierta de hierba, un inmenso megalito de forma circular alzaba sus dedos de piedra al cielo, como el antiquísimo esqueleto de una bestia antediluviana.

Óscar y Abril se detuvieron a la vez, sobrecogidos por las intensas vibraciones que desprendía aquel lugar. Era como hacerse repentinamente consciente del paso del tiempo, como enfrentarse cara a cara con la miríada de eones que habían transcurrido desde la creación del universo.

—Es increíble... —balbuceó Abril.

—Sin duda, lo es —asintió Dante—. Se trata del único crónlech de estas características que existe en España.

—¿Qué significa la palabra *crónlech?* —preguntó Óscar.

—Es el término arqueológico para designar los círculos de

piedras megalíticos —respondió Dante—. La palabra *crónlech* proviene del gaélico. Literalmente, significa altar. Aunque no fueron los celtas quienes erigieron esto. En realidad, los celtas se lo encontraron cuando vinieron aquí.

—¿Quién lo construyó entonces?

—Ésa es la pregunta del millón de dólares. Todo lo que sabemos es que hace seis mil años una civilización desconocida se extendió a lo largo de la costa atlántica, desde África hasta Escandinavia, y construyeron los monumentos de piedra que hoy conocemos como megalitos. He dicho civilización, pero en realidad, pudo ser una cultura o, más probablemente, una religión. Quizá el culto a la Diosa Madre.

—¿La Diosa Madre? —preguntó Abril con repentino interés.

—Fue una de las primeras religiones de la humanidad. Se veneraba a una deidad femenina que simbolizaba la fertilidad, por lo que generalmente se la representaba como una mujer embarazada. El culto a la Diosa Madre comenzó en el Neolítico y se mantuvo hasta que pueblos provenientes de Asia impusieron a sus dioses solares, de carácter masculino y guerrero.

—Los hombres siempre dando la lata —comentó Abril.

—¿Eso tiene seis mil años? —preguntó Óscar sin apartar la mirada del crónlech.

—Más o menos. Su construcción se inició hacia el tres mil quinientos antes de Cristo. Pero no vayáis a pensar que lo erigieron en un fin de semana. Este crónlech consta de ochenta y tres bloques de piedra tallada, con un peso de entre quince y veinte toneladas por bloque, así que la empresa no debió de ser cosa fácil. Probablemente se trata de un templo, pero hay quien asegura que los crónlechs eran en realidad observatorios astronómicos destinados a calcular los movimientos de la Luna, los solsticios, los equinoccios y todo eso.

Se habían adentrado en el interior del círculo delimitado por los trilitos del crónlech. Justo en el centro se alzaba una piedra en forma cúbica con la cara superior inclinada en un ángulo de treinta grados. Sobre su superficie había una extraña figura grabada con cincel. Se trataba de un laberinto circular en cuyo interior aparecía una especie de aspa retorcida.

—¿Qué es eso? —preguntó Abril—. Parece una cruz gamada.

—Lo es —asintió Dante—. Los nazis no inventaron la esvástica, se apropiaron de ella. Al parecer, se trata de un signo antiquísimo que representa el movimiento del Sol en el cielo. Pero ésta no es la inscripción más misteriosa de Xas. Seguidme.

Dante se dirigió al grupo de menhires situados en el lado Oeste del crónlech. Junto a ellos había una cámara fotográfica montada sobre un trípode y un juego de flases. Dante señaló con un gesto las múltiples inscripciones grabadas en la cara interna de aquellas grandes piedras.

—Aquí hay textos redactados en fenicio, en griego, en latín, en turdetano, en demótico, en *ogham*, e incluso en hebreo. Y eso es sencillamente imposible, porque esas civilizaciones están muy separadas en el tiempo y en el espacio. No pudieron coexistir todas ellas en una minúscula isla de la costa gallega.

—¿Y qué significan?

—Oh, bueno, hablan del otro mundo, de la magia de este lugar, de caminos que se entrecruzan... —suspiró—. Los textos en latín, griego y hebreo dicen lo mismo. En realidad, contienen una advertencia: «Cuidado, viajero; en el círculo de piedra tus pasos pueden extraviarse».

—¿Y eso qué quiere decir? —preguntó Abril.

—Ni idea —respondió Dante—. Y no voy a saberlo nunca si no me dejáis trabajar. ¿Por qué no os dais una vuelta hasta que vengan a buscaros?

Óscar y Abril abandonaron el recinto megalítico, se acercaron al acantilado y contemplaron las olas que batían contra las rocas situadas veinticinco metros más abajo. Un sendero descendía hasta el embarcadero de cemento situado junto a un pequeño faro.

—Creí que no vivía nadie en la isla —dijo Óscar.

—Es una baliza automática —contestó la muchacha—. Un barco del servicio de costas se ocupa de su mantenimiento.

Óscar observó el vaivén de la barca de Dante, amarrada al muelle con una soga de nailon. Pensó que en esa misma lancha había muerto el profesor Abravanel, un hombre al que no había visto jamás pero que, en cierto modo, comenzaba a parecerle familiar. Como si hubiera adivinado sus pensamientos, Abril le cogió del brazo.

—Vamos a echar un vistazo —dijo—. Quizá encontremos algo relacionado con la muerte del profesor.

* * *

Pero no encontraron nada. En realidad, apenas existía espacio libre de vegetación en la isla, así que internarse en aquel bosque plagado de arbustos y espinos suponía un esfuerzo considerable. Tres horas después, apenas habían logrado explorar la zona más próxima al crónlech y, aun así, se encontraban extenuados, sucios y cubiertos de arañazos. A la una y media decidieron regresar al embarcadero. Tras despedirse de Dante se internaron por el sendero, desandando el camino que los había conducido al crónlech. Estaban cansados y, de alguna manera, decepcionados. Es cierto que los megalitos les habían impresionado y que la isla era muy hermosa, con su vegetación salvaje y sus costas escarpadas; pero, aparte de eso, no habían encontrado nada en Xas que justificase su reputación de lugar maldito. Tras diez minutos de marcha llegaron al claro circular donde se alzaba el pequeño menhir.

—¡Mira eso! —exclamó de pronto Abril.

Óscar giró la cabeza: sobre el menhir, apoyado horizontalmente, descansaba un cuaderno de piel marrón.

—Fíjate, han quitado la piedra que tapaba la madriguera

—prosiguió la muchacha—. Y hay tierra en el bloc. Seguro que estaba dentro del agujero y alguien lo ha sacado de ahí.

—¿Quién? No hay nadie más en la isla.

—No tengo ni idea —Abril se decidió a coger el cuaderno; en la primera página aparecía un nombre escrito a mano—. ¡Moisés Abravanel! —exclamó.

La muchacha comenzó a pasar las hojas, primero despacio, después más rápidamente.

—¿Qué pone? —preguntó Óscar.

—No lo sé. Hay algunas frases en español y en inglés, pero el resto está escrito en otros idiomas. Mira, aquí hay una nota en castellano.

Enmudeció mientras sus ojos seguían las líneas escritas en el cuaderno. De improviso, su rostro se iluminó con una sonrisa de triunfo.

—¡Yo tenía razón! —exclamó.

Le tendió a Óscar el cuaderno abierto por la mitad y señaló la última anotación del libro.

> «Esta noche volveré a Xas. Los siervos de Eihwaz van a realizar un nuevo intento con el sonar. ¿Y si ahora funciona? ¿Qué podría hacer yo si finalmente encontraran el *Haifisch*? Me temo que nada, salvo ver cómo de nuevo se esfuma ante mis ojos *La Madonna del Cisne*. Supongo que debería avisar a la policía, o al menos a Dante, pero ¿qué puedo decir? Necesito pruebas. Quizá esta noche las consiga, pero debo tener cuidado: si Eihwaz me descubre, mi vida no valdrá nada.»

Óscar levantó la mirada y contempló fijamente a Abril.

—Tenemos que entregar esto a la policía —dijo.

—Sí, aunque primero deberíamos hablar con Dante, ¿no te parece? —Abril guardó el cuaderno en el bolso y echó a andar hacia el embarcadero—. Pero ahora no. Isaías está a punto de llegar, y no queremos quedarnos tirados en la isla, ¿verdad?

* * *

Oculto entre la floresta, Hack Ckuchlainn observó cómo Óscar y Abril subían a la barca de Isaías el Negro y partían en dirección a la costa. El Hombre Verde estaba muy excitado. Aquella muchacha... Por un momento llegó a creer que era la Diosa en persona. Pero no, se trataba de una mujer joven, un ser de carne y hueso, como él. Sin embargo, no cabía duda de que pertenecía a la estirpe de la Diosa. Su altura, el pelo rubio, los ojos claros, todo lo indicaba.

También era una señal, la señal que Hack esperaba desde su primera visita a la Tierra de los Sueños, desde el día que encontró la imagen de la Diosa. Y aunque aún desconocía la naturaleza de su misión, no cabía duda de que aquella muchacha formaba parte de ella. Por eso sacó de la madriguera el extraño objeto que había ocultado allí el anciano y lo dejó sobre la piedra sagrada como una ofrenda.

Hack rebuscó entre los amuletos que colgaban de su cuello y aferró en el puño uno de ellos. Se trataba de un aspa retorcida, el símbolo del Sol. Hack levantó la vista al cielo y contempló con los ojos entrecerrados el disco solar.

Sí, el hierro, el Sol y el bosque le ayudarían a cuidar de esa muchacha dorada por cuyas venas fluía la sangre de la Diosa.

* * *

Unas horas antes, a muchos miles de kilómetros de distancia, en las afueras de la ciudad norteamericana de Los Ángeles, John H. Simack, propietario de Electrocom Inc., una pequeña empresa dedicada a la fabricación y venta de equipos electrónicos, recibió en su despacho la visita de dos individuos vestidos de negro, cubiertos con sombreros igualmente negros y gafas de sol. A un primer vistazo parecían agentes del FBI o de la CIA y, dado que solía tener tratos con ambos departamentos gubernamentales, John H. Simack no dudó en reunirse con ellos.

Pero no eran miembros del FBI, ni de la CIA. La entrevista apenas duró unos minutos, al cabo de los cuales los dos hombres abandonaron el edificio. John H. Simack, por su parte, salió de su despacho con el rostro desencajado. Él era un pequeño empresario y no estaba acostumbrado a enfrentarse con la clase de personas que le acababan de visitar, así que llamó a su secretaria y le pidió que se pusiera en contacto con la delegación de la compañía Drees Nederlanden en España.

—Diles que tendrán su equipo dentro de tres o cuatro días —musitó, secándose el sudor de la frente—. Asegúrales que llegará en buen estado y que esta vez no me retrasaré. Procura que te crean, por favor: ya no habrá más retrasos...

* * *

Renard inclinó la cabeza en señal de respeto y dijo:

—El fabricante norteamericano nos ha llamado. Asegura que el sonar llegará aquí el fin de semana.

—Eihwaz sabe ser persuasivo —dijo el inválido con una sonrisa.

—Hay algo más, señor —prosiguió Renard—. Nuestros agentes nos han informado de que ese tal Dante Oberon no es sobrino del profesor Abravanel.

—Entonces, ¿quién es?

—Todavía no lo sabemos, pero seguimos investigando —la voz del gigante vaciló—. Algo más, señor: Dante Oberon hizo ayer una llamada telefónica a Tel-Aviv. Habló con el profesor Ben Shazar.

—¿Ben Shazar? ¡Esa maldita rata de biblioteca! ¿De qué hablaron?

—No lo sabemos. La comunicación se efectuó a través de un teléfono público.

—Ben Shazar... —murmuró el inválido para sí, y clavó su intensa mirada en Renard—. Hace tiempo que tendríamos que habernos ocupado de él. Ponte al habla con nuestros agentes en Israel. Creo que ha llegado el momento de obligarle a dejar de husmear en asuntos que no le conciernen. ¿Eso es todo, Renard?

—No, señor. Dante Oberon ha ido a Xas. Y también unos muchachos, un chico y una chica; creo que veranean en el pueblo. Contrataron a un pescador para que los llevase a la isla.

—¿Qué relación hay entre esos muchachos y Oberon?

—Se conocen, pero creo que de modo fortuito. ¿Desea que hagamos algo, señor? ¿Quiere que eliminemos a Dante Oberon?

—Por ahora no debe haber más ejecuciones. Ya hemos llamado demasiado la atención con la muerte de Abravanel. Que sigan vigilando a Oberon, y también a esos niños. No haremos nada hasta que llegue el equipo de sonar. Entonces eliminaremos todos los cabos sueltos.

El anciano volvió la cabeza, dando por terminada la conversación.

—Señor... —dijo Renard sin moverse de su sitio.

—¿Qué quieres?

—La muchacha. Debería conocerla, señor, parece..., bueno, muy adecuada. Si usted tuviera la oportunidad de verla, creo que daría su aprobación. Se llama Abril Ribera y creo que sería una buena...

El anciano sonrió con malicia y completó la frase:

—¿Una buena madre? ¿Estás pensando en mezclar tu sangre, hijo mío?

CAPÍTULO 10

El círculo en llamas

Al caer la noche la llanura se iluminó con el resplandor de centenares de antorchas. Las pilas de leña que rodeaban el círculo de piedra alcanzaban una altura de tres metros, así que el legionario Marcelo Cumano tuvo que trepar a un menhir para espiar desde allí los movimientos de los bárbaros.

—¡Han encendido teas! —gritó—. ¡Y vienen hacia aquí!

—Van a prender la hoguera —dijo Marco Plauto, apretando los puños.

—Moriremos abrasados —se lamentó el soldado Isquirión.

—¡Cállate, perro cretense! —ladró Aufidio Décimo; luego se aproximó a Marco Plauto y preguntó—: ¿Qué vamos a hacer, centurión?

Marco Plauto permaneció unos segundos pensativo. Finalmente, se dirigió a sus hombres, diciéndoles:

—Cuando la hoguera comience a arder buscaremos un lugar donde las llamas aún no hayan prendido. Entonces saldremos por allí. El humo nos cubrirá y quizá podamos sorprenderlos. No os entretengáis en pelear con ellos: corred hacia el bosque y ocultaos —extendió el brazo derecho—. Que los dioses os ayuden. Buena suerte —se volvió hacia Aufidio Décimo—. Sargento, forma a los hombres.

—¡Ya habéis oído al centurión, escoria! —gritó Aufidio Décimo—. ¡Vamos, en formación de ariete! ¡Y tú a la cabeza, maldito cretense!

Marco Plauto se aproximó a Izhak.

—Yo te ayudaré —le dijo—. Correremos juntos.

El hebreo se apartó de él cojeando.

—Si tienes que cargar conmigo, nunca lo conseguirás. Me quedo aquí.

Marco Plauto sonrió con tristeza.

—Ninguno de nosotros tiene la menor oportunidad de salir bien librado de ésta —dijo en voz baja—. Hagamos lo que hagamos, todos vamos a morir. Pero yo prefiero hacerlo empuñando el arma que asado en una pira, como si fuera un jabalí. Vamos, amigo mío, permíteme afrontar la muerte a tu lado.

—De acuerdo —musitó Izhak, apoyándose en el brazo del centurión—. Si así lo quieres, viajaremos juntos en la barca de Caronte.

—¡Están arrojando las antorchas! —gritó Marcelo Cumano desde lo alto del menhir—. ¡La leña comienza a prenderse por todas partes!

—Cuando yo lo diga, seguidme —ordenó Marco Plauto—. Y no lo olvidéis: corred en línea recta sin volver la mirada atrás.

Marcelo Cumano descendió del menhir y se unió a sus compañeros. Los legionarios permanecieron inmóviles, en tensión, aguardando en silencio mientras los segundos transcurrían con exasperante lentitud.

—¡Salgamos ya, centurión! —exclamó Casio Corbulo—. ¡Esto se está llenando de humo!

En efecto, densas nubes blancuzcas comenzaban a serpentear entre las grandes piedras del círculo. Marco Plauto miró en derredor hasta distinguir un lugar, a su izquierda, donde la leña se había derrumbado parcialmente y ofrecía un paso casi libre de llamas.

—¡Saldremos por allí! —gritó el centurión, procurando que su voz se alzase sobre el crepitar del fuego—. ¡Preparaos!

—¡No, Marco! —advirtió Cornelio Izhak—. ¡Esto no es humo, sino niebla! ¡La misma niebla que nos sorprendió en el círculo de Britania hace dos días!

—¡Aguardad! —ordenó el centurión.

El hebreo tenía razón: aquello no era humo. Se trataba de

un fluido lechoso y fosforescente que parecía aumentar progresivamente en cantidad y densidad. A los pocos segundos todo el megalito se sumió en aquella niebla sobrenatural, tan espesa que ni siquiera el resplandor de la gran hoguera lograba atravesarla.

Los hombres de piedra retrocedieron asustados. Eran conscientes de estar presenciando un fenómeno extraordinario, pero aunque sus corazones se llenaron de aprensión, nadie huyó. Poco después, la niebla fosforescente se disipó. Una hora más tarde, la gigantesca pira circular acabó por consumirse. Entonces, un grupo de bárbaros apartó un tramo de brasas y se adelantó hasta el borde mismo del círculo de piedra, esperando descubrir bajo la luz de la Luna los cadáveres abrasados de los legionarios. Pero no vieron nada, el círculo estaba vacío.

La patrulla perdida de Marco Plauto Longino había desaparecido.

* * *

En algún momento, mientras se hallaban inmersos en aquella densa niebla, Marco Plauto percibió que el intenso calor desprendido por las llamas se esfumaba y daba paso a una brisa fresca cargada de olor a... ¿a salitre? El sonido de un cercano batir comenzó a resonar en sus oídos. Cuando la niebla desapareció y sus ojos se acostumbraron a la claridad lunar, Marco Plauto pudo comprobar que se encontraban en el interior de un círculo de piedra, pero no en el mismo círculo donde se refugiaron el día anterior. La llanura había desaparecido, y también los salvajes, y la hoguera, y las montañas. Ahora estaban en un paraje solitario, cerca de un bosque, al borde del mar.

—¿Dónde estamos, centurión?... —balbuceó Aufidio Décimo.

Un coro de murmullos se extendió entre los desconcertados soldados.

—¡Basta ya! —exclamó Marco Plauto—. Dejad de murmurar y prestadme atención: lo importante es que nos hemos salvado de una muerte cierta. No sé lo que ha pasado, ni dónde estamos. Pero ahora no podemos perder el tiempo hablando. Llevamos dos días sin probar bocado y seguimos extraviados. Tenemos que solucionar urgentemente esos dos problemas. Sargento: ve con dos hombres y echa un vistazo a ese bosque.

Aufidio Décimo señaló a Marcelo Cumano y a Anteo el espartano. Los tres abandonaron el recinto del megalito y, avanzando furtivamente, se internaron en las oscuras sombras que cubrían la arboleda.

Regresaron apenas una hora más tarde.

—Un camino cruza el bosque, centurión —dijo Aufidio Décimo—. Al final del sendero hay una casa de piedra con un corral lleno de gallinas, ovejas y vacas.

—¿El edificio está protegido?

—No hemos visto a nadie. Otra cosa, centurión: sé que parece increíble, pero estamos en una isla.

Marco Plauto enarcó las cejas.

—¿Una isla?... —repitió, anonadado.

CAPÍTULO 11

El último viaje del Haifisch

Dante sirvió los refrescos sobre la mesa y se acomodó en un sillón. Al volver de la isla había encontrado a Óscar y Abril en el muelle, aguardándole. Le dijeron que tenían que hablar con él de un asunto importante y después lo acompañaron a su casa. Ahora estaban allí, sentados frente a él, mirándolo muy serios sin decir nada.

—Es muy tarde y estoy cansado, así que sabréis disculpar mi falta de tacto —dijo el arqueólogo—. Sólo una pregunta: ¿qué demonios queréis esta vez?

Abril sacó el bloc del bolso y se lo mostró al arqueólogo.

—¿Qué es eso? —preguntó Dante, enarcando una ceja.

—Un cuaderno del profesor Abravanel —contestó la muchacha.

Dante parpadeó.

—¿Dónde lo has encontrado?

—En la isla.

—Muy bien —dijo el arqueólogo tendiendo la mano—. Gracias por traérmelo.

Abril apartó el cuaderno y negó lentamente con la cabeza.

—Antes vas a tener que explicarnos muchas cosas.

—¿Otra vez? —Dante suspiró y volvió la mirada hacia Óscar—. Creí que tú eras más sensato. ¿Por qué no convences a tu amiga de que deje de jugar?

—Lo siento —respondió Óscar—. El profesor Abravanel habla en ese cuaderno de «Eihwaz», y dice estar en peligro de muerte. Creo que debemos entregárselo a la policía, pero Abril se ha empeñado en hablar antes contigo.

Dante inclinó la cabeza y permaneció un buen rato sumido en sus pensamientos; luego miró fijamente a Abril.

—Dime algo, muchacha: ¿qué me impide quitarte ese cuaderno por la fuerza?

—Esto —dijo Abril, mostrando el tubo dorado de una barra de labios.

Dante frunció el ceño.

—¿Me vas a maquillar si te quito el cuaderno?

—Oh, no. Lo que pasa es que, además de un pintalabios, este tubito oculta en su interior un aerosol de gas lacrimógeno —sonrió—. ¿A que es genial? Mi madre lo compró en Londres y yo, después de lo que me pasó con Fabián, se lo he cogido prestado. Una chica debe saber protegerse.

Dante se incorporó tras un ruidoso suspiro e introdujo una casete en el reproductor. Los primeros compases de una vieja canción de Pink Floyd resonaron estruendosos en el salón. Durante unos minutos el arqueólogo permaneció abstraído, pensativo. Luego desconectó el equipo y volvió al lado de los dos muchachos.

—Si os lo cuento todo, ¿me daréis el cuaderno? —preguntó.

—Siempre y cuando lo que nos digas suene convincente —respondió Abril.

Dante cogió una botella de whisky, se sirvió una generosa ración y, con el vaso en la mano, volvió a tomar asiento. Dio un largo trago e inició su relato:

—Veréis, tras la muerte de Moisés fui a la Universidad de Nevada y me presenté como amigo y colaborador del profesor, lo cual era cierto. Me ofrecí para ocuparme del cadáver y ellos me proporcionaron la documentación necesaria, aunque reconozco que lo de fingirme sobrino de Moisés fue idea mía. El caso es que el decanato me pidió también que hiciera unas fotos de las excavaciones, y yo acepté, aunque la verdad es que los intereses que represento no son precisamente de índole universitaria —carraspeó—. Trabajo para una empresa muy peculiar: se dedica a buscar cosas. No cualquier tipo de cosas, entendedme. Sólo objetos valiosos, y no de cualquier clase, sino exclusivamente obras de arte. Me explicaré: en ocasiones, alguien pierde algo, quizá un cuadro, o una reliquia arqueológica, o una joya antigua; entonces se pone en contacto con nosotros y, si aceptamos su encargo, nos ocupamos de buscarlo. Esta compañía se fundó en los años cuarenta, poco después de la Guerra Mundial. Si lo pensáis, es lógico. En las guerras se pierden muchas cosas y es natural que sus propietarios quieran recuperarlas. Pues bien, hace unos años mi empresa recibió un importante encargo: recuperar un cuadro muy particular, un óleo no catalogado de Leonardo Da Vinci, *La Madonna del Cisne*.

—El profesor lo menciona en su cuaderno —murmuró Óscar.

—¿Quién encargó la búsqueda del cuadro? —preguntó Abril.

—Una familia judía, no puedo citar su nombre. Basta decir que durante la guerra emigraron a Estados Unidos, que están podridos de dinero y que, hasta el verano de 1940, cuando los alemanes ocuparon París, habían poseído un lienzo desconocido de Leonardo Da Vinci. Os lo mostraré.

Dante se incorporó y salió de la estancia, para regresar al poco rato trayendo la vieja y desvaída fotografía de una pintura renacentista. Era el retrato de una mujer de lacios cabellos dorados, en avanzado estado de gestación, sentada junto a un cisne en un paraje campestre. Tenía los ojos azules y brillantes, y una misteriosa sonrisa en los labios. Con la mano derecha acariciaba la cabeza del ave; la mano izquierda reposaba lánguida sobre su abultado vientre.

—Es curioso —murmuró Óscar—; me resulta familiar.

—Nadie ha visto ese óleo desde hace cincuenta años —repuso Dante.

—Ya. Sin embargo, la mujer del cuadro me recuerda a alguien. ¿Quién es?

—La Virgen María embarazada —respondió Dante—. Aunque Moisés sospechaba que en realidad era una representación del mito de Leda. Ya sabéis, la hija de Testios de Etolia a la que Zeus sedujo adoptando la forma de un cisne.

—¿Qué ocurrió con el cuadro? —preguntó Abril.

—Como decía, en 1940 fue requisado por las tropas alemanas que ocuparon París, y posteriormente fue trasladado a Alemania. Entre 1939 y 1943, los nazis saquearon Europa, apoderándose de todo el oro y las joyas que pudieron encontrar, así como de infinidad de obras de arte. Ese inmenso botín se ocultó en diversos lugares de Alemania. Uno de ellos fue el castillo de Neuschwanstein, situado en los Alpes bávaros. A comienzos de 1944 ya era evidente que Alemania iba a perder la guerra, así que algunos jefazos del Partido Nazi decidieron asegurar su futuro. Sabían que, una vez finalizada la contienda, debían desaparecer del mapa y que para asegurarse un dorado exilio necesitaban dinero, mucho dinero. Así que, poco a poco, gente como Himmler, Goering o Rommel se fueron apropiando de parte de aquel botín de guerra, enviándolo a diversos países neutrales. En mayo de 1944, un oficial de las SS llegó a Neuschwanstein con la misión, encomendada por el Ministro del Interior Himmler, de requisar parte del tesoro que se almacenaba en el castillo. Una de las piezas que llamó su atención fue precisamente *La Madonna del Cisne*. Pero había un problema: al no estar el cuadro catalogado, su autoría ofrecía dudas. Si era una falsificación, el óleo no valdría nada; pero si se trataba de un Da Vinci auténtico, su precio sería incalculable. El oficial de las SS no sabía nada de arte, de modo que recurrió a un experto. Y ahí es donde entra en escena el profesor Abravanel. Por aquel entonces, Moisés tenía veinticuatro años. Pese a su juventud, ya estaba considerado como uno de los máximos expertos mundiales en arte renacentista. En 1942 los nazis lo habían internado en el campo de concentración de Mauthausen. Desde entonces había logrado sobrevivir a duras penas, pero carecía de cualquier esperanza, estaba convencido de que iba a morir. Imaginaos su sorpresa cuando, a finales de mayo de 1944, unos agentes de la Gestapo lo sacaron de Mauthausen, lo lavaron y desparasitaron, lo alimentaron con mimo y le suministraron abundantes dosis de vitaminas y reconstituyentes, para introducirle acto seguido en un avión que le condujo directamente al castillo de Neuschwanstein. Allí le aguardaba el comisionado de Himmler que, señalando *La Madonna del Cisne*, se limitó a preguntar: «¿Quién ha pintado este cuadro?». Moisés supo desde el primer vistazo que se trataba de un Da Vinci, pero aun así dedicó tres días a examinar aquella desconocida obra maestra. Según contaba, durante aquel tiempo se olvidó de la guerra y de lo precario de su situación. El cuadro le absorbía totalmente, como si se tratara de un regalo inesperado. Finalmente, Moisés le confirmó al oficial de las SS que el autor de *La Madonna del Cisne* era, en efecto, Leonardo Da Vinci. Dos días más tarde, un avión cargado hasta los topes de cuadros y oro partió de Neuschwanstein en dirección a la costa atlántica francesa. Entre su carga se encontraba el cuadro de Da Vinci y, viajando como pasajeros, el comisionado de Himmler y el propio Moisés. El SS había insistido en llevarlo, pues, aunque se tratara de un judío, necesitaba un experto para supervisar el traslado de los cuadros, ya que no podía aceptar el riesgo de que, por error, pudieran resultar dañados. El avión llegó el cinco de junio a El Havre, en la costa francesa de Normandía. La carga se trasladó a la zona militar del puerto, un reducto de las SS celosamente protegido, donde aguardaba un submarino de la armada alemana, el *Haifisch*, en cuyas bodegas se alojaron los cuadros y tres toneladas de oro en lingotes. El submarino partió inmediatamente con destino a Lisboa, donde debía entregar su cargamento para que, más tarde, fuera enviado a algún país de Sudamérica. En cuanto a Moisés, el comisionado de Himmler le dijo: «Me has servido bien y por tanto te concederé la gracia de no devolverte al campo de concentración. Mañana serás fusilado sumariamente y espero que comprendas el honor que una ejecución así supone para un miserable judío como tú.» Huelga decir que Moisés no se puso a dar saltos de alegría, pero lo cierto es que prefería morir antes que volver a Mauthausen. Sin embargo, llegó el día seis y la ejecución no se llevó a cabo. ¿Sabéis por qué? Porque el seis de junio de 1944 fue el día elegido por las tropas aliadas para realizar el desembarco en las playas de Normandía e iniciar así la reconquista de Europa. Los nazis estaban demasiado ocupados intentando mantener sus posiciones como para preocuparse en fusilar a un insignificante judío. Poco después, Moisés fue liberado por los norteamericanos de la prisión de Caen, donde se encontraba. Pero Moisés estaba obsesionado con el cuadro de Da Vinci e hizo lo imposible por localizar su paradero. Durante un tiempo intentó dar con el oficial de las SS que le había llevado a Neuschwanstein y luego a Francia, pero jamás lo encontró. Más tarde supo que aquel hombre había caído en la batalla de Falaise.

—¿Cómo se llamaba? —preguntó Abril.

—Ebner —contestó Dante—. El SS-Obersturmbannführer Maximilian Ebner. Como decía, Moisés estaba decidido a localizar *La Madonna del Cisne* y para ello dedicó varios años a seguir el rastro del *Haifisch*. Al parecer, el submarino no había llegado nunca a Lisboa, pero tampoco fue visto en otro lugar. Finalmente, en 1949, Moisés descubrió que un destructor de la armada inglesa había avistado el *Haifisch* durante el amanecer del seis de junio en el Canal de la Mancha, a la altura del Golfo de Saint-Malo. El destructor atacó al submarino con fuego de cañones y cargas de profundidad, y lo hundió, según el informe del capitán, poco antes del amanecer. En fin, Moisés pensó que ahí terminaba todo. *La Madonna del Cisne* y el resto de las pinturas descansaban en el fondo del océano, así que se olvidó del asunto. Tuvieron que transcurrir cuarenta y cinco años para que aquella historia surgiera de nuevo. Ocurrió el año pasado, durante la celebración del quincuagésimo aniversario del desembarco de Normandía. Moisés asistió a una reunión de ex combatientes que se celebraba en París. Allí conoció a un tal Jean Claude Vincent, que había sido miembro de la Resistencia francesa. En 1944, Vincent trabajaba como mecánico en el puerto de La Rochelle, por aquel entonces bajo dominio nazi, aunque lo que en realidad hacía era espiar a los alemanes. En el transcurso de aquella cena, Vincent le contó a Moisés algo sorprendente: el catorce de junio de 1944, el submarino *Haifisch* entró en el puerto de La Rochelle para ser reparado.

—¡Pero si se había hundido! —objetó Abril.

—Al parecer no fue así. Por lo visto, el capitán del *Haifisch* engañó a los ingleses, haciéndoles creer que había sido alcanzado. Y en cierto modo así era, ya que si bien aún podía navegar, lo cierto es que había sufrido serios daños. Vincent le explicó a Moisés que el submarino tenía un motor estrozado, varios boquetes en el casco y el suministro de oxígeno averiado, lo que le impedía sumergirse. En aquellos momentos todos los efectivos nazis estaban destinados a frenar la ofensiva aliada, por lo que resultaba imposible reparar el *Haifisch* en los astilleros de La Rochelle. Se efectuaron unos arreglos de emergencia y el submarino partió inmediatamente en dirección Sur. Desde entonces nada más se supo de aquel sumergible ni de su valiosa carga. Y todo aquello no hubiese sido más que una nota a pie de página en los libros de Historia de no ser porque Moisés decidió escribir un artículo contándolo todo, *El Último Viaje del Haifisch*. En cuanto lo leí me puse en contacto con el profesor. Hablamos largo rato y acabó confiándome su teoría: el *Haifisch* no podía sumergirse y tenía que huir de la armada aliada, por lo que debió de dirigirse directamente al Golfo de Vizcaya y costear el litoral de España en dirección a Portugal. Dado que el submarino jamás llegó a Lisboa, tuvo que detenerse en algún punto entre la desembocadura del río Gironda, en Francia, y las costas de Galicia, siguiendo las Landas, la Côte d'Argent, la cornisa Cantábrica y el cabo de Finisterre. Le pregunté si podía localizar dicho punto y él me contestó que para ello sería preciso realizar una investigación sobre el terreno. Entonces le hice una oferta: mi empresa subvencionaría una operación de esas características siempre y cuando la realizase él en persona. Creo que Moisés seguía obsesionado con el tema, porque aceptó inmediatamente. En diciembre del año pasado inició un viaje de reconocimiento por la zona. Comenzó en el puerto de La Rochelle y siguió a lo largo de toda la costa atlántica hasta llegar a Orballo. El doce de enero, recibí un telegrama suyo en el que decía escuetamente: «El tiburón está aquí».

—¿Y eso qué quiere decir? —preguntó Abril.

—En alemán, *haifisch* significa tiburón. Moisés creía haber localizado el lugar donde finalmente se detuvo el submarino.

—¿Aquí, en Orballo?

—Exacto —asintió Dante.

—¿Cómo lo descubrió? —preguntó Óscar.

—Ni idea. Moisés nunca hablaba de sus investigaciones hasta concluirlas. El problema es que encontró los megalitos y se olvidó de todo lo demás —suspiró—. Veréis, a partir del final de la guerra Moisés fue dedicándose cada vez más a la Arqueología, en detrimento del Arte. Dirigió diversas excavaciones en el desierto de Judá, en Egipto y en Grecia. Era un gran arqueólogo y supongo que el descubrimiento de los megalitos de Xas fue para él algo así como el colofón de su brillante carrera. Su búsqueda del submarino había llegado a un callejón sin salida. Sabía que el *Haifisch* estaba hundido cerca de aquí, pero sin el equipo adecuado no podía localizarlo. Así que se dedicó de lleno a las excavaciones en la isla.

—Hay algo que no entiendo —intervino Abril—. Si el submarino se hundió, los cuadros deben de haberse destruido, ¿no?

—Las pinturas fueron almacenadas en cápsulas herméticas —Dante sonrió—. Y ya sabes lo bien que fabrican las cosas los alemanes.

—¿Quién mató al profesor Abravanel? —preguntó Óscar tras una pausa.

—No lo sé —contestó el arqueólogo, chasqueando la lengua.

—El profesor escribió en su cuaderno que algo llamado Eihwaz podía amenazar su vida. ¿Qué es Eihwaz, Dante?

—Indagué las llamadas telefónicas realizadas por Moisés y descubrí que antes de morir habló con el profesor David Ben Shazar, de la Universidad de Tel-Aviv. Me puse en contacto con él y me contó que, en efecto, Moisés le había llamado para preguntarle acerca de Eihwaz. Ben Shazar, un reputado historiador especializado en la Alemania nazi y el Holocausto, me habló de las organizaciones nazis surgidas tras la caída del Reich. Supongo que os sonará ODESSA, una sociedad secreta dedicada a facilitar la huida de los SS. Fue la más famosa, pero hubo otras, como por ejemplo la melodramática *Die Spinne*, La Araña. El profesor me dijo que poco después de la guerra oyó hablar de la Fraternidad de Eihwaz, una organización formada por antiguos miembros de las SS, aunque ignoraba cuáles eran sus objetivos, si es que los tenían. En realidad, la Fraternidad parecía no dedicarse a ningún tipo de actividad y, finalmente, desapareció. O, al menos, eso es lo que se creía.

—Pero ahora está aquí —murmuró Abril—. Buscando el *Haifisch.*

—Ya lo sabéis casi todo —prosiguió Dante—. Sólo me falta avisaros de que el teléfono está intervenido y de que he sido vigilado a distancia desde que llegué. Éste es un asunto muy peligroso, y lo mejor que podíais hacer es darme ese cuaderno y olvidaros de mí.

—¿Qué son las Fuentes de la Vida? —preguntó Óscar.

—Ni idea —contestó Dante—. ¿Por qué?

—Ese nombre aparece en las notas del profesor, junto al de Eihwaz.

—Adelantaríamos más si me dejaseis ver el cuaderno —Dante se volvió hacia Abril—. Salvo que aún estés pensando en fumigarme con gas lacrimógeno.

La muchacha sonrió con inocencia y le entregó el bloc.

—No se entiende nada —dijo—. Está casi todo escrito en lenguas extrañas.

Dante ojeó el cuaderno, deteniéndose de cuando en cuando para leer algún fragmento del texto.

—Moisés era todo un personaje —comentó—. Para mantener en secreto sus notas de trabajo, las escribía en todos los idiomas que conocía. Griego clásico, arameo, demótico, escandinavo antiguo, etrusco, gaélico, árabe... Haría falta un comité de expertos para interpretar este cuaderno —levantó la cabeza, sonriente—. Un comité de expertos, o alguien como yo, claro —se rascó la cabeza—. Aunque me temo que voy a tardar un poco en traducirlo.

De pronto, mientras mantenía la vista fija en una de las primeras páginas del bloc, sus rasgos quedaron congelados en un gesto de sorpresa.

—¡Es increíble! —le entregó el cuaderno a Óscar y se dirigió a un extremo de la habitación—. Leed lo que pone en el primer párrafo —dijo mientras comenzaba a rebuscar en el interior de un armario—. Y deprisa, tenemos que salir.

—Pero... ¿a dónde vamos? —preguntó Abril.

—¿Cómo que a dónde vamos? —Dante abrió otro armario—. ¿No habéis leído eso?

—Ni siquiera sé en qué idioma está escrito —comentó Óscar.

—Ya; supongo que no habláis *yiddish*. Pues bien, ahí pone, más o menos: «Finalmente, el misterio del *Haifisch* descansaba en una tumba».

—No lo comprendo —musitó Abril.

—¡Aquí están! —exclamó Dante, sacando dos linternas de un cajón—. ¿No lo entiendes, muchacha? ¡Una tumba! ¿A dónde vamos a ir, entonces? —echó a andar hacia la salida y añadió—: A visitar a los muertos, querida.

* * *

Detrás de la iglesia románica, cubiertas de hiedra y madreselvas, las tapias del cementerio surgían de la oscuridad de la noche. El canto de los grillos se mezclaba con los sonidos que llegaban del cercano pueblo: el motor de un automóvil, los ladridos de un perro, la música de una radio. Una fresca brisa traía aromas a tierra húmeda y vegetación. La Luna aún no había salido, de modo que Dante y los muchachos sólo contaban con el tenue resplandor de las estrellas y con los haces de luz de las linternas para orientarse entre las tumbas.

—Aquí hay un pariente mío —dijo Óscar mientras iluminaba una lápida cubierta de líquenes—: Telesforo Leyva, nacido en 1853 y fallecido en 1926 —sonrió—. ¿Crees que debería presentarle mis respetos al bueno de Telesforo?

—No me gustan esas bromas —repuso Abril, muy seria.

—Así que te dan miedo los muertos, ¿eh? —comentó Óscar con ironía.

—No le tengo miedo a los muertos. Pero no le veo la gracia a pasear de noche entre tumbas. Además, ya es muy tarde —observó el ir y venir de la linterna del arqueólogo, iluminando lápida tras lápida en el otro extremo del cementerio—. Al menos, Dante nos podía haber dicho qué es lo que teníamos que buscar. Sí, ya lo sé, una tumba, una tumba... Pero este lugar está lleno de tumbas, demonios.

Óscar, sin prestar mucha atención a las protestas de la muchacha, se aproximó a un sepulcro cubierto de hojarasca. Apartó la hiedra que cubría la lápida y leyó la inscripción cincelada en el duro granito gris. Parpadeó y tragó saliva. Luego se incorporó y llamó en voz alta al arqueólogo.

—¡Dante!

—¿Qué pasa? —contestó éste.

—¿Queréis dejar de berrear? —susurró Abril—. Van a pensar que estamos locos.

Sin hacer caso a su amiga, Óscar gritó:

—¡Creo que he encontrado lo que buscábamos!

Dante se acercó corriendo a los muchachos. Óscar señaló la tumba; el arqueólogo apartó la hiedra e iluminó la lápida con su linterna.

—¡Ese viejo loco y brillante! —murmuró—. El bueno de Moisés sabía lo que tenía que buscar para dar con el submarino.

Abril apoyó los puños en las caderas y miró alternativamente a Óscar y a Dante.

—¿Me vais a decir de una vez qué demonios pasa?

—Hay un nombre alemán en la tumba —contestó Óscar, apartándose para que su amiga pudiera verla.

En la lápida sólo aparecían tres palabras y una fecha:

HANS GÜNTER MÜLLER
1901 - 1952

—¿Hans Günter Müller? —Abril enarcó las cejas—. ¿Quién es?

Dante sonrió risueño y palmeó la losa que cubría la tumba.

—Amigos míos —dijo—, os presento al capitán del *Haifisch*.

CAPÍTULO 12

Conversación en la sacristía

—¿Müller?... —el padre Elías contempló a Dante con perplejidad.

Se encontraban en la sacristía, sentados frente a dos humeantes tazas de café. Dante apenas había dormido, pero se levantó a primera hora de la mañana para dirigirse directamente a la iglesia; necesitaba obtener cierta información y el padre Elías parecía la persona más apropiada para suministrársela.

—Es curioso —prosiguió el sacerdote—; tu tío también me habló de Müller. ¿Qué tenía ese hombre de especial?

—Moisés lo mencionaba en sus notas —repuso Dante—, pero apenas decía nada. Pensé que usted podría contarme algo de él.

El padre Elías se llevó la taza a los labios y dio un sorbo.

—El médico me ha prohibido el café —dijo—. Pero yo le he prohibido a él pecar contra el sexto mandamiento y no me hace caso. De modo que sigo tomando café —dejó la taza sobre el platillo—. La verdad, hijo, es que apenas conocía a Hans Günter Müller. Llegó al pueblo un verano, creo que a mediados de los cuarenta. Compró una casa y se quedó a vivir aquí. Nunca aprendió a hablar castellano, nunca se relacionó con nadie y nunca recibió visitas. Era un hombre solitario y reservado. Supongo que huía de la guerra, pero él nunca le dio explicaciones a nadie.

—Ya veo... —Dante reflexionó unos instantes—. ¿A qué se dedicaba?

—A nada, hijo. No trabajaba ni tenía negocios; parecía vivir de las rentas, sin lujos, pero con comodidad. Nunca le faltó el dinero.

—¿Cómo murió?

—Enfermó de tuberculosis. El médico insistió en que debía trasladarse a un lugar de clima más seco, pero Müller no le hizo caso. Murió a comienzos de los cincuenta, Dios lo tenga en su Gloria.

—¿Dejó testamento?

—Sí. Donó todo su dinero a diversas organizaciones benéficas. Si mal no recuerdo, su única voluntad fue que le enterraran en el cementerio de Orballo.

—¿Viajaba?

—Muy poco. Creo que se ausentó de Orballo en tres o cuatro ocasiones, y siempre por corto espacio de tiempo —el padre Elías agitó las manos—. Recuerdo que tenía una lancha, pero casi nunca la utilizaba. La verdad es que se pasaba la mayor parte del tiempo en el puerto, sentado en un banco, como si esperase a alguien. Me temo que eso es todo lo que puedo contarte.

Dante reflexionó durante unos segundos.

—¿Qué sabe de la empresa que se ha instalado en la Casa del Indiano? —preguntó.

—Pues que es una compañía holandesa —repuso el sacerdote, desconcertado por el brusco giro de la conversación—. Y que sus trabajadores no van a misa. ¿Por qué?

—La Drees Nederlanden se dedica a realizar prospecciones geológicas, y me preguntaba qué minerales valiosos podía haber en Orballo.

—La verdad es que no lo sé, hijo. Pero algo debe de haber, porque a comienzos del 39, poco antes de acabar la Guerra Civil, una empresa austríaca también estuvo realizando prospecciones por la costa.

Dante se incorporó y sonrió ampliamente.

—Muchas gracias, padre Elías —dijo—. Me ha sido usted de gran utilidad.

—Un momento, hijo —le contuvo el sacerdote—. Hablé ayer con el secretario del obispo y me ha concedido licencia para que examines el *Códice Ambrosino*.

—Fantástico —Dante vaciló unos segundos—. Tengo algo de prisa, pero me encantaría echarle un vistazo ahora, si es posible.

* * *

La pequeña biblioteca aneja a la sacristía olía a polvo y humedad. Dante se frotó los ojos y bostezó. Había pasado la noche en vela traduciendo el cuaderno de Moisés y estaba agotado. Se puso las gafas y prosiguió la lectura del documento. El códice que escribiera Alberto de Mondragón, prior de San Ambrosio, era en realidad una aburrida crónica de los avatares de la orden, redactada en latín clásico con un estilo culto pero tedioso.

> «(...) y los hermanos nos mostramos de acuerdo en construir nuestra casa en la Isla Maldita, levantando así un muro de piedad que sirviera para contener el mal que devora esa tierra diabólica y para vencer con la fuerza de la oración a los ejércitos de Satanás, todo a la mayor gloria de Jesucristo Nuestro Señor...»

El códice proseguía narrando la construcción del monasterio y hablando de los avatares propios de la vida monacal. Luego comenzaban a mencionarse las apariciones.

> «El hermano Bernardo me juró que había visto a un grupo de trasgos deambulando por el bosque, y el hermano Bodo hizo otro tanto al asegurar que contempló apariciones fantasmales junto a las piedras bastamente talladas del templo pagano circular que se alza al Oeste de la isla. Yo les he recomendado que recen con más devoción aún, pues sólo la gracia de Cristo los protegerá del mal.»

Más adelante, casi al final del manuscrito, Alberto de Mondragón relataba los hechos que condujeron a la disolución de la orden.

«Al amanecer del sexto día de noviembre del año de Nuestro Señor de mil doscientos setenta y cinco, cuando nos reunimos para rezar maitines, una horda de demonios entró violentamente en la iglesia, derribando con furia sacrílega la imagen de Cristo en la cruz. Después de infligirnos un trato brutal, robaron nuestros alimentos e incendiaron el monasterio, dejándonos sin sustento ni cobijo. Más tarde se dirigieron al templo pagano y, a Dios gracias, no volvimos a saber de ellos. Esos demonios que destruyeron la obra de San Ambrosio eran las almas en pena de los hombres que crucificaron a Cristo, sobre esto ninguna duda alberga mi corazón.»

Dante se reclinó en la silla. ¿Los hombres que crucificaron a Cristo? ¿Qué quería decir con eso Alberto de Mondragón? Cerró el *Códice Ambrosino* y se puso en pie. Aquello era muy interesante, pero tenía muchas cosas que hacer y no podía dedicar demasiado tiempo a las alucinaciones que el aislamiento y las privaciones habían provocado, hacía setecientos años, en un grupo de monjes de mentalidad fantasiosa.

* * *

Tras abandonar la iglesia, Dante montó en su coche y tomó la carretera de Muros. Detuvo el automóvil justo a la salida del pueblo, frente a la verja de la Casa del Indiano. Mediante una cámara fotográfica provista de un potente teleobjetivo realizó varias instantáneas de la mansión y del jardín. Tras agotar el carrete, guardó la cámara, puso una cinta en el radiocasete, arrancó el coche y enfiló la carretera a gran velocidad.

Al llegar a Muros dejó el carrete en una tienda de revelado rápido, para dirigirse acto seguido a un locutorio telefónico desde donde llamó a la Universidad de Tel-Aviv. Dante quería hacerle unas preguntas al profesor Shazar, pero no consiguió hablar con él.

Según le informó su compungida secretaria, David Ben Shazar había muerto.

* * *

Abril sacó de la cesta de mimbre una pequeña bandeja repleta de comida y la dejó sobre la toalla.

—Obsequio de mi madre —dijo—. Según ella, me encuentro al borde de la anorexia y, en cuanto puede, aprovecha para cebarme.

Dante soltó una carcajada.

—Dile de mi parte a tu madre que para llevar un biquini como el que llevas hace falta tener exactamente el peso que tienes —cogió un trozo de pollo frío y le dio un mordisco—. Hummm... Esto está delicioso.

La playa de Barbaña, el lugar donde habían quedado con Dante, se encontraba desierta. Tanto Óscar como Abril llevaban trajes de baño, pero el arqueólogo se cubría con unos raídos vaqueros y una vieja camiseta que ostentaba el anagrama de los Rolling Stones.

—¿Has traducido el cuaderno del profesor? —preguntó Óscar.

Dante sacó del bolsillo unos folios doblados y se los tendió a los muchachos.

—En el cuaderno hay muchas notas técnicas sobre las excavaciones —dijo—. Las he pasado por alto y me he centrado en lo que podía interesarnos.

Óscar y Abril desdoblaron los folios y aproximaron las cabezas para leer a la vez aquel texto escrito a máquina.

CUADERNO DEL PROFESOR MOISÉS ABRAVANEL

Principios de enero. Traducido del árabe clásico.

«Ayer llegué a Orballo de San Buenaventura, un pequeño pueblo de la Costa de la Muerte. ¿Pudo el *Haifisch* llegar tan lejos?»

Mediados de enero. Traducido del sánscrito.

«Un anciano del pueblo me ha hablado de un forastero que vivió en Orballo hace muchos años. No recuerda su nombre, pero asegura que está enterrado en el cementerio. Debo comprobarlo.»

Mediados de enero. Traducido del *yiddish.*

«Finalmente, el misterio del *Haifisch* descansaba en una tumba. ¡Lo encontré!»

Finales de enero. Traducido del sánscrito.

«No consigo que nadie me lleve a la isla. Sin embargo, es vital que vaya allí, y no sólo por el *Haifisch:* el padre Elías me ha mostrado un manuscrito sorprendente, el *Códice Ambrosino*, en el que se menciona la existencia de un templo pagano erigido en el extremo Oeste de la isla. Si no logro alquilar una barca, compraré una.»

Principios de febrero. Traducido del *ogham.*

«Todo arqueólogo espera encontrar algún hallazgo lo suficientemente importante como para justificar de golpe su carrera. Hasta el momento pensaba que mis descubrimientos en el desierto de Judá eran la cima de mi trabajo, pero ahora sé que estaba equivocado. Al descubrir la estación megalítica de Xas, experimenté lo mismo que debió de sentir Howard Carter al entrar en la cámara mortuoria de Tutankamón.

Aunque el sendero que cruza el bosque se hallaba libre de vegetación (como si nunca hubiese dejado de usarse), encontré el crónlech cubierto de maleza. Es un megalito increíblemente bien conservado, mucho mejor que Stonehenge.»

(NOTA DE DANTE: excluyo las siguientes treinta y ocho páginas del cuaderno ya que se centran exclusivamente en el estudio del megalito y en los resultados de las excavaciones, sin mencionar en ningún momento al *Haifisch.*)

Finales de primavera. Traducido del latín clásico.

«Últimamente, con la llegada del buen tiempo, he pasado algunas noches en Xas. Así puedo dedicar más horas al estudio de las inscripciones (¡hay tantas!). Las noches adquieren aquí una cualidad casi sobrenatural. Tengo la constante sensación de ser observado y, en alguna ocasión, he creído oír sonido de voces. Sin duda, me estoy dejando llevar por la imaginación. En la isla no hay nadie.»

21 de junio. Traducido del polaco.

«Ayer fui testigo de un suceso muy extraño. Acababa de ponerse el Sol cuando una densa niebla comenzó a formarse, algo muy usual en una isla, aunque la niebla parecía cubrir exclusivamente las piedras del crónlech. Escuché voces lejanas y ladridos de perros. Luego, cuando la niebla se disipó, pude ver un jabalí que salía corriendo del megalito hacia el bosque. Estoy seguro de que en esta isla no hay jabalíes. Además, el animal estaba herido: vi con claridad el astil de una flecha que surgía de su costado ensangrentado. Fue una experiencia muy desconcertante.»

1 de julio. Traducido del griego clásico.

«Anoche, en la isla, me despertó el sonido del motor de una embarcación. Me aproximé al acantilado y pude ver una balsa amarrada en el muelle del faro. Junto a ella se encontraban tres jóvenes. Estuve a punto de saludarlos, pero un vago presentimiento hizo que me ocultara. Aquellos hombres hablaban en alemán y había algo en sus maneras que me recordó los tiempos en que los Señores de la Esvástica dominaban Europa. Espié su conversación y pude oír con nitidez una palabra que me heló el corazón: *Haifisch.* ¡Alguien más está buscando el submarino!»

2 de julio. Traducido del árabe.

«Anoche instalé la tienda de campaña en el bosque, oculta tras unos arbustos. Más tarde, los acontecimientos demostraron que se trató de una precaución acertada. Otra vez llegaron visitantes nocturnos, en esta ocasión ocho hombres a bordo de dos lanchas neumáticas. Mencionaron varias veces el *Haifisch* y también citaron algo llamado la Fraternidad de Eihwaz. De su charla saqué la conclusión de que poseen un equipo de sonar y mañana por la noche piensan iniciar el rastreo de las aguas profundas que se abren al Oeste de Xas. ¿Quién es esta gente?»

3 de julio. Traducido del polaco.

«Anoche regresaron a Xas. Desde mi escondite en el bosque pude verlos montar su campamento junto al crónlech. También vi un yate negro llamado *Leviatán* dando vueltas frente a la isla. Afortunadamente, algo va mal. Al parecer, el equipo de sonar es defectuoso y no logran obtener señales claras del lecho marino. Se retiraron pasadas las cinco de la madrugada, pero antes sorprendí una conversación entre un individuo llamado Renard y alguien apodado Lupo. Renard habló de las Fuentes de la Vida. ¿Acaso Eihwaz y las Fuentes de la Vida son la misma cosa?

Las Fuentes de la Vida. Creí que esa abominación había desaparecido hace medio siglo. Pero se encuentra aquí, ahora, y está buscando el *Haifisch.*»

4 de julio. Traducido del hebreo.

«Amparado por la oscuridad, el *Leviatán* volvió a recorrer las aguas de Xas. No obstante, el sonar sigue sin funcionar correctamente. Mañana harán un último intento. ¿Qué ocurrirá después?»

(La última anotación del cuaderno, correspondiente al cinco de julio, está escrita en castellano. Después de ella, no aparece ningún otro texto.)

Abril levantó la vista de los papeles mecanografiados y contempló a Dante.

—La verdad es que esto no aclara mucho las cosas.

—Al contrario —comentó el arqueólogo de buen humor—. Nos dice, por ejemplo, dónde se encuentra el submarino.

—¿Hundido frente a Xas? —aventuró Óscar.

—Exacto. Veréis, las costas de Orballo son de poco calado, pero existe una pequeña fosa de entre setenta y ciento diez metros de profundidad situada al Oeste de Xas. Sólo allí puede permanecer oculto un navío tan grande como el *Haifisch.*

—Pero el submarino pudo hundirse en alta mar —objetó Óscar.

—Lo dudo. El *Haifisch* estaba muy dañado; su capitán no podía arriesgarse a navegar en aguas internacionales. Por aquel entonces, España era un país neutral, pero simpatizante de Alemania; en su litoral no había patrulleras aliadas, de modo que el submarino tuvo que llegar aquí bordeando la costa.

—¿Y la tripulación? —preguntó Abril—. ¿Qué fue de ellos?

—Quizá murieron, o quizá intentaron volver a Alemania.

—¿Y por qué se quedó el capitán?

—Porque la misión del *Haifisch* era ilegal. En realidad, Himmler estaba robándole al Reich el oro y los cuadros. Así que al capitán Müller no iba a resultarle nada fácil explicar cómo y por qué había perdido un submarino de la armada. Además, el viaje del *Haifisch* coincidió con el desembarco de Normandía, de modo que no era nada seguro para un militar alemán recorrer Europa. Luego, los nazis perdieron la guerra y los miembros de las SS fueron detenidos o huyeron. Dado que Müller no podía ponerse en contacto con ellos, se quedó aquí, esperando a que algún antiguo camarada viniese a buscarlo. Pero eso nunca sucedió.

—Hasta ahora —comentó Óscar—. ¿Qué son las Fuentes de la Vida, Dante?

El arqueólogo tardó unos segundos en contestar.

—Esta mañana llamé al profesor Ben Shazar para preguntárselo —repuso—. Su secretaria me dijo que murió ayer; lo atropelló un automóvil que luego se dio a la fuga.

Sobrevino un tenso silencio.

—Quizá fue un accidente —aventuró Óscar.

—Sí —dijo Abril—. La misma clase de accidente que sufrió Moisés Abravanel.

Un nuevo silencio, salpicado por los graznidos de las gaviotas.

—¿Y ahora qué vamos a hacer? —preguntó Óscar.

—Nada —contestó Dante—. Porque Eihwaz, por ahora, tampoco hará nada. Moisés dice en su cuaderno que el sonar no funcionaba, y sin el sonar no pueden localizar el *Haifisch*. Por otra parte, sé dónde se oculta la Fraternidad de Eihwaz —hizo una pausa un tanto melodramática y concluyó—: en la Casa del Indiano.

—¡¿La compañía holandesa es Eihwaz?! —exclamó Óscar—. ¿Cómo lo sabes?

—El barco que menciona Moisés, el *Leviatán*, pertenece a la Drees Nederlanden. Esa empresa les sirve de pantalla y les permite usar equipos de rastreo submarino sin llamar la atención. Además, mirad esto —Dante sacó un fajo de fotografías y las extendió sobre la toalla—. Las he tomado en la Casa del Indiano esta mañana. Observad esas cajitas que hay sobre la verja. Son sensores de movimiento; y eso de ahí, cámaras de infrarrojos —señaló otra foto—. Ahora fijaos en el hombre que está en el jardín, medio oculto por el seto. Lleva en la mano un fusil de asalto M-16. Demasiadas medidas de seguridad para una simple compañía minera.

—Así que están en la Casa del Indiano —murmuró Abril sin apartar la vista de las fotografías—. Sería interesante entrar allí y descubrir qué están haciendo...

—No —repuso Dante—. Sería una locura.

—¿Por qué? —insistió la muchacha—. Yo misma podría entrar y salir de la Casa del Indiano sin problemas. No me conocen.

—¡Ni se te ocurra! —exclamó el arqueólogo en tono tajante—. Escucha, Abril, esa gente es peligrosa. Hasta ahora no nos han hecho nada porque no desean llamar la atención, pero si vamos demasiado lejos no vacilarán en ponerse realmente duros.

—Lo que hay que hacer —intervino Óscar— es avisar a la policía.

—Carecemos de pruebas —replicó Dante—. Tenemos que esperar a que actúen, pillarlos con las manos en la masa. Cuando encuentren el *Haifisch* e intenten rescatar su carga, llamaremos a la policía.

—¿Y cómo sabremos que han encontrado el submarino?

—He estado haciendo averiguaciones. Hace tres semanas, la Drees Nederlanden importó de Estados Unidos equipo electrónico de detección submarina. Lo devolvió seis días después. Ahora esperan un nuevo envío. Cuando el equipo procedente de América llegue al aeropuerto de Santiago, sabremos que están listos para localizar el submarino —Dante se volvió hacia Abril—. Ahí intervienes tú, muchacha. Los datos de aduanas son de libre acceso y están informatizados. Bastará que conectes tu ordenador con la base de datos de la Delegación de Hacienda y revises cada día la relación de importaciones. Cuando veas aparecer en la pantalla el nombre de la Drees Nederlanden, nos lo dirás —sonrió—. Sencillo, ¿verdad?

CAPÍTULO 13

Los adoradores del crucificado

Poco antes del amanecer, cuando el cielo comenzaba a clarear por el Este, los monjes abandonaron sus celdas y se dirigieron en absoluto silencio a la iglesia del pequeño monasterio. Era la hora de maitines y los hermanos intentaban espantar el sueño con parpadeos y suspiros mientras ocupaban sus puestos frente al altar. Alberto, el prior de la orden, se situó delante de la imagen de Cristo clavado en la cruz que presidía la capilla y se dispuso a comenzar el rezo. Pero algo se lo impidió.

Fuertes voces sonaron de improviso en el exterior y la puerta de la iglesia se abrió con brusquedad. Un grupo de hombres armados con espadas entró en el recinto profiriendo gritos y amenazas. Parecían demonios vestidos con cotas de hierro y faldellines de cuero. Alberto de Mondragón, sobrecogido de temor, se incorporó y tomó entre los dedos la cruz que pendía de su cuello.

—*Vade retro*, Satanás... —dijo con voz trémula.

El jefe de los demonios, sin hacerle el menor caso, contempló con curiosidad el crucifijo que sostenía el prior. Luego, advirtiendo en el altar la talla de Cristo, preguntó en un latín corrupto:

—¿Por qué guardáis aquí la imagen de un criminal? —al no obtener respuesta, exclamó—: ¡Contestad! ¿Sois enemigos de Roma?

Alberto de Mondragón inclinó la cabeza y comenzó a rezar. El demonio sacó la espada de su vaina y la descargó contra la cruz, que se derrumbó pesadamente. En un costado de la talla podía verse el profundo tajo causado por el filo del arma. Los monjes gimieron de horror. Entonces, una voz autoritaria resonó en la iglesia.

—¿Qué ocurre, sargento?

La figura de Marco Plauto Longino se recortó contra la puerta. A su lado, apoyado en un bastón, se encontraba Cornelio Izhak.

—Hemos dado con un nido de traidores —dijo Aufidio Décimo, y señalando el crucifijo que yacía sobre el suelo, añadió—: Estos tipos veneran la imagen de un crucificado, centurión, y...

—Y la cruz es el castigo que Roma reserva a los traidores. Ya lo sé, sargento —Marco Plauto se volvió hacia los monjes—. ¿Quién es vuestro jefe?

El prior se adelantó unos pasos.

—Soy Alberto de Mondragón, superior de la orden de San Ambrosio...

—Muy bien, Alberto de Mondragón; yo soy el centurión Marco Plauto Longino, jefe de la Primera Centuria de la Tercera Cohorte de la Séptima Legión. Os comunico que vuestros víveres quedan confiscados. Si colaboráis, no os pasará nada. Obedeced las órdenes que se os den y facilitad toda la información que se os solicite. Cornelio Izhak, mi traductor, os formulará ahora unas cuantas preguntas. Cooperad con él y todo irá bien.

El centurión, seguido del sargento, abandonó con paso rápido la iglesia. Izhak, apoyándose en su improvisado bastón, se aproximó al prior de San Ambrosio.

—Bueno, Alberto de Mondragón —dijo, en tono amistoso—, creo que tenemos que charlar un rato.

* * *

Los legionarios prendieron fogatas en el claustro y comenzaron a asar en ellas gallinas y lechones. Casio Corbulo encontró unos odres de vino y los distribuyó entre sus compañeros. Poco a poco, y gracias a los efectos de la comida y el alcohol, los miembros de la patrulla recuperaron el buen humor. Las cosas se veían de otra forma con el estómago lleno. Cornelio Izhak abandonó la iglesia al cabo de una hora y tomó asiento en un banco de piedra, junto a Marco Plauto.

—Son sacerdotes —dijo escuetamente el hebreo—. Veneran a Cristo.

—¿Cristo? —Marco Plauto se encogió de hombros—. No conozco a ese dios.

—Yo tampoco, pero el tal Alberto me ha hablado de él. Por lo visto se trata de un dios que se hizo hombre. Predicó la paz y el amor, fue apresado y vosotros, los romanos, le crucificasteis. Parece ser que luego resucitó de entre los muertos.

—De modo que por eso veneran la cruz. Una religión curiosa... Pero tenemos asuntos más importantes que tratar. ¿Has averiguado dónde estamos?

—En una isla de la costa de Hispania. Cerca del *Finis Terrae*.

—¿Estás loco? Eso es imposible.

-Más loco me considerarás si te digo *cuándo* estamos.

—No te entiendo...

—Esa gente basa su calendario en el nacimiento del dios llamado Cristo. No he logrado enterarme muy bien de cuándo sucedió eso, pero el tal Alberto ha oído hablar de Julio César. Y dice que murió hace más de mil trescientos años.

—No puede ser —murmuró el centurión—. Estás hablando sin sentido.

—Escucha, Marco: cada vez que la niebla nos sorprende en un círculo de piedra somos, de algún modo, trasladados. Transportados en el espacio, pero también en el tiempo. Estábamos en Britania y aparecimos en algún lugar situado muy al Norte, y muy en el pasado; aquellos bárbaros eran demasiado primitivos para pertenecer a nuestra época. Luego llegamos aquí, a Hispania; pero a una Hispania situada cientos de años en el futuro —Izhak guardó unos segundos en silencio—. ¿Te acuerdas de que en una de las piedras del círculo hay un laberinto grabado? Pues bien, creo que de eso se trata precisamente. Nos hemos extraviado en un laberinto cuyos corredores discurren a lo largo del espacio y del tiempo.

—¿Y cómo conseguiremos encontrar la salida? —preguntó el centurión.

—No lo sé. Supongo que debemos seguir intentándolo. Verás, yo diría que el círculo de piedra se activa por la noche, a la salida de la Luna. Si queremos encontrar el camino para volver a casa, deberíamos estar allí cuando eso suceda.

Marco Plauto tardó un buen rato en contestar.

—Toda mi educación se basa en la milicia —dijo—. El único arte que domino es el de la guerra. No soy un hombre instruido, Cornelio Izhak; pero tú sí. Lo que dices me parece absurdo, pero todo me parece absurdo desde que abandonamos el campamento —suspiró—. Te haré caso, amigo mío. Los soldados descansarán hasta el atardecer y luego iremos al círculo. Y ojalá que los dioses, incluyendo a ese Cristo que aquí adoran, nos sean esta vez más favorables.

* * *

Cuando el Sol iniciaba su declive en el cielo, Marco Plauto ordenó que los soldados formaran en el patio, listos para partir.

—¿Qué hacemos con los sacerdotes? —preguntó Aufidio Décimo con la voz turbia por el exceso de vino.

—Los dejaremos encerrados en su templo —respondió el centurión—. Tarde o temprano conseguirán salir por sus propios medios.

Apenas media hora más tarde, los legionarios se hallaban dispuestos en columna frente al monasterio. Marco Plauto estaba a punto de dar la orden de partida cuando el sonido ahogado de unos gritos llegó a sus oídos. Se volvió hacia la iglesia y vio que una columna de llamas comenzaba a devorar el techo de madera.

—¿Quién ha hecho eso? —preguntó de muy mal humor.

Aufidio Décimo se adelantó unos pasos.

—Esos tipos adoraban a un traidor —dijo—. Y no es bueno respetar las vidas de quienes traicionan a Roma.

—¿He dado yo la orden de incendiar ese templo? —la voz de Marco Plauto era tan fría y cortante como la hoja de su espada.

—No, pero pensé que...

—Nadie espera de ti que pienses —le interrumpió Marco Plauto—. Dejad salir a esos infelices. ¡Vamos!

Casio Corbulo y Vigésimo Tulio abrieron de par en par las puertas de la iglesia. Al instante, los monjes salieron en tropel del edificio y se agruparon como corderos frente al monasterio en llamas, resoplando y tosiendo en medio de un coro de llantos y lamentos.

—Lo siento —les dijo Marco Plauto—. No era mi intención que esto ocurriese —luego volvió a la cabeza de la formación y, con un movimiento hacia delante del brazo, ordenó—: ¡En marcha!

La patrulla comenzó a recorrer el sendero, internándose en el bosque. Alberto de Mondragón cayó de rodillas, contemplando con el corazón roto cómo el monasterio, la obra de toda su vida, era pasto de las llamas. Volvió la mirada hacia los cada vez más lejanos legionarios y pensó que aquellos seres eran peores que demonios.

El prior de San Ambrosio se santiguó tres veces. No le cabía ninguna duda: quienes habían destruido su iglesia eran las almas en pena de los soldados romanos que crucificaron a Cristo.

* * *

El Sol era un globo de sangre flotando sobre un horizonte encrespado de olas. Los legionarios se encontraban agrupados en el centro del círculo de piedra. Algunos, vencidos por el cansancio y el vino, roncaban ruidosamente sobre la hierba, o descansaban recostados contra el megalito. Mientras, Cornelio Izhak se dedicaba a grabar algo en una de las piedras del círculo. El golpeteo del martillo percutiendo contra el cincel se mezclaba con el rumor del oleaje.

—¿Qué haces? —preguntó Marco Plauto, aproximándose al hebreo.

—Escribo una advertencia. En latín, griego y hebreo —Izhak leyó el texto en voz alta—: «Cuidado, viajero; en el círculo de piedra tus pasos pueden extraviarse» —sonrió—. Es un poco enigmático, pero me llevaría demasiado tiempo dar más explicaciones, así que deberá bastar.

Marco Plauto se acomodó junto al judío y aguardó a que éste concluyera su labor. Había anochecido cuando cesó el martillleo.

—Ya está —dijo Izhak—. Confiemos ahora en que la niebla vuelva y nos lleve de regreso a Britania.

—Es gracioso —contestó Marco Plauto con una sonrisa amarga—; estamos deseando volver a Britania, pero allí nos esperan los hombres de Caswallawn para acabar con nosotros. Y si no lo hacen ellos, lo hará el legado.

—¿Por qué te odia tanto, Marco? —preguntó el hebreo—. ¿Qué motivo tiene Fonteius para desear matarte?

—¿No lo sabes? No, claro; tú no participaste en el primer desembarco —Marco Plauto hizo una pausa antes de iniciar su relato—. Llegamos a Britania a bordo de ochocientas naves. Era tan numerosa nuestra fuerza que Caswallawn, al vernos desde la costa, mandó retirar sus tropas. Los legados se frotaron las manos, pensando que aquella campaña iba a ser cosa fácil. Hicimos unas cuantas incursiones y cada vez que los celtas ofrecieron batalla fueron vencidos. Luego, una tormenta destrozó las naves que estaban ancladas en la costa y tuvimos que volver al campamento. Eso le permitió a Caswallawn reforzar sus tropas. Al poco, cuando volvimos a avanzar, la caballería de los britanos nos atacó y fue rechazada por nuestra caballería. Una nueva derrota de los celtas. Instalamos el campamento a cuatro jornadas de la costa. Entonces, al anochecer, los hombres de Caswallawn surgieron del bosque y nos atacaron. Tito Fonteius mandó perseguir a los britanos que, tras una incursión relámpago, retrocedían rápidamente. Yo le advertí que podía ser una trampa: si perseguíamos al enemigo, el campamento quedaría desprotegido, lo que permitiría que otra partida de britanos entrara en él. Pero Tito Fonteius no me escuchó e insistió en que partiéramos en pos de los hombres de Caswallawn.

—¿Y qué ocurrió?

—Que desobedecí sus órdenes. Dispuse a mis hombres en una doble fila y aguardé allí, mientras el resto de los soldados se alejaba en persecución de los britanos. Entonces, una nueva partida enemiga salió del bosque y nos atacó. Gracias a los arqueros y a los honderos logramos mantenerlos a raya el tiempo suficiente como para que llegaran refuerzos. Finalmente, logramos contenerlos, pero aquello fue un desastre. Tito Fonteius me acusó de desacato. Y yo le acusé a él de incompetencia en la batalla. La razón estaba de mi parte, pero Tito Fonteius es de cuna noble y, por tanto, intocable. En cuanto a mí..., bueno, con mi acción había salvado el campamento —sonrió con ironía—. Era un héroe y no es bueno para la moral de la tropa ajusticiar a los héroes. Así que los generales decidieron dejar correr el asunto y nos condecoraron a los dos. Pero Fonteius no me ha olvidado y, desde entonces, me asigna las misiones más peligrosas. Hasta ahora he tenido suerte, pero tarde o temprano conseguirá acabar conmigo.

Marco Plauto enmudeció al advertir que el disco naranja de la Luna surgía tras el horizonte marino. Los legionarios, que habían sido informados de lo que supuestamente iba a ocurrir en el círculo de piedra, comenzaron a mirar con inquietud a izquierda y derecha.

—¡Ahí está! —exclamó Marcelo Cumano—. ¡La niebla!

En efecto, el ya familiar fluido lechoso comenzaba a extenderse por el suelo.

—Que nadie salga del círculo —ordenó Marco Plauto, poniéndose en pie.

La niebla creció vertiginosamente hasta envolver por completo el megalito. Luego centelleó y se agitó. Acto seguido se disolvió en medio de una miríada de lucecitas, como si en su interior aletease un enjambre de luciérnagas. El viento arrastró los últimos jirones de bruma y permitió que la claridad lunar iluminara las solitarias piedras del templo prehistórico. Pero allí no había nadie.

Una vez más, la patrulla perdida se había esfumado en el aire.

CAPÍTULO 14

Las Fuentes de la Vida

Dante, sentado frente al escritorio, pasó rápidamente las páginas del libro que estaba consultando. Era un bien documentado texto sobre la Segunda Guerra Mundial, pero allí no había la menor mención a las Fuentes de la Vida. Se quitó las gafas y se acarició con cansancio el puente de la nariz.

¿Qué eran las Fuentes de la Vida?

Cerró el libro con brusquedad. Había consultado decenas de títulos, sin encontrar ni una sola referencia a esas malditas fuentes. Aparentemente, esa organización (si es que era una organización) jamás existió en la Alemania nazi. Dante suspiró y cogió un cuaderno cuadriculado. Lo más probable es que estuviese equivocando el camino; más valía comenzar por el principio.

Las Fuentes de la Vida. Ésa era la traducción que Dante había realizado a partir de un texto escrito por el profesor Abravanel en etrusco. Además, ése era el nombre que el profesor había usado cuando, en la última nota del cuaderno, lo escribió en castellano. Sin embargo, las traducciones pueden prestarse a equívocos. ¿Cómo se diría Fuente de la Vida en alemán? Bueno, pensó Dante, el genitivo de *vida* es *lebens*, y *fuente* se traduce como *quelle*...

Dante escribió una palabra en el cuaderno, *LEBENSQUELLE*, y la contempló largo rato. No, aquello tampoco significaba nada para él. Sin embargo, había algo familiar en aquella expresión, algo que yacía enterrado en algún rincón de su memoria.

—*Lebensquelle*... —murmuró, abstraído, y repitió—: *Lebensquelle*...

Súbitamente, sus ojos bicolores formaron dos círculos perfectos. ¡No, la traducción correcta no era *Lebensquelle!*

¡Era *Lebensborn!*

Corrió a la librería y comenzó a escudriñar apresuradamente entre los atestados anaqueles. Finalmente, encontró el libro que andaba buscando, *Au Nom de la Race*, de Marc Hillel, y se puso a hojearlo con avidez. Unos minutos después, alzó la mirada y resopló. Había sido un imbécil, un perfecto imbécil. Había estado buscando una organizacion militar perteneciente a las SS, pero las Fuentes de la Vida no eran en modo alguno una organización militar.

Las Fuentes de la Vida, las *Lebensborn*, eran jardines de infancia.

* * *

Desde que supo que Eihwaz se ocultaba en la Casa del Indiano, Abril experimentó el acuciante deseo de entrar allí. Al principio se lo planteó como un reto meramente intelectual y se dedicó a especular sobre las posibles formas de entrar y salir de la casa sin ser descubierta. Pero luego, a medida que la idea iba tomando forma en su cerebro, el juego se transformó en una firme decisión: entraría en la Casa del Indiano y averiguaría lo que estaba ocurriendo allí.

Por supuesto, no le habló de sus propósitos a Óscar; tanto él como Dante se opondrían a su plan. Así que comenzó a evaluar las posibilidades que tenía de llevar adelante su objetivo en solitario. De entrada, desechó la idea de intentar introducirse a escondidas. Era imposible eludir las células fotoeléctricas, los sensores de movimiento o las cámaras de infrarrojos, por no mencionar los guardias armados que patrullaban el jardín. No, ése no era el camino.

Así que, sencillamente, se preguntó qué gente del exterior entraba y salía de la casa. Tras realizar unas cuantas averiguaciones, descubrió que la comida llegaba diariamente en la furgoneta de un restaurante de Muros, que la Drees Nederlanden no había contratado a nadie de Orballo, que sus empleados jamás aparecían por el pueblo y que nadie de la comarca, en definitiva, había puesto los pies en la Casa del Indiano desde que la compañía holandesa se instaló allí.

Nadie, salvo la señora Encarnación y su sobrina Conchita.

Doña Encarnación, una viuda madura y emprendedora, era la propietaria de la única lavandería que había en el pueblo, un establecimiento llamado Tintorería Orballo que prestaba servicio a casi todos los restaurantes y hoteles en cincuenta kilómetros a la redonda. No es de extrañar, por tanto, que cuando la Drees Nederlanden se instaló en el pueblo recurriese a los servicios de doña Encarnación. Conchita, una alegre muchacha de diecinueve años, era la encargada de transportar, a bordo de una furgoneta, los encargos de la lavandería. Según afirmó, había estado muchas veces dentro de la Casa del Indiano.

—¿Y qué es lo que has visto? —le preguntó Abril.

—Nada de especial. Me limito a dejar la ropa limpia en un cuarto de la zona de servicio y a llevarme la ropa sucia. Eso es todo.

—¿No has notado nada raro?

Conchita se inclinó hacia su amiga, y le habló en tono confidencial:

—Sí que hay algo raro. Todos los tíos que trabajan allí están buenísimos.

—Vamos, déjate de tonterías.

—No, es en serio —insistió Conchita—. Los empleados de esa compañía parecen modelos de un anuncio de vitaminas. Todos son rubios, de ojos claros y con unos músculos que harían palidecer de envidia el mismísimo «Suarcenaguer».

—Voy a pedirte un favor —dijo Abril tras unos instantes de silencio—: déjame que un día sea yo quien entregue la ropa.

Conchita sonrió con picardía.

—Quieres ver a esos tíos, ¿eh? Bueno, no hay problema. Yo voy allí los lunes, los miércoles y los viernes; elige el día que quieras. Pero con una condición: si te ligas a alguno de esos holandeses, dile que me presente a un amigo.

* * *

La bola blanca, impulsada por el taco que sostenía Óscar, impactó contra una bola listada y la mandó muy lejos del agujero por donde debía introducirse.

—Eres realmente malo —comentó Abril en tono burlón.

La muchacha se inclinó sobre el verde tapete y, manejando con soltura el taco, envió una bola lisa directamente a la tronera. Óscar paseó la mirada entre el público que llenaba el bar Arosa. Hacía días que no sabía nada de Cris.

—¿Qué te pasa? —preguntó Abril—. Estás como ido.

—Me preguntaba —dijo el muchacho—, por qué nos hemos metido en este lío.

—Porque es lo más emocionante que nos ha pasado en nuestra vida.

—Eso no es una razón. Tiene que haber un buen motivo para hacer lo que hacemos. A fin de cuentas, se trata de algo peligroso.

—Por eso es emocionante —concluyó la muchacha—. Pero si quieres un buen motivo, te daré uno: por curiosidad. Quiero saber cómo acaba todo esto —introdujo la última bola en la tronera—. Te he ganado. ¿Echamos otra?

—No, gracias, ya me has vapuleado demasiado.

Óscar dejó el taco de billar apoyado contra la pared y se dio la vuelta. De pronto, alguien se interpuso en su camino. Óscar elevó la mirada y contempló con estupefacción el rostro serio y ceñudo de Fabián Santamaría. El corazón le dio un vuelco y retrocedió apresuradamente un par de pasos, hasta tropezar con Abril.

—¿Qué haces aquí? —le preguntó la muchacha a Fabián—. ¡Lárgate!

Brian Carter Brown surgió de entre el público que abarrotaba el local y se situó al lado de Fabián.

—Dejadle hablar, *please*. Sólo será un momento.

—Yo..., en fin, quiero disculparme —dijo Fabián en tono humilde—. Sé que lo que hice es injustificable, pero aquella noche había bebido demasiado y perdí el control —miró a Abril con timidez—. Lo siento muchísimo; me comporté de un modo imperdonable —se volvió hacia Óscar—. También a ti te pido disculpas.

Abril permaneció ceñuda y silenciosa, pero Óscar esbozó una sonrisa.

—Eso ya es agua pasada —dijo—. Está olvidado.

—No —Fabián sacudió la cabeza—. Lo que hice no puede olvidarse. Así que me marcho del campamento y vuelvo a mi país. Una vez más, os ruego que me perdonéis.

Fabián se dio la vuelta y abandonó el bar con paso rápido.

—No es mala persona —se disculpó Brian Carter Brown—. Quizá un poco impulsivo.

—Las buenas personas no van por ahí intentando violar a las chicas —murmuró Abril—. Me alegro de que se marche.

—Tienes motivos para estar enfadada —dijo Brian—. Pero no quiero que saquéis una mala impresión del Club de Vacaciones. ¿Me permitís que os invite a tomar algo?

Se sentaron en torno a la única mesa que estaba libre y solicitaron al camarero unas bebidas. Brian comenzó entonces a hablarles de las actividades del *International Holiday's Club*. Con entusiasmo creciente, les contó todo acerca de los deportes que practicaban, las múltiples actividades a que se dedicaban y las modernas y confortables instalaciones de que disponían.

—¿Por qué no venís al campamento un día? —les propuso—. Haríamos una fiesta en vuestro honor. *It's OK for you?*

—Claro —contestó Óscar—. Por mí, perfecto.

—*Terrific!* Ahora tengo que irme. Todos los del club nos sentimos un poco responsables de lo que pasó y nos encantaría compensaros de alguna forma. Si necesitaseis algo, cualquier cosa, no vaciléis en recurrir a nosotros. *Bye, see you.*

El joven inglés se despidió con un movimiento de cabeza y abandonó rápidamente el local. Óscar dio un sorbo a su bebida.

—Parece un tío majo —comentó—. Y tu amigo Fabián estaba muy arrepentido.

—Fabián no es mi amigo —contestó Abril—. Y resulta muy cómodo para un violador arrepentirse cuando las cosas le salen mal.

—Estás exagerando.

Abril iba a decir algo, pero se contuvo en el último segundo. Finalmente, se limitó a sacudir la cabeza y exclamar:

—¡Hombres!

* * *

El domingo por la mañana, nada más levantarse, Abril puso en marcha su ordenador y se conectó al banco de datos del Departamento de Aduanas. Pese a tratarse de un día festivo, la lista de importaciones y exportaciones era interminable. Movió el cursor y contempló, con la mirada todavía velada por el sueño, la monótona relación de cargamentos y vuelos. De pronto, algo llamó su atención.

Aproximó los ojos a la pantalla. El corazón latía aceleradamente en su pecho mientras leía una y otra vez las mismas líneas del listado: «Envío de Electrocom Inc. a Drees Nederlanden. Carga: material electrónico. Vuelo 307 Ib. Fecha: 23.VII. Hora de llegada: 19.30.»

Abril levantó el auricular del teléfono y tecleó el número de Óscar.

—Avisa a Dante —dijo al oír la voz de su amigo al otro lado de la línea—. El sonar llegará a Santiago esta tarde.

La caza del *Haifisch* se había iniciado.

* * *

Dante tomó asiento en uno de los bancos de madera que, a tramos regulares, jalonaban el malecón del puerto. Con la vista fija en las maniobras que un pequeño pesquero realizaba para entrar en la dársena, comentó:

—No harán nada hasta el miércoles.

Óscar y Abril intercambiaron una mirada de extrañeza.

—¿Por qué? —preguntó la muchacha.

—Porque deben instalar el sonar en el barco y eso lleva tiempo. Además, pasado mañana es la fiesta de Santiago y Orballo estará lleno de turistas. Demasiados ojos indiscretos para que Eihwaz se atreva a emprender la búsqueda del submarino. Así que esperaremos —concluyó Dante—. Por cierto, he descubierto lo que son las Fuentes de la Vida.

—¿Y bien? —preguntó Abril, impaciente—. ¿Qué son?

—Maternidades —respondió Dante con una sonrisa.

—¿Maternidades?... —repitieron a la vez Óscar y Abril.

—Sí, esos lugares donde nacen niños. Al principio me despistó la traducción. *Fuente de la Vida* se dice *Lebensquelle*: *«quelle»* significa fuente en alemán moderno, pero en alemán medieval la palabra es *«born»*. De modo que la traducción correcta es *Lebensborn*. Así fue como di con la pista de las maternidades nazis y los «niños-SS» —hizo una pausa—. ¿Qué sabéis de los nazis?

—Que invadieron Europa —repuso Óscar—, que eran racistas y que mataron a millones de judíos.

—Exacto. Hitler afirmaba que existía una raza superior, la aria, y que el resto de las razas eran subhumanas y debían ser eliminadas o esclavizadas. Esa idea atroz le llevó, en efecto, a matar a millones de personas. El Holocausto fue una atrocidad, la mayor de todas, pero había otro aspecto de la racista ideología nazi igualmente monstruoso: la creencia en el superhombre. Veréis, los nazis habían definido con toda minuciosidad las características del *«homo superior»:* debía ser de piel y ojos claros, rubio, alto y atlético. Es decir, el prototipo de la raza aria nórdica. Imaginaos la sorpresa de los nazis cuando descubrieron que sólo unos pocos alemanes poseían esas características. Himmler, el jefe supremo de las

SS, decidió que, si en Alemania no había suficientes «superhombres», él los fabricaría. Así que en diciembre de 1935 fundó la *Lebensborn Eingetragener Verein*, la Sociedad Registrada *Lebensborn*, cuya misión era reclutar mujeres jóvenes de pura raza aria para que concibieran hijos con miembros escogidos de las SS. Esos cachorros de «superhombre» fueron llamados *SS-Kinder*, niños-SS, y las *Lebensborn* se ocuparon de su cuidado y educación, «programándolos» para convertirse en «supersoldados» del Tercer Reich. Pero, ¿cómo conseguían las *Lebensborn* esas madres de pura raza? Muy sencillo, secuestrándolas. Tan sólo en Noruega, centenares de mujeres jóvenes fueron raptadas y conducidas a asépticas instituciones donde eran obligadas a concebir hijos para el Reich. Además, las *Lebensborn* no vacilaban en apoderarse de cualquier niño que tuviese las características raciales adecuadas. ¿Os lo podéis imaginar? En nombre de una delirante teoría de la súper raza, las *Lebensborn* arrancaban a niños pequeños de los brazos de sus padres y los confinaban en monstruosos jardines de infancia. Y si algún niño tenía un defecto físico, por pequeño que fuera, los médicos de las *Lebensborn* le inyectaban luminal y morfina, para asesinarlo lentamente.

Dante guardó silencio, aparentemente abstraído en el vuelo de una gaviota.

—¿Qué ocurrió con las *Lebensborn* después de la guerra? —preguntó Abril.

—Las estructuras del Partido Nazi se desmoronaron. Los responsables de las Fuentes de la Vida fueron detenidos o huyeron. En cuanto a los niños..., bueno, era imposible dar con sus familiares, si es que aún los tenían, y en una Europa arrasada por la guerra resultaba muy difícil encontrarles un hogar donde vivir. Muchos de ellos ingresaron en instituciones de caridad, otros fueron adoptados; pero lo cierto es que la mayor parte desapareció y jamás se dio con su paradero.

—Entonces —intervino Óscar—, ¿qué es Eihwaz?

—No lo sé a ciencia cierta —respondió Dante—, pero

imagino que Eihwaz se creó con la misión de proseguir con la actividad de las *Lebensborn* aun después de la caída del régimen nazi. Es posible que, repartidas por el mundo, haya maternidades clandestinas donde se estén criando niños de pura raza aria.

—Pero, ¿por qué? —preguntó Abril—. La guerra acabó hace medio siglo, ¿qué razón hay para hacer eso?

—Criar soldados para el Cuarto Reich —repuso Dante—. ¿No lo entendéis? Los nazis no dijeron adiós, sino hasta luego. El germen de esa ideología no ha muerto; simplemente, se mantiene enquistado, aguardando el momento apropiado para resurgir e infectar con su locura a naciones enteras. Si algún día eso llegara a ocurrir, el nazismo necesitaría de una raza de «Señores» para edificar su imperio de los mil años. Y supongo que eso es lo que hace la Fraternidad de Eihwaz: criar mediante técnicas de eugenesia una elite de «Súper Señores» arios, altos, rubios, fanáticos y crueles.

—¿Y qué pinta en todo esto el *Haifisch?* —preguntó Óscar.

—Cualquier organización necesita dinero para desarrollar sus actividades y Eihwaz no es la excepción. Quizá el cargamento del submarino estaba destinado a su financiación; o quizá Eihwaz se enteró de su existencia a través del artículo del profesor Abravanel, como a mí me ocurrió.

—Hay que pararles los pies a esos monstruos —dijo Abril con rabia contenida—. Tenemos que acabar con ellos.

—De momento —dijo Dante, incorporándose—, lo que vamos a hacer es impedir que se apoderen del cargamento del *Haifisch*. Y, para ello, primero debemos esperar. Así que no haremos nada, ni siquiera reunirnos de nuevo. Disfrutaremos durante unos días del verano y luego, el miércoles, decidiremos cuál será nuestro plan de acción —comenzó a alejarse—. No me llaméis hasta entonces, ¿de acuerdo?

* * *

Después de comer, Abril subió a su cuarto y se tumbó en la cama. Permaneció largo rato pensativa, con la vista fija en el techo, rememorando las palabras de Dante. Hasta entonces, los nazis sólo eran para ella los protagonistas de un capítulo más en los libros de Historia, un fenómeno del pasado tan anticuado como los aviones de hélice o las radios de válvulas. A lo sumo, los nazis eran los malos de las películas de guerra, unos tipos grotescos y envarados que parecían ladrar al hablar. Sin embargo, ahora los contemplaba de otra forma: ya no eran reliquias de otros tiempos, sino una amenaza letal que se agazapaba muy cerca, allí y ahora, a finales del siglo veinte, como una bestia dormida que comenzara a despertar.

Abril había leído acerca del Holocausto, había visto películas y reportajes que trataban sobre los campos de concentración y las cámaras de gas. Algo espantoso, por supuesto, pero los datos y las cifras resultaban demasiado abrumadores. Tras el horror y el impacto que producían, llegaba una sutil sensación de irrealidad. Parecía imposible que personas normales pudieran llegar a realizar tales actos de crueldad y violencia, así que era fácil dejar de pensar en ello, olvidarse de que cosas así podían ocurrir en cualquier momento y en cualquier lugar.

En cuanto a las *Lebensborn*, el rapto de mujeres para ser usadas como ganado reproductor, el secuestro de niños pequeños, todo eso resultaba quizá aún más estremecedor. Pero Abril, lejos de asustarse, sintió que su voluntad se reafirmaba. De algún modo, comenzó a verse a sí misma como una nueva Juana de Arco cuya misión era poner al descubierto los turbios planes de aquella oscura sociedad secreta. Sí, ella sola se enfrentaría al monstruo y liberaría de su esclavitud a las mujeres raptadas, a los niños robados. Pero tenía que actuar con rapidez. Sólo disponía de dos días para entrar en la Casa del Indiano e intentar conseguir alguna prueba de la terrible conspiración que estaba en marcha. Luego, sin hacer caso a lo que Dante pudiera decir al respecto, acudiría a la policía y sacaría a la luz todo el asunto del *Haifisch* y de la Fraternidad de Eihwaz.

El domingo por la tarde, Abril llamó por teléfono a Conchita y le dijo que quería ser ella quien entregara el lunes la ropa limpia de la Drees Nederlanden. La sobrina de doña Encarnación no puso ninguna pega. A fin de cuentas, se trataba de una travesura inocente que ningún daño podía causar.

* * *

Aquella noche Óscar se fue pronto a la cama. Su padre había partido a primera hora para Madrid, ya que tenía que resolver en el banco ciertos asuntos relacionados con un préstamo, y tardaría tres o cuatro días en volver. De modo que pasó toda la tarde en casa, leyendo sin mucho interés una novela de ciencia ficción. Después de cenar, contempló un rato la televisión, pero no había ningún programa que sobrepasara los límites de la subnormalidad, así que decidió irse a dormir. Sin embargo, no logró conciliar el sueño. Tenía la sensación de que algo no encajaba en todo aquel asunto de la búsqueda del submarino, pero no sabía qué era.

A eso de las tres de la madrugada, después de dar vueltas y más vueltas sobre la cama, decidió vestirse y salir a dar un paseo. Caminó hacia el Sur, atravesando las calles oscuras y solitarias de Orballo, y luego, tras dejar atrás el pueblo, tomó el camino que conducía al viejo molino. Al llegar allí, Óscar contempló desde lo alto los lejanos edificios débilmente iluminados por las farolas, y el camino de luz que trazaba la Luna sobre el mar hasta llegar a la playa. De pronto, un lejano resplandor llamó su atención. Provenía del embarcadero situado al pie de la Casa del Indiano y se trataba del fulgor eléctrico de un aparato de soldadura. Al parecer, una gran actividad estaba teniendo lugar en la sede de la Drees Nederlanden.

Probablemente estaban instalando el equipo de sonar, pensó Óscar. Pero, ¿por qué tanta prisa? Si Dante tenía razón, disponían de dos días para llevar a cabo esa tarea. Sin embargo, ahí estaban, trabajando sin descanso toda la noche. Eso quería decir que Dante estaba equivocado... o que les estaba engañando. El arqueólogo dijo que Eihwaz no actuaría hasta el miércoles, pero, ahora que lo pensaba, eso carecía de sentido. Lo lógico era suponer que iniciarían la búsqueda del *Haifisch* nada más instalar el equipo de detección. A fin de cuentas, su pantalla era la Drees Nederlanden y nadie iba a extrañarse de que una compañía minera se dedicara a hacer prospecciones. El que hubiese más o menos turistas carecía de importancia.

Un golpe de viento hizo estremecer a Óscar. La noche era fresca y el muchacho no había cogido ninguna prenda de abrigo, así que, tras dirigir un último vistazo al lejano resplandor azulado que emitía el equipo de soldadura, inició el regreso al pueblo. Al parecer, Dante Oberon quería esquivarlos.

Pero Óscar no se lo iba a poner fácil.

CAPÍTULO 15

La torre luminosa

Una vez que la niebla fosforescente se hubo disipado, Marco Plauto avanzó unos pasos hasta detenerse en el borde exterior del círculo de piedra.

—Seguimos en el mismo sitio —dijo, a sus espaldas, el legionario Isquirión.

Marco Plauto pensó que el soldado tenía razón: aún se encontraban en la isla. El perfil de la costa, las piedras del círculo, el bosque, todo era igual... y, sin embargo, parecía a la vez distinto. En algunas zonas el terreno estaba levantado y removido, y las piedras del megalito tenían una apariencia más vieja.

Un intenso resplandor iluminó fugazmente el contorno del acantilado. Marco Plauto, intrigado, caminó hacia allí y descubrió con asombro la construcción que se alzaba al borde del mar. Se trataba de una torre circular, en cuya cúspide centelleaba intermitentemente una luz tan intensa como la del Sol.

—¡Por Júpiter! —exclamó el centurión—. ¿Qué es eso?

—Parece un faro... —murmuró Cornelio Izhak.

—¿Y esa luz? No es fuego, es... como el fulgor del relámpago —Marco Plauto permaneció unos instantes silencioso, observando con desconcierto la torre luminosa; luego se volvió hacia sus hombres—: Algo ha salido mal. El círculo de piedra nos ha devuelto al mismo lugar. Tendremos que intentarlo de nuevo mañana. Así que volveremos a la casa de los sacerdotes para pasar la noche allí —y, mirando con intención a Aufidio Décimo, añadió—: Si es que después del incendio todavía permanece en pie.

Pero del monasterio no quedaba más que un arco cubierto de hiedra. El resto eran piedras desperdigadas por el suelo, medio ocultas por la densa vegetación que cubría todo el terreno. No había rastro de los sacerdotes.

—Esto no lo ha hecho un incendio —murmuró Marco Plauto.

Eso era evidente; las llamas no podían devorar una casa de piedra hasta los cimientos, y además no había cenizas, ni olor a humo.

—Esas ruinas parecen tener siglos —observó Izhak.

El centurión sacudió la cabeza y se volvió hacia Aufidio Décimo.

—Sargento, dispón la guardia. Pasaremos la noche aquí y mañana al amanecer intentaremos averiguar qué es lo que ha ocurrido y dónde estamos.

CAPÍTULO 16

El Leviatán

Poco antes del amanecer del lunes, Dante subió a su barca y abandonó la ensenada con el motor a media marcha. Apenas unos minutos después, echó el ancla y, con ayuda de unos prismáticos de gran alcance, se dedicó a observar la Casa del Indiano. Al cabo de un rato, cuando el Sol comenzaba a asomar por detrás de los montes que rodeaban el pueblo, Dante advirtió que el *Leviatán* abandonaba el embarcadero en dirección a alta mar. El arqueólogo aguardó unos minutos y luego conectó el motor de su lancha, para iniciar el seguimiento del navío de la Drees Nederlanden desde una prudente distancia.

Media hora más tarde, justo después de sobrepasar la isla, el *Leviatán* se detuvo. Dante desvió la barca y se ocultó tras una de las inmensas rocas que se alzaban en la costa de Xas. Durante varios minutos no ocurrió nada. Luego el yate negro se puso en marcha de nuevo y comenzó a trazar una lenta curva hacia el Sur. Dante sacó del bolsillo unas cartas marinas y las desdobló. Si sus cálculos eran correctos, el *Leviatán* estaba exactamente encima de la fosa de Xas.

Durante las siguientes dos horas, aquel barco oscuro y siniestro trazó círculo tras círculo sobre la superficie del mar, como un buitre acechando la presencia de un animal herido. Dante se dedicó entre tanto a dormitar placenteramente; el rumor del oleaje, el balanceo de la barca y el calor del Sol le habían sumido en un dulce sopor. De pronto, el ruido de un motor aproximándose lo despertó. Parpadeó varias veces, se incorporó de golpe y oteó el horizonte marino. No tardó en distinguir al *Leviatán* que, trazando una amplia curva, se acercaba por el Norte. Dante frunció el ceño y consultó las cartas marinas. El barco se había alejado considerablemente de la fosa y ahora navegaba muy cerca de la isla.

Súbitamente, cuando se encontraba a unos doscientos metros del faro de Xas, el *Leviatán* detuvo sus motores. Al cabo de unos segundos, comenzó a dar marcha atrás con gran lentitud. Finalmente, el yate negro se detuvo. Dante cogió los prismáticos y enfocó la silueta del navío. Algo había ocurrido.

* * *

A bordo del *Leviatán*, en el interior de la débilmente iluminada cabina de mando, se produjo una repentina e intensa agitación.

—¡Aquí está! —exclamó Falcon, el experto en telemetría, con la vista clavada en el monitor del equipo de sonar.

—¿Dónde? —preguntó Renard, repentinamente alerta.

—Un momento... —Falcon se volvió hacia el piloto—. Da marcha atrás, Hund. Muy despacio.

Las hélices invirtieron el sentido de giro y el barco comenzó a retroceder lentamente.

—¡Ya! —indicó Falcon—. Detén el motor y echa el ancla —señaló con un dedo la pantalla—. Mira, eso es el submarino.

Renard escrutó la pantalla, pero sólo logró distinguir nubes de estática.

—¿Seguro que es el *Haifisch?* —preguntó, enarcando una ceja—. Estamos muy cerca de la isla, aquí no hay suficiente calado.

Falcon señaló con el dedo la imagen del monitor.

—Mira: tiene forma de huso, pero el casco está doblado en un ángulo de cuarenta y cinco grados; por eso es difícil de reconocer. Además, los magnetómetros detectan una gran masa metálica. No, no cabe duda, se trata del submarino. En cuanto a lo del calado, tienes razón. La profundidad media en esta zona es de cinco brazas, pero ahí abajo hay una especie de grieta submarina que alcanza catorce brazas de profundidad. El *Haifisch* está exactamente aquí, debajo de nosotros.

Una sonrisa se formó en el rostro habitualmente hierático de Renard.

—El Señor estará contento —dijo con tono exultante—. Muy contento.

* * *

A través de los prismáticos, Dante observó cómo un hombre se asomaba por la borda del *Leviatán* y arrojaba al agua una esfera de color naranja.

«Una boya», pensó el arqueólogo. «Así que por fin han encontrado el *Haifisch*.»

Poco después, el yate negro levó anclas y partió a toda máquina en dirección a la costa. Cuando el barco no fue más que un punto perdido en el horizonte, Dante puso en marcha el motor de su lancha y se aproximó al lugar donde flotaba la boya anaranjada. Detuvo la embarcación y sacó un radiolocalizador G.P.S. de la caja de herramientas. Oprimió un botón y la pantalla de cuarzo líquido mostró instantáneamente la longitud y latitud del lugar marcado por la boya.

Dante estaba anotando en un cuaderno las cifras así obtenidas cuando por el rabillo del ojo percibió un movimiento en lo alto del acantilado. Volvió la vista hacia la isla y, por un instante, creyó ver la figura de...

No, allí no había nadie. Dante sacudió la cabeza, terminó de apuntar las coordenadas y enfiló la proa de la barca en dirección al pueblo.

Era ridículo, por supuesto, pensó mientras gobernaba el timón. Pero lo cierto es que había creído ver a un hombre disfrazado de legionario romano sobre la cima del acantilado.

* * *

El inválido sonrió en la oscuridad. Bajo el tenue resplandor rojizo de las estufas su rostro cadavérico se asemejaba a una gárgola grotesca y antiquísima, pero sus ojos, brillantes e intensos, reflejaban una alegría casi juvenil.

—¡Por fin! —exclamó—. Después de tanto tiempo, el *Haifisch* reaparece —volvió la cabeza hacia Renard—. Hoy al atardecer rescataremos la carga del submarino. Ocúpate de que los buceadores estén preparados. Ah, y quiero estar presente cuando saquemos a la superficie ese maravilloso tesoro.

—Pero, señor —protestó el gigante—, su salud...

—¡Al diablo mi salud! ¿Es que no lo entiendes, Renard? El cargamento del *Haifisch* significa mucho más que una vida, más que un millón de vidas. Esos cuadros y ese oro son la savia vital que nutrirá el tronco del nacionalsocialismo. Cuando los convirtamos en dinero podremos multiplicar por diez el número de las *Lebensborn,* y proporcionaremos al Reich la raza de Señores que habrá de gobernar el mundo.

—Pero su salud es fundamental para el Reich —insistió el gigante—. Sin usted, la Fraternidad de Eihwaz jamás hubiese existido.

—Las personas carecen de importancia. Sólo la sangre, la raza, es sagrada —el anciano hizo una pausa antes de proseguir—: Estaré en el yate cuando se rescaten los tesoros del *Haifisch*, y no quiero discutir más ese asunto.

—Se hará como ordene —dijo Renard con una inclinación de cabeza—. Otra cosa, señor. Mientras buscábamos el submarino a bordo del *Leviatán*, Dante Oberon ha estado espiando nuestros movimientos desde una lancha.

—El señor Oberon... —entrecerró los ojos—. Créeme, estoy deseando conocerle. Cuando abandonemos este pueblucho miserable, cosa que espero suceda pronto, deberemos ocuparnos de Dante Oberon. ¿Entiendes lo que quiero decir?

—Por supuesto, señor. Pero... —vaciló—. ¿Y la muchacha?

—Ah, sí, tu muñequita aria —el anciano sonrió como un abuelo bondadoso—. Ésa, Renard, será tu recompensa por haber encontrado el *Haifisch*.

* * *

Mientras Abril terminaba de fijar las cuerdas que sujetaban aquel inmenso fardo de ropa a su ciclomotor, las campanas del reloj del Ayuntamiento proclamaron con su voz de metal las doce campanadas del mediodía. Ella y Conchita se encontraban frente a la Tintorería Orballo, junto a una atestada furgoneta de reparto. Abril vestía una camisa oscura y unos amplios pantalones vaqueros. Llevaba el pelo recogido bajo un pañuelo y en su rostro no había ni rastro de maquillaje. En cualquier caso, pese a su intento de adquirir un aspecto vulgar, seguía pareciendo lo que era: una muchacha extraordinariamente bonita.

—Recuerda que te han de firmar el recibo —dijo Conchita.

—Pierde cuidado —Abril puso en marcha el ciclomotor—. ¿Siempre entregas la ropa tan tarde?

—No, qué va. Pero como mañana es fiesta estamos hasta arriba de trabajo.

—Entonces, más vale que me vaya —Abril giró el acelerador y la moto se puso lentamente en marcha.

—Acuérdate de mí —dijo Conchita, agitando la mano—: si te ligas a uno de esos bollitos holandeses, dile que me presente a un amigo.

Al cabo de unos minutos, después de dejar atrás las últimas casas del pueblo, Abril enfiló la carretera que, entre pinos y eucaliptos, remontaba la pronunciada cuesta del acantilado, hasta llegar a la verja de hierro que daba acceso a la Casa del Indiano. La muchacha apoyó el ciclomotor en la pata de cabra y oprimió el botón de llamada del intercomunicador que había en el marco de la cancela. Una cámara de televisión en circuito cerrado giró sobre su eje con un zumbido eléctrico.

—¿Qué quieres? —dijo una voz de hombre a través del altavoz.

—Traigo la ropa de la lavandería —contestó Abril, dirigiendo una sonrisa al ojo helado de la cámara.

—¿Por qué no ha venido la otra muchacha?

—¿Conchita? Tiene mucho trabajo y la estoy ayudando. Soy su prima, ¿sabe?

Una pausa. Sin previo aviso, la cancela de hierro comenzó a abrirse.

—Sigue el sendero —dijo la voz—, y entra por la puerta trasera.

Mientras recorría el amplio y cuidado jardín, Abril comprobó con extrañeza que el lugar parecía completamente desierto. Aparcó junto a la entrada de servicio y, mientras desataba el fardo de ropa, examinó con disimulo el edificio. Se trataba de una inmensa casa de tres plantas, resuelta en líneas curvas que evocaban motivos vegetales. Por lo demás, las ventanas estaban cubiertas con cristales oscuros, de modo que resultaba imposible atisbar el interior de la mansión.

Cargando a duras penas con el bulto de la lavandería, subió los escalones que conducían a la puerta de entrada y oprimió el botón del timbre. Al cabo de unos instantes, la puerta se abrió de par en par, encuadrando la figura de un hombre fornido, de pelo castaño y ojos claros, que vestía un elegante traje gris perla.

—Buenos días —saludó Abril, sonriente—. ¿Dónde dejo la ropa?

El hombre le indicó con un gesto que le siguiera; luego, sin volver la mirada atrás, echó a andar. Recorrieron un largo corredor jalonado de puertas que acababa desembocando en una inmensa cocina. La dejaron atrás y continuaron por un nuevo pasillo. Aquella casa era enorme y a Abril comenzaban a dolerle los brazos de tanto aguantar el peso del fardo. De pronto, el hombre se detuvo frente a una puerta y la abrió. Con un cabeceo le indicó a la muchacha que entrase en la habitación.

—¿Dejo ahí la ropa? —preguntó Abril.

El hombre asintió y la muchacha entró en lo que parecía ser un amplio dormitorio, amueblado tan sólo con una cama y una mesilla de noche. Abril dudó unos instantes, sin saber a ciencia cierta dónde se suponía que debía depositar la ropa.

Entonces escuchó un sonoro portazo a sus espaldas.

Abril sintió que el corazón le daba un vuelco. Dejó caer el fardo e intentó abrir la puerta, pero el cerrojo estaba echado. Súbitamente, comprendió que la habían descubierto, que ahora se encontraba en manos de la Fraternidad de Eihwaz. Aterrorizada, comenzó a golpear la puerta con los puños, exigiendo a gritos primero, e implorando entre sollozos después, que la dejaran en libertad.

Pero nadie escuchó sus súplicas.

* * *

Tras dejar la barca amarrada en el puerto, Dante Oberon se encaminó directamente a su casa. Una vez allí, cogió una gran bolsa de lona y comenzó a llenarla con los más diversos objetos: un traje de *neopreno* y unas aletas de bucear, una escafandra autónoma dotada de dos pequeñas bombonas de oxígeno, una linterna, un visor nocturno de infrarrojos y un receptor multibanda. Al terminar, Dante consultó el reloj: eran las tres y diez. Todavía disponía de algo de tiempo, de modo que se tumbó sobre la cama, cerró los ojos y se durmió instantáneamente.

Despertó una hora más tarde. Tras lavarse la cara con agua fría, espantando así cualquier rastro de somnolencia, se puso unos pantalones negros, una camisa oscura y unas zapatillas deportivas. Luego se colgó al hombro la pesada bolsa de lona y salió de la casa. No había dado más de tres pasos cuando descubrió la presencia de Óscar. El muchacho estaba sentado sobre el capó de su coche.

—¿Qué haces aquí? Ya te dije que por ahora no debíamos vernos.

—Lo han encontrado, ¿verdad? —le interrumpió Óscar.

—¿Cómo?...

—El submarino. Eihwaz ha dado con él. Te he espiado, ¿sabes? Subiste a tu lancha antes del amanecer y te quedaste esperando en medio de la bahía. Luego zarpó el barco de la Drees Nederlanden y tú lo seguiste. Yo estaba en el molino viejo y desde ahí, con unos prismáticos, pude ver cómo el yate daba vueltas y más vueltas frente a la isla. A mediodía, el *Leviatán* volvió al embarcadero. Diez minutos después, tres coches salieron a toda velocidad de la Casa del Indiano en distintas direcciones —Óscar se bajó del capó—. Está claro que algo ha pasado.

El arqueólogo se disponía a improvisar una excusa, pero en el último momento cambió de idea. Sacudió la cabeza y abrió el maletero del coche.

—Tienes razón —dijo, mientras dejaba la bolsa de lona junto a la rueda de repuesto—: han encontrado el *Haifisch.* Está hundido al Oeste de la isla, muy cerca del faro. Creo que intentarán rescatar su cargamento en cuanto anochezca.

—¿Y tú qué vas a hacer?

—Ir a Xas —contestó Dante, cerrando el maletero.

—Déjame acompañarte.

—No.

—Pero te seré útil. Tú no puedes enfrentarte solo a esos nazis.

Dante abrió la puerta del coche y tomó asiento frente al volante.

—No voy a enfrentarme a ningún nazi —dijo—. Y no lo voy a hacer, porque esa gentuza es muy, pero que muy peligrosa. Así que me limitaré a intentar quitarles *La Madonna del Cisne*. Pero ni loco se me ocurriría permitir que me acompañase un muchacho. Mira, tu amiga y tú me habéis ayudado y, si todo sale bien, seréis recompensados. Pero vuestra intervención en este asunto ha concluido ya.

Sin añadir nada más, Dante arrancó el automóvil y se alejó a toda velocidad. Óscar dudó un instante y luego echó a correr en dirección al puerto. Cuando llegó allí se encontró al arqueólogo aguardándole en el muelle, apoyado contra el coche.

—¿Tienes algo que ver con esto? —dijo, señalando el embarcadero.

—¿Con qué? —preguntó Óscar, desconcertado.

—No, supongo que no has sido tú —suspiró Dante, y agregó con desánimo—: Mi lancha ha desaparecido.

* * *

—Puedo conseguir un barco —dijo Óscar, sonriente.

—Ya te he dicho que no te necesito —contestó Dante, encaminándose a una cabina telefónica—. Y deja de seguirme.

Óscar se acomodó en un banco de la plaza y observó al arqueólogo efectuar llamada tras llamada. Al cabo de media hora, Dante abandonó la cabina con el rostro inexpresivo y tomó asiento juntó al muchacho.

—Todas las embarcaciones de alquiler que hay en cincuenta kilómetros a la redonda están contratadas —dijo—. Incluso he intentado comprar un lancha, pero hasta mañana no me la pueden entregar.

—Muy tarde —apuntó Óscar.

—Sí, maldita sea, muy tarde —Dante reflexionó unos instantes—. ¿Dices que puedes conseguir un barco?

—El del pescador que nos llevó a Xas.

—Ya... ¿Y cómo se llama ese pescador?

—Eso no te lo voy a decir... A menos que lleguemos a un acuerdo.

Dante enarcó una ceja con recelo.

—¿Qué clase de acuerdo? —preguntó.

—Yo consigo el barco y tú me llevas contigo. Además, me darás una parte de la recompensa que ofrecen por el rescate de *La Madonna del Cisne*.

Los ojos del arqueólogo se convirtieron en dos rendijas.

—¿Una parte de la recompensa? ¿Qué parte?

—El veinticinco por ciento.

—¿Estás loco? —Dante se llevó teatralmente las manos a la cabeza.

—Y otro veinticinco por ciento para Abril —añadió Óscar.

—Sí, estás loco. No pienso darte la mitad de mi recompensa.

—Pues no hay barco —concluyó el muchacho.

Tras un prolongado silencio, Dante consultó su reloj.

—El diez por ciento —ofreció de pronto.

—El veinte —respondió al instante Óscar.

—El quince —replicó Dante—. Y ni una peseta más.

—¿Para cada uno?

—Sí, demonios, para cada uno.

—De acuerdo —Óscar se puso en pie—. El barco está a dos kilómetros del pueblo, por la carretera de la costa. Es el pesquero de Isaías el Negro.

* * *

Pero cuando llegaron a la humilde vivienda de Isaías el Negro, la hallaron absolutamente desierta.

—El barco no está —observó Dante, señalando el atracadero de madera.

—Habrá salido a pescar. Supongo que volverá pronto.

—O tarde —Dante se dejó caer con desánimo sobre la arena de la playa.

Óscar permaneció unos instantes ensimismado en sus pensamientos. De pronto, sus ojos se iluminaron.

—¡Vamos! —exclamó, dirigiéndose hacia el coche—. ¡Tenemos que irnos!

—¿Irnos? —el arqueólogo se puso en pie—. ¿A dónde?

—Al campamento de verano —respondió Óscar.

* * *

Brian Carter Brown miró alternativamente a Óscar y a Dante.

—¿Una lancha? —preguntó, extrañado.

—Bueno —sonrió Óscar—, dijiste que si necesitaba ayuda podía recurrir a ti.

—Oh, sí, *of course*... Pero es tarde para navegar. Pronto se pondrá el Sol.

—Han robado mi barca —intervino Dante—. Y tengo que ir a la isla.

—*Well* —asintió Brian tras pensárselo un poco—. Si queréis llegar a Xas de día, tendréis que salir inmediatamente. Seguidme.

Cruzaron en silencio las instalaciones del campamento de verano. El lugar parecía desierto.

—¿Dónde está todo el mundo? —preguntó Óscar.

—Han ido de excursión al monte Pindo —contestó el inglés—. Yo iba a reunirme ahora con ellos. Pasaremos la noche allí, bajo las estrellas. Será divertido.

Llegaron a un pequeño embarcadero metálico. Brian señaló una de las tres lanchas fueraborda que flotaban amarradas al muelle.

—Coged ésa. Creo que tiene el depósito lleno.

—Muchas gracias —dijo Óscar, estrechándole la mano—. Te devolveremos la barca mañana.

—Oh, no hay prisa —repuso, sonriente, Brian—. Me alegro de poder ayudarte. Es lo menos que puedo hacer.

* * *

La fueraborda parecía volar sobre las olas, rozando apenas la blanca espuma, como un albatros buscando peces a ras de mar. Atrás quedaban las blancas casas de Orballo y también la seguridad de la vida cotidiana. Enfrente, la brumosa silueta de Xas crecía y crecía a medida que se aproximaban.

—¿Dónde está Abril? —preguntó Dante.

—Ella no sabe nada de esto —el muchacho fijó la mirada en el horizonte y añadió—: No quiero que Abril corra ningún riesgo.

—Tú tampoco deberías estar aquí —murmuró Dante.

—Pero estoy. ¿Cómo vas a apoderarte del cuadro de Da Vinci? ¿Tienes un plan?

—He traído un equipo de submarinismo. Cuando la carga del *Haifisch* se encuentre en las bodegas del *Leviatán*, me aproximaré bajo el agua, me introduciré en el barco, me haré con los controles y saldré a toda máquina de aquí.

Óscar enarcó una ceja.

—¿Eso es un plan? —preguntó.

—Bueno —Dante se encogió de hombros—, es lo mejor que se me ha ocurrido...

CAPÍTULO 17

En el acantilado

Al cabo de un rato, tras convencerse de que nada iba a conseguir golpeando la puerta, gritando o suplicando, Abril decidió buscar una forma de escapar de su encierro. En una de las esquinas del techo había una pequeña cámara de televisión. La muchacha le sacó la lengua y comenzó a explorar la habitación donde estaba secuestrada. El dormitorio sólo contenía una cama y una mesilla de noche, en cuyo interior encontró un viejo y pesado orinal. Contempló con desagrado aquella bacinilla de hierro esmaltado y la dejó sobre la mesilla de noche. Luego siguió registrando concienzudamente el dormitorio, pero no encontró nada que pudiera serle de utilidad.

Finalmente, Abril tuvo que aceptar que no había modo alguno de escape, así que tomó asiento sobre la cama y, abrazando contra su pecho el pequeño bolso que había traído consigo, se dispuso a esperar.

Pero durante las siguientes tres horas, nada sucedió.

Cuando comenzaba a pensar que se habían olvidado de ella, el sonido de un cerrojo al correrse pobló de ecos metálicos el dormitorio. La puerta se abrió lentamente y una figura familiar cruzó el umbral.

—¡Fabián! —exclamó Abril, estupefacta—. ¿Qué haces aquí?

Fabián Santamaría se detuvo en medio del dormitorio, encendió un cigarrillo, inhaló una profunda bocanada de humo y lo expulsó lentamente por la nariz.

—Éste es mi hogar —dijo en tono burlón.

—Pero, pero... —Abril boqueó, desconcertada—. Tú te habías ido...

—Nunca me fui, niña. Simplemente, me mudé del campamento de verano a la sede de la Drees Nederlanden, lo que no supuso un gran cambio, ya que ambas organizaciones pertenecen a la Fraternidad.

—Entonces —musitó Abril estupefacta—, el Club de Vacaciones es una tapadera de Eihwaz. Y sus miembros sois *SS-Kinder*, niños-SS...

—Eres muy lista —dijo Fabián mientras remedaba un aplauso—. Sí, soy un SS y por mis venas corre la más pura sangre aria —se quitó el reloj de pulsera y mostró con orgullo el signo *eihwaz* que llevaba tatuado en el dorso de la muñeca—. Pertenezco a la estirpe de los Señores —prosiguió—, a la casta que ha de regir el Cuarto Reich y el mundo.

De no ser por el miedo que sentía, Abril se habría echado a reír. Aquel individuo era un monumento andante a la egolatría.

—¿Por qué me habéis secuestrado? —preguntó.

—Porque sabes demasiado —repuso Fabián, dando otra calada al cigarrillo.

—Eso no es cierto —protestó la muchacha—. Tenía curiosidad por conocer la Casa del Indiano y por eso vine. Nada más.

—No intentes engañarme. Dante Oberon, Óscar Leyva y tú habéis estado metiendo las narices en asuntos que no eran de vuestra incumbencia.

—¿Vais a matarme? —musitó Abril tras una pausa.

—Si quisiéramos matarte, ya estarías muerta. No —Fabián desvió la mirada—; Renard se ha encaprichado de ti.

—¿Renard?

—Es uno de nuestros jefes; un personaje importante. Todos los amos usamos el sobrenombre de un animal. A mí me conocen por Jaguar.

«¿Jaguar?»..., pensó Abril. Aquel tipo era patético.

—¿Y qué piensa hacer ese Renard conmigo? —preguntó.

—¿No te lo imaginas? —Fabián se echó a reír—. Va a mezclar su sangre con la tuya, querida. Quiere convertirte en una madre *Lebensborn*, en una vaca paridora destinada a concebir soldaditos arios para el Reich.

—¡Pero yo no soy aria!

—Renard cree que sí —se encogió de hombros—. En cualquier caso, eso debe decidirlo el Señor. Ahora perteneces a la Fraternidad de Eihwaz.

Abril respiró hondo. Aquello era una pesadilla, un sueño terrible donde todo parecía alterado de un modo surrealista.

—¿Y tú lo vas a permitir? —preguntó.

—¿Y por qué no iba a hacerlo?

—Porque hemos sido amigos, Fabián, porque...

—¿Amigos? —la interrumpió el joven—. Me rechazaste, estúpida. Y por tu culpa he sido castigado. ¡Claro que voy a permitir que Renard se quede contigo! —sonrió con crueldad—. Quizá cuando se canse de ti me permita usarte un poco.

—¡Sois unos salvajes! —gritó Abril—. ¿Por qué no os quedáis con el cargamento de ese maldito submarino y nos dejáis en paz?

—Ya te lo he dicho: porque sabéis demasiado. Pero, en realidad, no hemos hecho nada. Tú has venido aquí por tu propio pie, y tus amigos... —sonrió burlón—. Tus amigos querían ir a Xas, y no se les ha ocurrido mejor idea que pedirle una barca a Brian Brown. ¡Nada más y nada menos que a un miembro de Eihwaz! Es para morirse de risa —comenzó a alejarse, pero antes de salir se volvió hacia la muchacha—. Tus amigos se han metido en la boca del lobo, niña. Piensa en eso.

Y Fabián Santamaría cerró de golpe la puerta.

* * *

Dante amarró la lancha y ayudó a Óscar a subir al embarcadero de madera.

—Parece que no hay nadie —comentó el muchacho mirando en derredor.

—Están en la otra punta de la isla —el arqueólogo se colgó al hombro la bolsa de lona—. Escucha: tú espérame aquí. Si no he vuelto dentro de tres horas, te montas en la barca, sales pitando y avisas a la policía. ¿De acuerdo?

—Ni hablar. Voy contigo.

—¡Por todos los demonios! ¿Alguna vez voy a conseguir que me hagas caso?

—No pienso perderte de vista, Dante. No sería la primera vez que intentas darme esquinazo.

—Da gusto ver cómo la gente confía en mí... —el arqueólogo suspiró—. De acuerdo, haz lo que quieras —echó a andar—. Hay que cruzar la isla, pero no por el sendero; nos verían. Iremos a través del bosque.

Se internaron en la arboleda, avanzando dificultosamente entre la vegetación que, como un muro verde, se alzaba frente a ellos. Tardaron casi una hora en llegar al extremo Oeste del bosque, y una vez allí, ocultos tras unos arbustos, distinguieron las figuras de tres hombres jóvenes, de aspecto fornido y atlético, cubiertos con bañadores y chaquetas de *neopreno*. Estaban sentados al borde del acantilado, justo detrás del crónlech, y a su lado, sobre el suelo, descansaban tres juegos de botellas de aire comprimido, aletas y gafas de bucear. Abajo, junto al embarcadero de cemento, flotaba una balsa neumática.

—Las caras de esos tipos me suenan —susurró Óscar.

Dante le dirigió una furiosa mirada mientras silabeaba en silencio: «¡CÁ-LLA-TE!». De pronto, uno de los buceadores se incorporó con la mirada fija en el mar.

—Da kommt der Leviatán —dijo.

Asomándose entre las hojas de un gigantesco helecho, Dante oteó las aguas del océano. Desde el Norte, el negro casco del *Leviatán* se aproximaba a la isla. A su alrededor, como mosquitos revoloteando en torno a una avispa, seis lanchas neumáticas navegaban a toda velocidad en medio de nubes de espuma.

—Parece que la fiesta va a comenzar —murmuró el arqueólogo, con la vista fija en el ominoso yate negro.

* * *

Exactamente a las siete de la tarde, la línea que unía Orballo de San Buenaventura con el resto de la red telefónica nacional quedó cortada. Al percatarse de esto, Antonio Pedrayo, el concejal encargado de comunicaciones y transportes, abandonó la casa consistorial, montó en su coche y se dirigió acto seguido hacia Muros, con la intención de dar aviso de lo ocurrido en la delegación de la Compañía Telefónica. Pero nunca llegó a hacerlo, porque a la salida de una curva, cuando faltaba apenas un kilómetro para llegar al cruce con la carretera general, tuvo que dar un frenazo para evitar estrellarse contra el desprendimiento de piedras que bloqueaba por completo el paso. Antonio bajó del vehículo y contempló con perplejidad la carretera cortada. ¿Cómo era posible que esas enormes rocas hubiesen ido a parar allí?

Aquello era un misterio, no cabía duda, y quizá por eso el concejal Antonio Pedrayo no cayó en la cuenta de que, sin comunicación telefónica y con la carretera cortada, Orballo estaba totalmente aislado del resto del mundo.

* * *

Fabián Santamaría se encontraba en el salón principal de la Casa del Indiano, sentado frente a una batería de monitores de televisión en circuito cerrado. Había doce pantallas, pero sólo una tenía interés para él: la que mostraba la imagen en blanco y negro de Abril Ribera. Fabián sirvió una generosa ración de coñac en su copa y dio un largo trago. Abril estaba sentada en la cama. Se había quitado la camisa y la alisaba con cuidado sobre las piernas. El joven, como hipnotizado, no podía apartar la mirada del sujetador blanco que cubría el busto de la muchacha.

—¡Maldita sea! —masculló, sintiendo que la excitación crecía dentro de él.

Apuró la copa de un trago mientras la muchacha volvía a ponerse la camisa. Aquella chica era tan hermosa... ¿Por qué demonios tenía que quedársela Renard? A fin de cuentas, él la había visto primero. No, no era justo. Pero eso daba igual: la chica iba a ser del gigante rubio, no suya.

Aunque, lo cierto es que Renard no estaba ahora allí...

En el monitor, Abril se quitó el pañuelo, permitiendo que sus largos y rubios cabellos se derramaran como una cascada de trigo sobre los hombros. Luego, la muchacha sacó de su bolso un estuche de maquillaje y, contemplándose en un pequeño espejo, comenzó a perfilar el contorno de sus ojos.

Fabián se incorporó pausadamente. No, pensó, Renard no se encontraba allí para impedirle hacer su voluntad.

* * *

Cuando Fabián abrió la puerta del dormitorio, Abril estaba aplicando un poco de colorete a sus mejillas. La muchacha miró al joven por encima del espejito y sonrió con timidez.

—Antes no tenía muy buen aspecto, ¿verdad?

—Estarías preciosa aun vestida con harapos —dijo Fabián.

—Gracias. Pero ahora estoy mejor, ¿no crees?

—Mucho mejor —convino el joven—. ¿Por qué te has maquillado?

— Quizá lo he hecho para ti —Abril guardó la brochita en el estuche y lo cerró—. He pensado que, si ahora pertenezco a la Fraternidad, preferiría... ¿Cómo dijiste? Ah, sí, preferiría mezclar mi sangre contigo antes que con ese tal Renard. A fin de cuentas, a ti te conozco.

Fabián avanzó unos pasos. El coñac le hacía sentirse eufórico y confiado.

—Bueno —dijo, sonriendo como un zorro—, eso podría arreglarse.

Abril guardó el estuche y sacó del bolso una barra de labios.

—¿Sabes? —dijo—, te rechacé en la fiesta porque fuiste

muy brusco. Pero tú me gustas mucho. Siempre he pensado que hay algo en ti..., no sé, irresistible.

—Supongo que será la pureza de mi sangre. Soy el fruto de un meticuloso programa de selección eugenésica. Poseo una mente brillante y un cuerpo perfecto.

—Sí, supongo que será eso —Abril comenzó a pintarse los labios—. ¿Sabes una cosa?, este carmín tiene sabor a fresa.

Fabián, sonriendo de oreja a oreja, se aproximó a la muchacha e intentó besarla, pero ella le contuvo con un gesto.

—Un momento. Estas cosas necesitan intimidad —señaló la cámara de televisión—. ¿Hay alguien mirando?

—No te preocupes —repuso Fabián, sin dejar de recorrer con los ojos el cuerpo de la muchacha—; yo soy el que se ocupa de la vigilancia y, ahora, estoy aquí.

—Ya, pero podrá vernos cualquiera que pase por delante del monitor.

—Casi todos están en la isla, buscando el submarino. Nadie nos interrumpirá.

Abril sonrió como lo haría un ángel.

—No sabes lo que me alegra oír eso —dijo.

Acto seguido, levantó la mano y oprimió un extremo de la barra de labios. Al instante, una nube de gas lacrimógeno salió proyectada hacia la cara de Fabián. Éste sintió un intenso ardor en los ojos, profirió un gruñido y manoteó frenéticamente, intentando agarrar a la muchacha. Pero Abril se apartó de un salto, cogió el pesado orinal de hierro y lo descargó con toda su fuerza contra la cabeza del joven. Fabián se derrumbó sobre el suelo como un fardo. Abril permaneció unos segundos inmóvil, respirando agitadamente mientras contemplaba el cuerpo inconsciente del *SS-Kind.*

— «Una mente brillante en un cuerpo perfecto»... —murmuró—. Un perfecto cretino, eso es lo que eres.

Y, sin perder un segundo, salió del dormitorio.

* * *

Abril recorrió con sigilo la aparentemente desierta casa, hasta encontrar la entrada de servicio. Entornó la puerta y oteó el exterior: un hombre armado montaba guardia junto a la escalera del embarcadero. La muchacha cerró de nuevo y profirió una muda maldición; precisamente era a través del embarcadero por donde pensaba escapar. Permaneció unos segundos inmóvil, intentando poner en orden las ideas. Los guardianes no eran el único problema; si cruzaba el perímetro exterior de la mansión, los sensores de movimiento la detectarían. Tenía que desconectar los sistemas de seguridad y distraer a los guardianes. ¿Pero cómo?

Abril experimentó un súbito acceso de pánico. El tiempo jugaba en su contra: Fabián podía despertarse en cualquier momento y dar la alarma. La muchacha paseó nerviosamente la mirada por el pequeño recibidor donde se encontraba. De pronto, sus ojos se detuvieron en un enchufe del que partía el cable de una lámpara.

¡Electricidad! ¡Ésa era la respuesta!

Abril desenchufó la lámpara y arrancó el cable de un tirón. Peló los bornes con los dientes y unió los dos hilos de cobre. Luego, conteniendo el aliento, volvió a conectar el enchufe. El cable chisporroteó y se convirtió en una nube de plástico quemado y bolitas de cobre fundido. Instantáneamente, la red eléctrica de la casa quedó cortada.

En el exterior, una caja de fusibles hizo un ruido seco y comenzó a humear. Al ver aquello, el guardián que vigilaba el acceso al embarcadero intentó usar el comunicador que estaba adosado a un poste de la escalera, pero no tardó en comprobar que no funcionaba. El hombre frunció el ceño y contempló con inquietud cómo el humo que surgía del cajetín se iba volviendo cada vez más denso. Finalmente, tras asegurarse de que no había intrusos en el embarcadero ni en la escalera que remontaba el farallón, el guardián abandonó su puesto en busca de un extintor.

Abril cruzó entonces la puerta de servicio y echó a correr

hacia el acantilado. Con el corazón bombeando locamente en su pecho, alcanzó las escaleras y se lanzó peldaños abajo, saltando los escalones de dos en dos, de tres en tres. Estaba aterrorizada, pero en ningún momento volvió la mirada. Ni siquiera cuando, tras cruzar el embarcadero e iniciar el ascenso por las agudas aristas de los rompientes, escuchó en lo alto del acantilado el agudo aullido de una sirena, entremezclado con los gritos alarmados de los siervos de Eihwaz.

* * *

Abril nunca pudo explicarse cómo logró cruzar los rompientes del acantilado. En su memoria sólo permaneció el vago recuerdo de una enloquecida carrera y de la lucha que libró para mantener el equilibrio mientras las olas rompían a sus pies. Fuera como fuese, la muchacha logró alcanzar sana y salva la playa de Orballo. Sólo entonces se permitió mirar atrás, para comprobar, aliviada, que nadie la seguía.

No obstante, sus amigos continuaban en peligro, así que Abril echó a correr hacia el pueblo. Primero fue al domicilio de Óscar y, al encontrarlo vacío, se dirigió al de Dante; pero allí tampoco había nadie. De nuevo a la carrera, enfiló la calle principal en dirección a la casa de sus padres.

—¡¿De dónde vienes?! —exclamó horrorizada la madre de Abril—. ¡Pero si estás empapada y llena de cardenales! ¡¿Qué te ha pasado?!

La muchacha, sin hacerle el menor caso, se dirigió al teléfono y descolgó el auricular. La línea estaba muerta.

—¿Qué le pasa al teléfono? —preguntó.

—No hay comunicación en todo el pueblo. ¿Me puedes decir qué sucede?

Abril colgó el auricular y comenzó a dar vueltas de un lado a otro del salón. Por un momento consideró la posibilidad de contárselo todo a su madre, pero desechó rápidamente esa idea al imaginar las largas explicaciones que se vería obligada a ofrecer. No tenía tiempo para eso.

—Escucha —suplicó—: tengo que ir a Muros. Llévame en el coche, por favor.

—Un momento. Primero me vas a explicar qué sucede. No voy a consentir...

—¡Ahora no, mamá! —le interrumpió Abril—. Escucha, en este momento no puedo contártelo, pero es muy importante que vaya a Muros. Llévame, por favor.

La mujer contempló con preocupación el rostro angustiado de su hija, comprendiendo que algo grave sucedía y que en aquellas circunstancias no era oportuno embarcarse en una reprimenda.

—No se puede salir de Orballo —dijo—. La carretera está cortada.

Abril sintió que el corazón le daba un vuelco y maldijo en su interior a la Fraternidad de Eihwaz, aquella sociedad secreta que parecía poder controlarlo todo. Consultó su reloj. Era tan tarde... Cerró los ojos e intentó concentrarse. ¿Cómo podía llegar al cuartel de la Guardia Civil de Muros? La respuesta le llegó con nitidez: en barco.

—Me voy, mamá —dijo mientras se dirigía rauda hacia la salida—. Llegaré tarde. No me esperes.

—¡¿A dónde vas?! —exclamó la mujer—. ¡Vuelve aquí inmediatamente!

Sin hacer caso, Abril cruzó la puerta y se dirigió al garaje. Durante unos segundos titubeó, buscando su ciclomotor, pero luego recordó que lo había dejado en la Casa del Indiano, de modo que cogió una bicicleta y partió a toda la velocidad que sus piernas podían imprimir a los pedales. Poco después tomaba la carretera del Sur, camino de la casa de Isaías el Negro.

* * *

El submarinista movió rítmicamente las aletas, impulsándose hacia abajo, mientras una columna de burbujas surgía de su respirador y remontaba las aguas en busca de la superficie.

Al cabo de unos segundos, el buceador alcanzó el lecho marino. Consultó la profundidad, comprobando que se encontraba a once metros bajo el nivel del mar. Luego, comenzó a avanzar en la dirección indicada por la brújula. Al poco, encontró el hundimiento del terreno que andaba buscando. Se trataba de una grieta de unos treinta metros de ancho por sesenta de largo, aunque la escasa luz que llegaba de la superficie no permitía evaluar con exactitud sus dimensiones.

El buceador encendió una antorcha de magnesio y se introdujo en la grieta. Mientras descendía, mantenía la vista fija en la esfera del aparato que marcaba la profundidad: catorce metros, dieciséis, dieciocho, veinte... De pronto, iluminada por la claridad de la antorcha, la torcida forma de un sumergible hundido apareció ante sus ojos. En el costado de estribor había un enorme boquete.

El buceador se aproximó al submarino y contempló con júbilo la semiborrada esvástica que ostentaba la torreta y el nombre que aparecía en su parte inferior: *HAIFISCH*. Luego extrajo un cilindro del cinturón y lo adhirió a la chapa del submarino. Oprimió un botón y una carga de aire comprimido infló un globo: la boya, unida al pecio por un fino cable de nailon, inició lentamente su ascensión.

El buceador, un joven llamado Brian Carter Brown, pero más conocido en el círculo de Eihwaz como Moray, echó un último vistazo al sumergible. Con el corazón palpitante de alegría, Moray agitó las aletas e inició el regreso a la superficie, donde le aguardaban sus compañeros.

* * *

Abril dejó la bicicleta tirada sobre el suelo y corrió hacia la casa de Isaías el Negro. El lugar parecía desierto y, lo que era peor, la barca no estaba a la vista. No obstante, la muchacha se puso a golpear la puerta, llamando a voz en grito al pescador. Pero nadie contestó. Al cabo de unos minutos, Abril dejó caer los brazos y contempló con impotencia la gruesa hoja de madera. De pronto, advirtió que la puerta no estaba del todo encajada, así que apoyó el hombro y empujó con fuerza.

La puerta se abrió bruscamente y Abril, dando un traspiés, se precipitó al interior de la casa. El lugar seguía tan desordenado y maloliente como siempre, aunque ahora un nuevo y desagradable aroma se sumaba al tufo del pescado seco. La muchacha avanzó un par de pasos.

Y allí estaba.

Abril se llevó una mano a la boca, ahogando un grito. Con las pupilas dilatadas de terror, contempló el cuerpo caído de Isaías el Negro. El pescador permanecía inmóvil en medio de un charco de sangre, con la muerta mirada fija en el techo. Una sangrienta cuchillada le cruzaba el cuello de extremo a extremo, como una grotesca sonrisa pintada sobre el rostro de un títere desmadejado. La muchacha notó que la cabeza le daba vueltas. Tras contener una arcada, abandonó apresuradamente la chabola y vomitó sobre la arena todo lo que tenía en el estómago.

Aquello era mucho peor de lo que ella había imaginado. Por unos instantes pensó en abandonar, marcharse a su casa, meterse en la cama y ocultar la cabeza bajo las sábanas, como hacía cuando era niña y algún temor imaginario la asaltaba por la noche. Pero ahora no se trataba de fantasías infantiles; era algo real y terrible, y sus amigos estaban en peligro. Tragó saliva e intentó tranquilizarse. Era muy tarde, ya no había tiempo para avisar a la policía. Pero todavía necesitaba un barco para ir a Xas, y en aquellos momentos sólo lograba imaginar un modo de conseguirlo.

La muchacha subió a la bicicleta y comenzó a pedalear en dirección al pueblo.

* * *

Crisanto Touriñán se apoyó en el quicio de la puerta principal del lujoso chalé de sus padres y sacudió la cabeza.

—Ni hablar —dijo tajante—. Ya sabes que no pienso volver a Xas.

—Pero tú no lo entiendes —insistió Abril—. Óscar está en la isla con Dante y sus vidas corren peligro...

—¿Te has vuelto loca? —resopló el joven—. ¿De qué peligro hablas?

La muchacha contuvo el aliento mientras observaba de soslayo que el Sol estaba a punto de ocultarse. Cada vez quedaba menos tiempo y no podía perderlo explicando la larga e increíble historia del *Haifisch* y de Eihwaz.

—Escucha —dijo—: te lo contaré todo por el camino. Pero ahora tenemos que ir a Xas. Eihwaz sabe que Óscar y Dante están allí y van a matarlos.

—¿Eihwaz? —Cris sacudió la cabeza—. ¿Qué demonios es Eihwaz?

—Por favor —suplicó Abril—. No hagas más preguntas y llévame a la isla.

—Pero, por amor de Dios, si ya es casi de noche...

—¿Es qué no lo entiendes? ¡Van a matar a Óscar! —gritó la muchacha mientras agarraba a Cris por los hombros y, sin poder contenerse, se echó a llorar—. Por favor... —dijo entre sollozos—, tenemos que ayudarlos...

Cris se pasó una mano por los cabellos. ¿Alguien quería matar a Óscar y a Dante? ¿Por qué? Aquello era una locura. Pero, ¿y si resultaba ser cierto?

—Maldita sea... —musitó, y repitió en voz más alta—: ¡Maldita sea!

Abril se enjugó con la manga de la camisa las lágrimas que bañaban su rostro.

—¿Eso significa que vas a ayudarme?... —preguntó.

—Eso significa que maldigo mi suerte —repuso Cris, de muy mal humor, mientras se dirigía al interior de la casa—. Espérame aquí; voy a buscar las llaves de la lancha. ¡Maldita sea!

* * *

Los buceadores habían unido cuatro de los botes neumáticos mediante un entramado de barras y tubos que formaban una especie de balsa cuadrada en cuyo centro instalaron un potente cabrestante. Todo el conjunto permanecía anclado justo en la vertical del *Haifisch*. Entre tanto, otro grupo de buceadores se había sumergido para ocuparse de instalar una batería de focos alrededor del submarino.

Apenas doscientos metros más allá, en la isla, el negro casco del *Leviatán* permanecía amarrado junto al muelle de cemento, con las luces apagadas. Tres de los hombres que habían desembarcado del yate procedieron a montar un pequeño campamento junto al crónlech. Cada pocos minutos, una lancha neumática iba y venía de la grúa flotante a la playa rocosa para informar sobre los avances de la operación.

Mientras, Óscar y Dante se habían instalado en un pequeño claro del bosque situado a unos cincuenta metros del megalito. La noche era cerrada.

—¿Por qué tardan tanto? —preguntó Óscar mientras caminaba nerviosamente de un extremo a otro del claro—. ¿A qué esperan?

—Además de los cuadros, tienen que rescatar tres toneladas de oro. Y eso requiere mucha preparación —Dante contempló el ir y venir del muchacho. Óscar estaba nervioso y, lo que era peor, le estaba poniendo nervioso a él, así que decidió mantenerlo ocupado con algo—. ¿Por qué no te acercas al sendero y vigilas si viene alguien? —propuso—. En cuanto distingas el menor movimiento, vuelve aquí —cogió el visor nocturno, una especie de enormes gafas que se sujetaban a la cabeza mediante una cinta elástica, y se lo tendió al muchacho—. Póntelo: con esto verás como un búho.

Óscar examinó con curiosidad el extraño artefacto y se lo ajustó delante de los ojos. Luego oprimió un interruptor.

Al instante, la noche se convirtió en un resplandeciente paisaje verde.

* * *

Mientras la lancha surcaba las oscuras aguas en dirección a Xas, Abril le contó a Cris todo lo ocurrido desde la llegada de Dante a Orballo. El joven escuchó la historia en silencio, sin cambiar de expresión ni hacer comentario alguno.

—Vamos a ver si lo entiendo —dijo cuando la joven concluyó su relato—. Frente a la isla hay un submarino hundido con las bodegas llenas de oro y obras de arte. Y existe una sociedad secreta nazi que pretende hacerse con ese tesoro. Dante quiere impedírselo y se ha ido con Óscar a Xas. Pero esos nazis, la Fraternidad de no-sé-qué, saben que están allí, y los van a matar. ¿Es eso?

—Sí... —repuso Abril, dándose cuenta por primera vez de lo increíble que sonaba todo aquello.

—Pues sólo puedo decirte una cosa: ojalá que sea una broma, porque si se trata de una broma, te voy a matar. Pero si es verdad, me voy a morir.

Dicho esto, Cris se encerró en un reconcentrado mutismo, en el que permaneció hasta que, diez minutos más tarde, llegaron a la isla.

—¿Tienes algún arma? —preguntó Abril.

—Claro, por ahí debe de haber una ametralladora y un par de bombas —contestó Cris mientras amarraba la embarcación al desvencijado muelle de madera—. ¿Quién te crees que soy? ¿Rambo?

La muchacha ignoró el sarcasmo e inspeccionó la caja de herramientas.

—¿Qué es esto? —preguntó al descubrir un revólver de enorme cañón.

—Una pistola de señales. No lanza balas, sino bengalas.

—Quizá la necesitemos —Abril encajó la pistola en el cinturón y se guardó un par de bengalas en el bolsillo—. Venga, vámonos.

Descendieron del embarcadero y cruzaron la playa de guijarros. Abril se internó con paso decidido por el sendero, pero apenas había avanzado unos metros cuando se percató de que

Cris no la seguía. Se dio la vuelta y lo vio inmóvil, al borde del camino, contemplando con temor la oscura y susurrante arboleda.

—Hay que darse prisa, Cris. Tenemos que ir al otro extremo de la isla.

—No puedo... Tú no sabes lo que había aquí hace cuatro años...

—Pero sé lo que hay ahora: unos asesinos que van a matar a Óscar y a Dante. ¡Venga, no es momento de tener miedo!

Cris respiró profundamente, tragó saliva y cerró los ojos.

—¡Maldita sea! —exclamó al tiempo que echaba a andar.

Recorrieron el sendero en silencio durante un buen rato. Mientras caminaba, un par de pasos por detrás de Abril, Cris no dejaba de mirar a izquierda y derecha, intentando distinguir algo a través de la oscuridad que envolvía el bosque.

—Espera —dijo Abril en voz baja—. Los megalitos están detrás de ese recodo.

—¿Y qué?

—Los hombres de Eihwaz deben de estar ahí.

De pronto, el inesperado sonido de una voz la sobresaltó:

—¿Qué demonios hacéis aquí?

Abril y Cris se volvieron a la vez y contemplaron con horror al individuo que salía de entre los arbustos con una especie de casco futurista en la cabeza. Un ahogado grito surgió simultáneamente de sus gargantas.

—¡Shhhh! —siseó el extraño, quitándose el visor nocturno—. ¡Soy yo!

—¿Óscar?... —preguntó Abril vacilante; luego, al distinguir los rasgos de su amigo, exclamó—: ¡Óscar!

Corrió hacia el muchacho y lo estrechó entre sus brazos.

—¿Qué sucede? —preguntó Óscar, perplejo—. ¿Y qué hacéis aquí?

—¿Qué haces tú disfrazado de marciano? —repuso Cris—. ¿Querías matarnos del susto?

—Tenemos que irnos —dijo con urgencia Abril—. ¿Dónde está Dante?

—En el bosque. ¿Por qué tenemos que irnos?

—La Fraternidad sabe que estáis aquí. El IHC es una tapadera de Eihwaz.

—¿Cómo? —Óscar parpadeó—. Pero si fue Brian el que nos prestó la barca para venir a Xas.

—Brian ha nacido en una *Lebensborn*, como todos los miembros del club de vacaciones.

—¡Claro! —los ojos de Óscar se iluminaron—. Por eso me sonaban las caras de los buceadores. Los vi en el pueblo, junto a otros chicos del club.

—No sé de qué demonios habláis —dijo Cris—. Pero, ¿no deberíamos largarnos?

—Antes tenemos que avisar a Dante —Óscar se encasquetó el visor nocturno—. Con este cacharro puedo ver en la oscuridad. Agarraos a mí y seguidme.

Se introdujeron en el bosque unidos por las manos. Óscar marchaba a la cabeza, indicándoles en voz baja a sus amigos los accidentes del terreno. A los pocos minutos llegaron a las proximidades del claro. A través de visor de infrarrojos, Óscar distinguió la figura del arqueólogo, medio oculta entre la vegetación.

—Soy yo, Dante —susurró.

De improviso, un cegador destello hirió sus pupilas. Se arrancó el visor de la cara y guiñó los ojos, momentáneamente cegado. Alguien dirigía hacia ellos el potente haz de una linterna. De pronto, nuevos focos de luz se encendieron en el claro del bosque y mostraron a cuatro hombres armados con fusiles de asalto. Uno de ellos, un gigante de pelo tan rubio que parecía blanco, avanzó hacia los muchachos.

—Vaya —dijo Renard con ironía—, todos los pececitos en la misma red.

—Lo siento, chicos —comentó Dante, esbozando una sonrisa de disculpa—; me cogieron por sorpresa...

CAPÍTULO 18

Las bodegas del *Haifisch*

Bajo la amenaza de los fusiles, Abril, Óscar, Cris y Dante abandonaron el bosque y descendieron por el acantilado hasta llegar al pie del faro. Una vez allí, los sicarios de la Fraternidad les ordenaron que se detuvieran. Renard se apartó del grupo y, tras recorrer ágilmente el muelle, se introdujo en el *Leviatán*. Uno de los guardianes le quitó a Abril la pistola de señales y las bengalas, y las arrojó con un gesto despectivo al suelo. Más allá, en el mar, los buceadores habían concluido la instalación del cabrestante y ahora estaban conectando los cables de los focos submarinos a un pequeño generador portátil.

—Maldita sea, maldita sea, maldita sea, maldita sea...

Cris, con los brazos cruzados y la mirada clavada en el suelo, no cesaba de recitar por lo bajo una monótona letanía de maldiciones.

—Lo siento, Cris —murmuró Abril—. Es culpa mía. Yo te he metido en este lío.

—Al menos no hemos visto ningún fantasma —bromeó Óscar, intentando aliviar un poco la tensión.

—La culpa es mía —intervino el arqueólogo—. Nunca debí permitir que os vierais envueltos en este asunto.

—De acuerdo, de acuerdo —dijo Óscar—. Todos tenemos la culpa, pero no vamos a ganar nada lamentándonos.

—Un momento —le interrumpió Cris—; si por mí fuese, ahora estaría tranquilamente en mi casa viendo la tele. Yo no soy responsable de nada, así que puedo lamentarme todo lo que quiera.

—¡Silencio! —ladró uno de los sicarios de Eihwaz.

Ante una invitación tan cortés, no les quedó más remedio

que callarse. Al cabo de diez interminables minutos, Renard reapareció en la cubierta del barco empujando una silla de ruedas ocupada por un hombre extremadamente viejo. El anciano clavó sus ojos, intensos como brasas, en el rostro de Dante.

—El señor Oberon —dijo con voz grave—, ¿no es cierto?

—Doctor en Historia Antigua y experto en Arte —asintió el arqueólogo—. ¿Y usted es?...

—Me llamo Ebner —respondió el anciano con un amago de sonrisa.

—¿Ebner? —repitió Dante incrédulo—. ¿Max Ebner, el comisionado de Himmler que dirigió la misión del *Haifisch?*

—El SS-Obersturmbannführer Maximilian Ebner —le corrigió el anciano—. Si va a hablar de mi pasado, hágalo empleando los títulos adecuados.

—No puede ser. Ebner murió en 1944, durante la batalla de Falaise.

—No sea ingenuo, doctor Oberon. Vestí el cadáver de un soldado alemán con mi uniforme y dejé en él mi documentación. Aquel individuo no se parecía mucho a mí, pero los americanos no dudaron en darme por muerto.

—Pero Maximilian Ebner tendría ahora unos noventa y cinco años y usted... —Dante titubeó—. Bueno, la verdad es que sí aparenta esa edad.

—Soy viejo, muy viejo. Y no me avergüenzo de ello, doctor Oberon. Mi vida ha sido plena e intensa, porque ha estado dedicada a una gran causa —los ojos de Ebner se convirtieron en dos puntos brillantes—. Pero no estamos aquí para hablar de mí, doctor Oberon, sino de usted. ¿Trabaja para los israelíes?

—Oh, no, *herr* Ebner —respondió Dante—. No soy un espía.

—Entonces, ¿por qué se ha entrometido en nuestros asuntos?

—Represento los intereses de los propietarios de *La Madonna del Cisne*.

—Ah, es usted el lacayo de unos judíos.

Mientras hablaban, una lancha neumática se había aproximado velozmente y se había detenido al llegar al muelle. Brian Carter Brown, cubierto con un traje de *neopreno*, desembarcó de un salto y corrió hasta llegar a la altura del anciano.

—Estamos preparados, señor —Brian dirigió una fugaz mirada al grupo de prisioneros—. Cuando lo ordene, comenzaremos el rescate del *Haifisch*.

—Adelante —repuso el anciano—. No perdamos más tiempo.

Brian asintió con un enérgico cabeceo y regresó corriendo a la lancha.

—¿Dónde estábamos, Renard? —preguntó Ebner con un murmullo.

—Averiguando quién es Dante Oberon —contestó el gigante—. ¿Quiere que le haga hablar, señor?

—No es necesario, Renard. Ha dicho la verdad. Los agentes israelíes nunca trabajan solos, ni tan torpemente. Creo que el señor Oberon no es más que un aficionado entrometido —Ebner clavó la mirada en Dante—. Comprenderá, doctor, que no puedo permitir que ni usted ni sus amigos sigan vivos. Saben demasiado.

—Supongo que yo en su lugar haría lo mismo —Dante sonrió amigablemente—. Sin embargo, quisiera pedirle un favor: antes de matarnos, déjenos ver el cuadro.

—Es inútil que intente ganar tiempo, doctor.

—No se trata de eso. Mire, llevo años buscando *La Madonna del Cisne*. Y ahora que estoy tan cerca de ella..., bueno, sea amable y permítame contemplarla, aunque sólo sea por unos instantes. Considérelo el último deseo de un condenado.

Una sonrisa afloró a los labios del anciano. Ebner, como todos los fanáticos, necesitaba disponer de público para disfrutar plenamente de sus momentos de triunfo.

—De acuerdo, doctor Oberon —dijo—. Podrá ver *La Madonna*. Después morirá.

—Señor —intervino Renard—, ¿y mi recompensa?

—Ah, sí, la muchacha... —el anciano asintió levemente con la cabeza—. No puedo verla bien. Haced que se acerque.

Uno de los guardianes agarró a Abril por el brazo y la empujó hasta situarla frente al viejo nazi. Ebner la observó en silencio.

—Tienes buen gusto, Renard —dijo en tono apreciativo, y, como si recitase una letanía, añadió—: Rubia, de cuerpo atlético, pero femenino, alta, dolicocéfala, rostro estrecho, mentón bien dibujado, nariz delgada, pelo liso, ojos claros y grandes, piel blanca y sonrosada... Es aria, tienes mi aprobación.

—Gracias, señor —repuso el gigante.

—Eres afortunada, muchacha —prosiguió el anciano, mirando fijamente a Abril—. Vivirás para procrear vástagos de sangre pura.

—Eso son tonterías racistas —replicó Abril en tono desafiante—. Además, he nacido en Galicia, no soy aria.

—Oh, pero ya sabes que los vikingos fueron el azote de estas costas. Probablemente alguna de tus antepasadas tuvo el honor de recibir la semilla de un noble bárbaro ario. Pierde cuidado, tu sangre será buena para las *Lebensborn*.

Abril encajó la mandíbula.

—Me mataré antes de permitir que un sucio nazi me ponga las manos encima.

—¿De verdad te matarías? —dijo burlón el anciano—. ¡Qué desperdicio! Tienes unas excelentes caderas para parir, niña. Y unos buenos pechos, ¿verdad Renard?

Ebner prorrumpió en un acceso de rotas carcajadas mientras Renard sonreía de oreja a oreja. Abril sintió que la indignación le estallaba en la boca del estómago.

—¡Es usted un viejo repugnante! —exclamó—. Se cree muy fuerte, ¿verdad?, porque tiene armas y hombres. ¿Y todo para qué? Para secuestrar mujeres y niños, y para asesinar a ancianos indefensos. ¡Qué valientes! No sois más que basura, y usted, señor SS, es el tipo más despreciable que he visto en mi...

—¡Basta! —gritó Ebner, rojo de furia—. ¿Cómo te atreves a hablarme así?

—No le haga caso —intervino Dante, indicándole con un gesto a Abril que mantuviese la boca cerrada—. Sólo es una chica atolondrada —sonrió apaciguador—. Por cierto, *herr* Ebner, ¿cómo logró proseguir con la labor de las *Lebensborn?* Debió de ser una misión realmente compleja.

El anciano recuperó poco a poco el control. Con la respiración agitada, advirtió en tono gélido:

—No vuelvas a faltarme al respeto, niña, o pagarás muy cara tu insolencia —tras una pausa, volvió la mirada hacia Dante—. ¿Cómo logré salvar las *Lebensborn?* —suspiró—. Cuando los judíos y los masones ganaron la guerra, muchos nos vimos forzados a huir a Sudamérica. Al principio acostumbrábamos a reunirnos y hacíamos planes preparando nuestro regreso. Eran los tiempos de ODESSA y de La Araña, tiempos honorables que, desgraciadamente, concluyeron demasiado pronto. Los viejos camaradas no tardaron en aceptar como algo inevitable que las corruptas democracias occidentales y los regímenes comunistas del Este se apoderaran de los territorios donde antes había ondeado la esvástica. Creyeron que el Reich había muerto con el *führer* y olvidaron que las raíces de nuestra causa no se encuentran en las personas, sino en la raza. No obstante, yo jamás perdí de vista la vital importancia de la sangre, e intenté convencer a los camaradas de que las *Lebensborn* debían proseguir su labor, porque justo en esos momentos aciagos lo que el nacionalsocialismo necesitaba era savia nueva, una casta de soldados de pura raza aria que sirvieran para cimentar el futuro Imperio de los Mil Años. Pero ellos no me hicieron caso; sólo unos cuantos contribuyeron con algo de dinero. Poco, pero lo suficiente como para poner en marcha mi plan. Dos años después de la guerra volví a Alemania bajo una identidad falsa. Durante meses recorrí el país buscando los frutos perdidos de las *Lebensborn*. Finalmente, logré reunir un grupo de veinticinco adolescentes, ejemplos perfectos del arquetipo ario. Eran seres superiores, pero los encontré internados en inmundos orfanatos o viviendo en las calles, como vagabundos. Puede parecer muy poca cosa, pero aquellos veinticinco niños extraviados fueron la simiente de la que brotó el tallo fuerte y vigoroso de la Fraternidad de Eihwaz.

Ebner, aparentemente exhausto por el esfuerzo invertido en aquel largo monólogo, dejó morir la voz en sus labios e inclinó la cabeza.

—Debió de ser muy difícil ocultar una organización tan compleja —comentó Dante, intentando atraer de nuevo la atención del anciano—. ¿Cómo lo hizo?

—Las *Lebensborn* se encuentran repartidas por todos los países del mundo —contestó Ebner con voz débil—. Pero, ¿quién va a sospechar de una maternidad, de un orfanato o de un asilo? Nadie. Eihwaz es invisible, doctor.

—No obstante, mantener la Fraternidad debe de ser muy costoso.

—En efecto, lo es.

—Por eso, cuando llegó a sus manos el artículo del profesor Abravanel, vio usted abiertas las puertas del cielo. Si localizaba el *Haifisch*, se acabarían los problemas económicos, ¿no es así?

—Es mucho más que eso —murmuró el anciano—. ¿No lee usted los periódicos, doctor Oberon? El mundo se tambalea. Los diabólicos regímenes socialistas han caído, dejando tras su paso una estela de miseria y desorden. Las democracias no son más que nidos de corrupción. Las masas han perdido la fe en sus dirigentes y, acosadas por las crisis económicas y el desempleo, claman por una sociedad más justa regida con mano fuerte. Los jóvenes, víctimas de las drogas y de la relajación moral, necesitan imperiosamente un ideal al que entregarse —sonrió débilmente—. ¿No lo entiende? El terreno está abonado para nuestro regreso. Somos el futuro.

—Se equivoca —intervino inesperadamente Óscar—. La gente ya ha aprendido la lección y sabe que ustedes representan el odio y la muerte. Puede que algunos se dejen engañar, pero la mayoría recordará las matanzas, los campos de concentración, las cámaras de gas, y no permitirán que el nazismo se haga de nuevo con el poder.

Óscar enmudeció, sorprendido por su propia reacción. Ebner ni siquiera se molestó en dedicarle una mirada.

—Eres un chiquillo ignorante. Las personas son corderos que se dejan guiar ciegamente por quienes manejan los hilos del poder. El populacho no piensa. Obedece. Y cuando nosotros les digamos que las raíces de la gloria se riegan con sangre, correrán a ofrecer su pecho a las balas enemigas.

—Discúlpeles, *herr* Ebner —intervino Dante—. Mis amigos son jóvenes y...

—¡Basta! —le interrumpió el anciano—. Esta conversación ha concluido.

Ebner perdió la mirada en el oscuro horizonte y enmudeció. Abril se aproximó a Óscar y asintió con una sonrisa, indicándole en silencio que apreciaba su valentía al enfrentarse al viejo nazi. Cris, entre tanto, se había encerrado en sí mismo, más enfadado que temeroso. El arqueólogo, por su parte, se apoyó contra una roca y miró hacia donde trabajaban los buceadores. De pronto, las aguas se iluminaron con un intenso resplandor. Habían conectado los focos submarinos y eso sólo podía significar que los buceadores se disponían a entrar en las bodegas del *Haifisch*.

Dante, con la mirada siempre fija en la lejana balsa, contuvo el aliento. Si su intuición era acertada, aún tenían una remota posibilidad de salvarse.

* * *

La azulada luz de los focos permitía apreciar con detalle el enorme boquete que se abría en un costado del *Haifisch*. Brian Carter Brown se desplazó lentamente a lo largo del submarino, mientras pensaba que aquella brecha no parecía fruto del impacto de un obús o de un torpedo. El metal estaba retorcido hacia fuera, como si hubiese sido desgarrado por una explosión interior, tan violenta que prácticamente había partido el casco por la mitad. El submarino debía de haberse hundido en cuestión de segundos; era imposible que alguien hubiese logrado salvarse.

Brian cruzó la brecha y observó los blancos esqueletos que yacían desperdigados por el interior del *Haifisch*. Eso era todo lo que quedaba de la tripulación: un puñado de huesos. Movió las aletas para impulsarse a través de la fantasmagórica sala de mando hasta llegar a la mampara metálica que bloqueaba el acceso a la bodega. Un buceador aplicaba la llama de un soplete de oxiacetileno a la herrumbrosa compuerta. Una densa nube de burbujas acompañaba su trabajo mientras cortaba el grueso metal. Al cabo de unos minutos, la compuerta se desprendió de sus goznes y se derrumbó lentamente sobre el suelo, dejando expedito el paso.

Brian se aproximó al óvalo de metal cortado, desenganchó de su cinturón una potente linterna y dirigió el haz de luz hacia el interior de la bodega.

Lo que vio le dejó sin respiración.

* * *

Dante se incorporó al ver la lancha neumática que se aproximaba velozmente a la isla.

—El momento ansiado por todos ha llegado —dijo Ebner sin mirarlo—, ¿no es así doctor Oberon? Pronto podremos contemplar el dulce rostro de *La Madonna*.

Una repentina ráfaga de viento arrancó susurros de almidón a las copas de los árboles. La fueraborda se detuvo en el muelle. Brian saltó a tierra y corrió hasta llegar a la altura del anciano.

—Bien, Moray —dijo Ebner, sonriente—, ¿nos has traído alguna muestra de los prodigios del *Haifisch?*

—Ha surgido un problema, señor —musitó Brian.

—¿Un problema? —el rostro del anciano se ensombreció—. ¿Qué problema?

—Se trata del *Haifisch*... Las bodegas están vacías, señor.

—¡¿Vacías?! —exclamó Ebner—. ¡Eso es imposible!

Dante sonrió de oreja a oreja. «¡Lo sabía!», murmuró satisfecho.

—Están vacías, señor —insistió Brian—. No hay nada en el submarino.

—¡Sois unos incompetentes! —Ebner jadeó, intentando serenarse—. El cargamento debe de estar desperdigado por el fondo. Bajad de nuevo y buscadlo.

—Pero, señor —protestó Brian—, el compartimiento de bodegas estaba cerrado. Es imposible que la carga haya salido accidentalmente de allí.

—¡Cállate! —gritó el anciano—. ¡Bajad al *Haifisch* de nuevo y traedme su cargamento!

Brian dudó unos instantes; luego regresó a la lancha neumática y partió raudo en dirección a la balsa. Dante se adelantó unos pasos.

—Es inútil, *herr* Ebner —dijo.

—¿De qué está hablando, doctor Oberon? —murmuró el anciano.

—De sus tesoros. No están en el submarino. A decir verdad, me lo imaginaba. No tenía la seguridad, por supuesto, pero era lo más lógico. Por mucho que busquen sus buceadores, nada van a encontrar. Sin embargo, yo sé dónde puede estar el cargamento del *Haifisch*.

—¿Sí?... ¿Dónde?

—Antes de contestarle, hagamos un trato. Deje libres a los muchachos y yo le ayudaré a encontrar su tesoro.

—Usted no sabe nada, doctor Oberon —los ojos de Ebner relampaguearon—. De nuevo, sólo intenta ganar tiempo. Yo mismo vi cómo el oro y los cuadros se cargaban en el *Haifisch*. Tienen que estar allí abajo.

—Ya —sonrió Dante—. Pero no están. Y yo puedo ayudarle a recuperarlos.

—¡Cállese! —exclamó el anciano—. Me aburre usted, doctor Oberon —se volvió hacia Renard—. Matadlos. A él y a los dos chicos. Pero no arrojéis sus cuerpos al agua. No quiero que el mar los devuelva a tierra, como ocurrió con Abravanel.

Renard señaló con un dedo a dos de los sicarios.

— Katze, Schlange: llevadlos al bosque, matadlos y luego enterradlos en un lugar discreto.

Los dos hombres se aproximaron al grupo de prisioneros y apartaron a empujones a Cris y a Dante. Abril se abrazó a Óscar.

—¡No! —gritó; las lágrimas corrían por sus mejillas—. ¡Dejadles vivir y yo os daré todos los hijos que queráis!

—Suéltale, niña —advirtió Renard, amenazador.

Pero fue Óscar el que se desasió de los brazos de la muchacha.

—No podemos hacer nada —le susurró—. Pero tú tienes que vivir, Abril. Y escapar, para contarle a todo el mundo lo que está pasando.

Katze agarró al muchacho por el brazo y lo apartó de un tirón.

—Coged unas palas —ordenó, señalando una pila de herramientas—. No pretenderéis que os hagamos nosotros la cama, ¿verdad?

Óscar, Dante y Cris, encañonados por el rifle que empuñaba Katze, recogieron las palas y comenzaron a caminar hacia el sendero. Abril gritó e intentó correr hacia ellos, pero Renard la sujetó por la cintura y la levantó en vilo.

—¡Estáte quieta! —gruñó, abofeteándola.

Abril dejó de revolverse. Sus ojos estaban bañados en lágrimas.

— Óscar... —musitó.

* * *

Dante clavó la pala y empujó con el pie para hundirla en la tierra.

—Lo siento —le dijo en voz baja a Óscar.

—No importa —repuso el muchacho, sin dejar de cavar—. Hay algo que no entiendo, Dante: ¿por qué le hacías antes la pelota a ese nazi?

—Quería salvar vuestras vidas. Pero no lo he hecho muy bien, ¿verdad?

—¡Callaos! —gruñó Katze.

Se encontraban en el interior del bosque, a unos cuatrocientos metros del megalito. Dante y los muchachos llevaban un cuarto de hora excavando, mientras los sicarios de Eihwaz los contemplaban en silencio.

—¡Ya está bien! —exclamó de pronto Cris, arrojando su pala al suelo—. No pienso seguir cavando mi propia tumba. Hacedlo vosotros.

—¡Coge esa pala y cava! —ordenó Katze, encañonándole.

—Que te zurzan —Cris se cruzó de brazos.

—Vuelve a cavar si no quieres que te cosa a balazos —Katze avanzó amenazador hacia el muchacho.

—Me vas a coser a balazos de cualquier forma. Así que cava tú.

—Eso es —dijo Óscar, soltando la pala—. Hacedlo vosotros.

—Tenéis razón —asintió Dante; luego se volvió hacia los sicarios y añadió—: Lo siento, pero prefiero morir sin dolor de espalda.

—Hay muchas formas de morir —dijo Katze, corriendo el cerrojo de su arma.

—Y algunas son más dolorosas que otras —añadió Schlange; la hoja de su cuchillo lanzó un brillo acerado mientras abandonaba la funda.

—No me dais miedo, fantoches —repuso Cris, envalentonado.

En dos zancadas Schlange se situó al lado del joven pelirrojo y apretó contra su cuello el cortante filo del cuchillo.

—Vuelve al trabajo, niño —susurró—. O te rajo en canal.

—¡Déjale en paz! —gritó Dante, abalanzándose sobre el sicario.

Katze descargó la culata del fusil contra la cabeza del arqueólogo, que se derrumbó sobre el suelo, aturdido por el golpe. Schlange apartó de un empujón a Cris y retrocedió un par de pasos.

—Basta de tonterías —Katze encañonó a los prisioneros—. Si no volvéis a cavar cuando cuente tres, dispararé al estómago.

—Y ésa es una muerte lenta y dolorosa —señaló Schlange, sonriente.

Óscar ayudó a Dante a levantarse.

—Uno... —dijo Katze.

Cris se aproximó a Óscar y le pasó un brazo por los hombros.

—Dos... —prosiguió Katze, afinando la puntería.

Dante enjugó con el dorso de la mano la sangre que empapaba su frente y clavó la mirada en los fríos ojos del nazi. Los labios de Katze comenzaron a formar la palabra *tres* al tiempo que su dedo se tensaba sobre el gatillo.

Entonces, inesperadamente, dos piedras esféricas sisearon en el aire y se estrellaron violentamente contra las cabezas de Schlange y Katze. Ambos se derrumbaron sobre el suelo sin proferir un gemido. Óscar, Dante y Cris intercambiaron miradas de desconcierto. De pronto, dos tipos ceñudos surgieron de entre la vegetación portando en las manos sendas hondas de cuero. Detrás de ellos apareció un grupo de hombres estrafalariamente vestidos.

—¿Quiénes son? —logró musitar Cris.

—Parecen romanos —susurró Óscar.

Un individuo, cubierto con una capa roja y un casco de hierro terminado en un penacho, se adelantó unos pasos y observó con curiosidad a Dante y a los muchachos. A su lado cojeaba un hombrecillo de aspecto amigable.

—Buenas noches —dijo Cornelio Izhak en latín—. ¿Alguien puede decirme cuánto tiempo lleva muerto Cayo Julio César?

CAPÍTULO 19

La batalla de Xas

No era lo mismo entender el latín clásico que hablar el latín vulgar propio de la plebe romana, sin embargo Izhak hizo lo posible por facilitarle las cosas a Dante y, ayudándose del griego y del hebreo, logró mantener con él una conversación medianamente fluida. Tras un rato de charla, Izhak se reunió con Marco Plauto.

—Han transcurrido dos mil años desde nuestra época —dijo escuetamente.

—¡¿Dos mil años?! —el centurión resopló—. ¿Qué más te ha contado ese hombre?

—Se llama Dante Oberon y es un *grammaticus*, un estudioso. Según él, los hombres que están acampados junto al círculo de piedra son malvados y peligrosos.

—Pero son pocos —objetó Marco Plauto—. Y están desarmados.

—Me temo que no es así, amigo mío. Nos encontramos en el futuro y las cosas han cambiado mucho. Al parecer, esos bastones de hierro que llevan son armas muy poderosas. Dante Oberon dice que, si los atacamos al descubierto, nos masacrarán.

—Pero tenemos que estar en el círculo de piedra cuando salga la Luna.

—Ya lo sé —repuso el hebreo, y repitió pensativo—: Ya lo sé.

Mientras esta conversación tenía lugar, Dante se había reunido con Óscar y Cris al pie de un enorme roble. Los legionarios, sentados en silencio unos metros más allá, no dejaban de contemplarlos con abierta curiosidad.

—Son romanos del siglo uno antes de Cristo —dijo Dante con un suspiro.

—¡¿Romanos?! —exclamó Cris—. ¿Te has vuelto loco?

—Chico, eso es lo que me han dicho. Y hablan latín muy bien.

—Pero no tiene sentido —objetó Óscar—. ¿Cómo puede haber, aquí y ahora, gente de hace veinte siglos?

—¿Recuerdas el cuaderno de Moisés? —dijo Dante—. En él mencionaba una extraña niebla que envolvió al crónlech y un jabalí que surgió como por ensalmo de entre las piedras. El hombre con el que he estado hablando afirma que el crónlech es una especie de puerta en el tiempo que forma algo así como un laberinto. Un laberinto temporal en el que, al parecer, ellos se han perdido.

—Un momento, un momento —le interrumpió Cris—. Primero resulta que hay unos nazis que quieren recuperar un tesoro hundido. Y ahora me vienes con que existen puertas en el tiempo y que esa panda de chalados disfrazados son auténticos romanos de hace dos mil años —hizo una pausa—. ¿Queréis que me chifle o qué?

—Ya sé que no suena muy lógico —repuso Dante—, pero es lo que hay.

—Sean lo que sean esos tipos, no podemos seguir perdiendo el tiempo —señaló Óscar—. Hay que rescatar a Abril.

—Tienes razón —asintió Dante—. Pero se me ha ocurrido un plan.

—No sé qué me da más miedo —dijo Óscar—, si los nazis o tus planes.

El muchacho se interrumpió al advertir que se aproximaban Izhak y el centurión.

—Dante Oberon —dijo Marco Plauto en latín—, tenemos un problema: es necesario que nos encontremos en el círculo de piedras cuando salga la Luna. Sin embargo, mi intérprete afirma que los hombres que allí se encuentran poseen armas muy poderosas. ¿Es cierto?

—Me temo que sí —respondió Dante, también en latín—. Hacen mucho ruido y matan a gran distancia.

—Ya... —Marco Plauto meditó unos instantes—. ¿Crees que podríamos parlamentar con esos hombres y pedirles que nos dejen acampar en el círculo?

—Lo dudo. Son gente despiadada y dispararán contra vosotros en cuanto os vean. Sin embargo, creo que yo podría echaros una mano —Dante se aproximó a los cadáveres de Katze y Schlange, y cogió del suelo el fusil de asalto, luego regresó al lado de los romanos—. Esos hombres han hecho prisionera a una muchacha. Si colaboramos, podemos conseguir echarlos de la isla y, al tiempo, liberar a nuestra amiga. Yo puedo ayudaros con esto —mostró el fusil—, y también explicándoos cómo atacarlos y cuándo será el momento adecuado para hacerlo. ¿De acuerdo?

Marco Plauto miró de soslayo a Cornelio Izhak y se encogió de hombros.

—No tenemos nada que perder —dijo, y añadió por lo bajo—: Salvo la vida...

* * *

Lupo descendió por la rampa que conducía al muelle y llamó con un gesto a Renard. Éste se apartó de Ebner y se aproximó a su subordinado.

—¿Cómo está el señor? —preguntó Lupo.

—Perfectamente —contestó el gigante.

Lupo dirigió una mirada al anciano, que permanecía inmóvil, con la vista perdida en la oscuridad y una expresión ausente en su rostro.

—Creo que esto le ha afectado mucho.

—Cuando considere que el señor no se encuentra bien, te lo haré saber —repuso secamente Renard—. ¿Algo más?

Lupo contempló los bidones de gasolina que se amontonaban en la cubierta trasera del yate. Tras una corta pausa, miró de nuevo al gigante.

—Katze y Schlange se demoran demasiado —dijo.

—Tienen que enterrar los cadáveres; es normal que tarden —consultó su reloj de pulsera—. Si en quince minutos no han vuelto, mandaré buscarlos.

Renard regresó al lado del anciano. Lupo sacudió la cabeza: aquella operación se prolongaba en exceso y con cada minuto que pasaba iba aumentando el riesgo de ser descubiertos. Miró en derredor: Ebner y Renard permanecían inmóviles al final del embarcadero; más abajo, cuatro guardianes recorrían la playa rocosa; en lo alto del acantilado, junto al megalito, dos hombres, Adler y Löwe, montaban guardia junto al campamento. La muchacha había dejado de llorar y ahora se encontraba sentada en los escalones del muelle, con la mirada fija en el suelo.

El ruido de un motor fueraborda distrajo la atención de Lupo. Una lancha neumática se aproximaba velozmente a la isla. Poco después, Brian Carter Brown desembarcaba en el malecón. Los ojos de Ebner permanecían fijos en la oscuridad mientras sus labios murmuraban frases incomprensibles. Renard le susurró al oído:

—Moray está aquí, señor.

—¿Moray?... —murmuró el anciano, confuso; de pronto se estremeció—. ¡Moray! —exclamó—. ¿Dónde están mis tesoros?

—Señor, hemos rastreado todo el fondo de la grieta, y allí no hay nada.

—¿El fondo de la grieta? —las pupilas del anciano giraron enloquecidas—. ¡Eres un estúpido! ¡El oro y los cuadros están en las bodegas del *Haifisch!*

—Pero las bodegas están vacías —protestó Brian—. Ya se lo dije, señor.

—¡Mientes! ¡Queréis robarme, pero os haré fusilar a todos!

—Esto es inútil —le dijo Lupo a Renard en voz baja—. Tenemos que irnos.

—¡No vamos a ninguna parte! —los ojos de Ebner mostraban un intenso extravío—. ¡Bajad de nuevo al fondo del mar y traedme mis tesoros!

—Continuaremos la búsqueda, padre —dijo Renard con voz suave—. Pero usted debe descansar un poco. Será mejor que entre en el yate.

—¡Quiero quedarme aquí! —chilló Ebner—. ¡Quiero ver mis tesoros!

De improviso, una voz de alarma rasgó el silencio de la noche. La figura de Adler, uno de los guardianes del campamento, se perfiló en la cima del acantilado.

—¡Nos atacan! —gritó, agitando los brazos—. ¡Han matado a Löwe!

Su voz se convirtió en un gemido burbujeante cuando una flecha le atravesó la garganta. Como si todo sucediera a cámara lenta, el guardián se desplomó sobre sí mismo y bajó rodando desmadejadamente la empinada cuesta del acantilado.

* * *

Hack Ckuchlainn, encaramado a la rama más alta de un enorme castaño, no podía sentirse más desconcertado. Primero habían llegado los hombres-pez, luego los hombres de hierro y, finalmente, la hija de la Diosa. Luego, los hombres-pez apresaron a la mujer dorada y a sus amigos. Y, ahora, los hombres de hierro atacaban a los hombres-pez. Aquello era una locura, de modo que Hack decidió mantenerse por el momento al margen.

No haría nada mientras la hija de la Diosa no corriese un evidente peligro.

* * *

Renard empuñó una pistola y se volvió hacia sus hombres.

—¡Protegeos tras las rocas! —gritó, luego le ordenó a Lupo—: ¡Lleva al señor dentro del yate y pon en marcha los motores! ¡Rápido!

Lupo empujó la silla de ruedas en dirección al barco.

Ebner, con la razón extraviada y completamente ajeno a lo que sucedía a su alrededor, no dejaba de murmurar frases sin sentido, clamando en ocasiones por sus tesoros perdidos. Entre tanto, Renard intentaba en vano localizar a sus atacantes. Cerca de él, uno de los guardianes cayó al suelo con una flecha clavada en el pecho. Algo siseó en el aire y una piedra esférica se estrelló muy cerca del gigante.

«¿Piedras y flechas?», pensó Renard. ¿Los atacaban con piedras y flechas?

—¡Están en el bosque! —gritó—. ¡Disparad hacia la arboleda!

Las ametralladoras hicieron sonar su bronco tamborileo al tiempo que rojas llamaradas brotaban de los oscuros cañones. Pero era inútil, ya que los siervos de Eihwaz no sabían contra quién disparar. Nuevas flechas surcaron el aire y otro de los guardianes se derrumbó. Renard, parapetado tras una roca, escrutaba atentamente las tinieblas, intentando fijar la posición de sus atacantes. Pero la noche era demasiado oscura, no podía ver nada, así que se concentró en planear sus próximos pasos.

No tardó mucho en tomar una decisión.

—¡Vámonos de aquí! —gritó, imponiendo su voz al bramido de las armas—. ¡Todos a las lanchas! ¡Rápido!

Si el oro y los cuadros no se encontraban en las aguas de Xas, lo más prudente era marcharse de allí y no poner en peligro la seguridad de la Fraternidad de Eihwaz. El gigante comprobó que sus hombres le obedecían y, sin dejar de disparar, corrían hacia las lanchas. Entonces advirtió que Abril estaba de pie sobre las rocas, mirando desconcertada en derredor. El gigante bajó del muelle de un salto y agarró a la muchacha. Abril intentó apartarse de él, pero Renard era mucho más fuerte que ella y la llevó sin dificultad a lo largo del embarcadero de cemento. Cuando llegaron a la altura del yate, el estampido de una ametralladora resonó a sus espaldas. Una ráfaga de balas impactó contra los bidones de carburante que se amontonaban en la cubierta del *Leviatán* y abrió una fila de agujeros en el metal ondulado. Un intenso olor a gasolina impregnó el ambiente.

Renard se volvió en redondo y, usando el cuerpo de Abril como parapeto, intentó descubrir el origen de los disparos. Entonces vio que dos hombres descendían corriendo por el acantilado. Uno de ellos era Dante Oberon, armado con un fusil de asalto. El otro era... ¿un soldado romano? Renard no perdió el tiempo preguntándose acerca de aquel extraño personaje. Levantó la pistola, afinó la puntería y efectuó un disparo. Al instante, el hombre vestido de romano se derrumbó como un árbol talado, tropezó con Dante y ambos cayeron dando vueltas por el farallón.

Sin perder un segundo, Renard levantó en vilo a la muchacha y remontó a la carrera la rampa que conducía a la cubierta del barco.

—¡Salgamos de aquí! —le gritó a Lupo.

Los motores del *Leviatán* rugieron y el negro yate comenzó a alejarse lentamente del embarcadero.

* * *

Durante los escasos minutos que duró el ataque, Óscar y Cris permanecieron ocultos tras el grueso tronco de un árbol. Luego, Óscar vio que Dante y Marco Plauto caían al suelo, aparentemente alcanzados por las balas. También vio al gigante de pelo rubio apresar a Abril y obligarla a subir al barco. Fue entonces cuando decidió intervenir. Abandonando la protección que le prestaba el árbol, echó a correr por el camino que conducía a la base del acantilado.

—¡¿Qué haces?! —gritó Cris—. ¡Te van a matar!

Pero Óscar, sin hacerle caso, recorrió el sendero a toda velocidad, intentando mantener el equilibrio mientras esquivaba las piedras que se alzaban a su paso. Alcanzó la base del farallón y corrió hasta llegar a la orilla del mar. Las barcas neumáticas que transportaban a los sicarios de Eihwaz se alejaban rápidamente en dirección a la balsa de rescate, pero el

Leviatán, mucho más pesado y lento, todavía se encontraba próximo a la isla. Desde la cubierta del barco Renard sonreía desafiante mientras aferraba con brazo de hierro el cuerpo de Abril.

Óscar apretó los puños. Tenía que salvarla. Pero, ¿cómo? Miró a su alrededor, buscando algo que pudiera servirle de ayuda. Pero no había nada, sólo piedras y arena. Los segundos transcurrían y el *Leviatán* se alejaba cada vez más. Entonces lo vio, allí, sobre el suelo: una pistola de señales y un par de bengalas.

Recogió la pistola, introdujo en la recámara una de las bengalas y apuntó hacia el *Leviatán*..., pero el barco estaba demasiado lejos y corría el riesgo de herir a Abril. Óscar bajó la pistola, sin atreverse a disparar.

Súbitamente, una flecha partió de la copa de un árbol cercano, cruzó el aire con un silbido susurrante, recorriendo como un relámpago gris los escasos setenta metros que le separaban del barco, y fue a clavarse en el hombro de Renard. Éste ahogó un grito y se llevó compulsivamente una mano a la herida.

Entonces Abril se apartó bruscamente del gigante, corrió hacia la borda, se lanzó al agua de cabeza y comenzó a nadar en dirección a la playa rocosa. Renard profirió un grito de furia y se arrancó la flecha de un tirón. Luego, contemplando con rabia cómo la muchacha se alejaba rápidamente de él, empuñó de nuevo su arma y comenzó a disparar. Óscar advirtió con horror que las balas impactaban cada vez más cerca del cuerpo de Abril. Entonces apuntó hacia el barco con la pistola de señales y oprimió el gatillo. La bengala cruzó el aire como un cometa rojizo, trazó una amplia parábola y fue a perderse unos cuantos metros más allá del *Leviatán*. Había fallado.

Pero, al menos, aquello sirvió para que Renard se olvidara momentáneamente de la muchacha y centrara su atención en Óscar. Con el rostro contraído de ira, lo encañonó y comenzó a disparar. Una bala silbó muy cerca de la cabeza del muchacho que, apresuradamente, intentaba cargar la otra bengala.

Un nuevo disparo impactó a los pies de Óscar.

La bengala se le escapó de entre las manos. Se agachó, la recogió del suelo e intentó de nuevo introducirla en la recámara.

Otro balazo falló por escasos centímetros.

Óscar se mordió los labios y, tras un nervioso forcejeo, logró encajar en su lugar la bengala. Levantó la pistola y disparó. Una centella escarlata rubricó el aire, pero lejos de alcanzar a Renard, fue a impactar contra la popa del *Leviatán* y prendió fuego a la gasolina que se escapaba a chorros de los bidones.

Instantáneamente, una enorme llamarada devoró la cubierta del yate. Apenas cinco interminables segundos después, una violenta explosión reventó literalmente el casco del *Leviatán* y lo convirtió en un amasijo de hierros y maderos humeantes que, poco a poco, fue hundiéndose en el mar.

Óscar respiró profundamente: todo había terminado. Luego se introdujo en el agua y ayudó a la muchacha a llegar a tierra. Abril, incapaz de pronunciar una palabra, se abrazó estrechamente a Óscar y rompió a llorar. Cuando, un par de minutos más tarde, la muchacha apartó la cabeza del pecho de su amigo y se enjugó las lágrimas, no pudo reprimir un grito de sorpresa.

—¡¿Quiénes son?! —exclamó, asustada.

Óscar se volvió y contempló los rostros inexpresivos de Aufidio Décimo, de Marcelo Cumano, de Anteo, de Isquirión y del resto de la patrulla perdida.

—No te asustes —dijo—. Sólo son unos cuantos legionarios romanos.

* * *

Los miembros de la Fraternidad no reaccionaron a la destrucción del *Leviatán* y a la consiguiente muerte de Maximilian Ebner, Señor de Eihwaz, y de su lugarteniente Renard. La última orden del gigante había sido de retirada, de modo que los buceadores desmontaron rápidamente la estructura metálica que unía las cuatro lanchas neumáticas, tiraron el cabrestante por la borda y, en medio del zumbido de los motores, se alejaron a toda velocidad en dirección a la costa de Orballo.

Mientras, en la playa rocosa, Óscar intentaba aclararle a Abril el porqué de la presencia en Xas de aquel grupo de legionarios romanos. Aunque la cosa, todo hay que decirlo, no resultaba fácil de explicar.

—¡Eh! —gritó alguien a sus espaldas—. ¿Estáis todos bien?

Óscar se giró en redondo y vio con sorpresa cómo Dante, acompañado por un inestable Marco Plauto, se aproximaba sonriente hacia ellos.

—¡Dante! —exclamó Óscar—. ¡Pensé que te habían matado!

—Los disparos alcanzaron a mi amigo el centurión. Afortunadamente, esa coraza de hierro que lleva le sirvió como chaleco antibalas, pero el impacto le hizo caer sobre mí. Perdí el fusil y, cuando logré dar con él, todo había concluido ya.

—¿Qué ha pasado? —preguntó Marco Plauto, todavía conmocionado por los golpes recibidos durante su caída—. Sentí como si una mula me hubiera coceado, pero no había nadie a mi alrededor.

—Ya te hablé del poder de estas armas —Dante señaló el pecho del centurión—. Mira, si no hubieses llevado esa coraza, ahora estarías muerto.

Marco Plauto bajó la mirada y contempló con asombro la gran abolladura que ostentaba su sólido pectoral de hierro.

—Deberíamos irnos —dijo Cris—. Esos tipos se han marchado, pero pueden volver en cualquier momento.

Dante dirigió un fugaz vistazo a los miembros de la patrulla. Durante unos segundos permaneció pensativo, como si se debatiese entre dos ideas contrapuestas.

—No puedo irme —dijo—. Si esa gente dice la verdad,

son una fuente de datos históricos extraordinaria. Tengo que hablar con ellos.

—Escucha, Dante —intervino Cris, visiblemente enfadado—: si después de todo lo que ha sucedido pretendes que nos quedemos a pasar la noche en esta maldita isla, es que estás mucho más loco de lo que imaginaba. Y te imaginaba muy loco, créeme.

—Pero... —el arqueólogo tragó saliva—. Soy historiador, ¿no lo entiendes? Tengo cientos de preguntas que hacerles. ¡Es una oportunidad única!

De improviso, una voz resonó en la noche.

—La Luna va a salir, Marco —advirtió Cornelio Izhak desde lo alto del acantilado—. Y tenemos que estar en el círculo cuando eso suceda.

El centurión asintió y se volvió hacia Aufidio Décimo.

—Sargento —dijo—, reúne a los hombres en el círculo de piedra.

Aufidio Décimo comenzó a bramar órdenes en su habitual tono desabrido y los soldados iniciaron al instante la subida del farallón.

—Bueno —murmuró Dante con desánimo—. Son ellos los que se van.

—Mejor así —repuso Óscar—. Más vale que volvamos a casa.

Cuando llegaron a la cima del acantilado, mientras los legionarios ocupaban el interior del crónlech, Marco Plauto se aproximó al arqueólogo.

—Dante Oberon —dijo—, ¿podemos hablar un momento en privado?

Dante acompañó al romano a un rincón de la arboleda donde no podían ser vistos. Regresaron al cabo de apenas cinco minutos. Marco Plauto llevaba en la mano un saco en cuyo interior se balanceaba un pesado bulto.

—Adiós, Dante Oberon —dijo el romano—. Ha sido un placer conocerte.

Se despidieron estrechándose los antebrazos. Luego, Dante se aproximó a sus amigos y comenzó a recorrer el sendero que cruzaba la isla. Antes de internarse en el bosque, el arqueólogo se volvió hacia Marco Plauto.

—Si ves a Julio César —gritó—, dile que tenga cuidado con los idus de marzo. Y que no se fíe ni un pelo de Bruto.

Marco Plauto miró con ironía a Cornelio Izhak.

—¿Tú crees que veremos algún día a Julio César? —preguntó.

—Si no lo hemos visto hasta ahora —repuso el hebreo—, no sé qué razón puede haber para que gocemos de ese honor en el futuro.

—Pues que se vaya a la mierda Julio César —concluyó el romano.

Izhak señaló el saco que el centurión aferraba en la mano.

—¿Qué llevas ahí? —preguntó.

—Nada —contestó Marco Plauto—. Sólo un recuerdo de este tiempo.

* * *

Después de comprobar, oculto entre la vegetación, que la hija de la Diosa y y sus compañeros abandonaban la isla a bordo de dos de aquellas mágicas canoas sin remos, Hack Ckuchlainn volvió al megalito a tiempo de ver cómo la niebla lo cubría con sus lechosos brazos fosforescentes. La Luna se alzaba sobre el horizonte, dibujando en el cielo estrellado una pálida sonrisa de plata. Luego, la bruma se disipó con el habitual centelleo de luciérnagas, descubriendo el solitario interior del círculo de piedras. Los hombres de hierro habían desaparecido.

Hack se rascó pensativo la cabeza. Seguía sin comprender lo que había sucedido en la isla, pero en el fondo de su ser experimentaba una intensa satisfacción. Había salvado a la mujer dorada y eso le llenaba de gozo. Aunque fue el muchacho quien destruyó la gran canoa de los hombres-pez lanzándole centellas rojas (aquel prodigio todavía estaba vivo en su memoria). Pero había sido Hack el que hirió con una flecha al gigante, lo que permitió que la hija de la Diosa pudiera escapar.

El Hombre Verde suspiró. Al parecer, ya había cumplido con su misión y podía volver a casa. Se disponía a entrar en el círculo de piedra, cuando por el rabillo del ojo vio algo inesperado en la playa de rocas, junto a la torre relampagueante. Su corazón se detuvo entre dos latidos.

No, pensó mientras corría a ocultarse en el bosque. Su misión no había concluido todavía.

CAPÍTULO 20

El incendio

Un devastador incendio se inició en la Casa del Indiano poco antes del amanecer. Las campanas de la iglesia de Orballo tocaron a rebato para congregar a todo el pueblo en torno al edificio en llamas, pero de nada valieron los esfuerzos de los vecinos. En menos de una hora, la mansión quedó reducida a un humeante montón de cenizas. La voracidad destructora de aquel incendio fue motivo de general perplejidad y, como era de esperar, inmediatamente se atribuyó la causa del desastre a la maldición de Xas. De hecho, varias personas aseguraron haber visto durante la madrugada luces extrañas en la isla, y una gran bola de fuego surgiendo del mar frente a sus costas.

Pero el auténtico misterio comenzó cuando alguien cayó en la cuenta de que el personal de la Drees Nederlanden parecía haberse esfumado en el aire. Al principio se supuso que todos habían perecido entre las llamas, pero, tras concluir las labores de búsqueda, los bomberos afirmaron no haber encontrado ningún resto humano en las ruinas ennegrecidas de la mansión. Más tarde, el enigma adquiriría aún mayores proporciones al ponerse las autoridades en contacto con la oficina central de la Drees Nederlanden, en Amsterdam, y descubrir que dicha compañía negaba categóricamente haber establecido una delegación en España.

Sin duda, aquel asunto estaba destinado a convertirse en el principal tema de conversación entre los habitantes de Orballo, pero los extraordinarios acontecimientos que iban a tener lugar durante los siguientes días lo relegaron a un prematuro olvido.

* * *

La madre de Abril permaneció despierta hasta que, bien entrada la madrugada, escuchó el chirrido de la puerta principal al abrirse y el sonido de los pasos de su hija remontando la escalera. Entonces salió al pasillo y contempló con inquietud el lamentable estado en que se encontraba la muchacha: las mejillas pálidas, el pelo enmarañado, las ropas húmedas y arrugadas. Durante un instante estuvo a punto de iniciar uno de sus frecuentes monólogos recriminatorios, pero la expresión de extremo cansancio que mostraba el rostro de su hija le aconsejó no hacerlo.

—Hola, mamá —dijo Abril con voz débil—. Voy a darme una ducha y luego me meteré en la cama —fingió una sonrisa—. No te preocupes, todo va bien.

Su madre permaneció unos segundos estática. Luego se despidió con un «buenas noches» y volvió a su dormitorio. Tardó mucho en conciliar el sueño y, cuando finalmente lo consiguió, lo hizo pensando que su hija, por la razón que fuese, parecía haber crecido, madurado, durante el transcurso de aquella jornada. De haber conocido los pensamientos de su madre, Abril se habría mostrado absolutamente de acuerdo con ella. Había crecido, sí... Por lo menos un millón de años.

Óscar, por su parte, no tuvo tanta suerte. Pese a estar agotado, no lograba apartar de su cabeza los acontecimientos vividos durante las últimas horas. Todo parecía el fruto de un mal sueño, pero había sido real, así que no podía dejar de buscar explicaciones a los insólitos sucesos acaecidos en la isla. ¿Dónde estaba el cargamento del *Haifisch?* ¿Quiénes eran aquellos hombres que decían ser soldados de Julio César? ¿Qué iba a hacer ahora la Fraternidad de Eihwaz?

Preguntas, preguntas, preguntas... y ninguna respuesta. Finalmente, cuando el cielo comenzaba a clarear por el Este, anunciando la inminencia del amanecer, Óscar logró conciliar el sueño. Once horas después, a las seis en punto de la tarde, el teléfono se puso a sonar insistentemente. Era Dante Oberon.

—Quítate las legañas, perezoso —dijo el arqueólogo alegremente—. Tenemos que vernos dentro de una hora, en el Arosa. Ya he avisado a Cris y Abril.

* * *

El bar Arosa estaba atestado de gente (era el veinticinco de julio, la fiesta de Santiago Apóstol), pero, de algún modo, el arqueólogo había conseguido una mesa en el extremo más alejado de la terraza.

—La Fraternidad se ha esfumado —dijo Dante, tras encargar una ronda de bebidas para todos—. Ya sabéis lo del incendio de la Casa del Indiano, ¿no? Pues bien, esta mañana me he pasado por el club de vacaciones. El lugar está desierto.

—¿Qué hará Eihwaz ahora? —preguntó Abril.

—Ha muerto su líder, así que supongo que tardarán un tiempo en reorganizarse. Por otro lado, su búsqueda de los tesoros del *Haifisch* ha sido un fracaso, de modo que se estarán quietos y callados durante un tiempo.

—Tenemos que contárselo todo a la policía —dijo la muchacha.

—Ni hablar. Debemos mantener en secreto todo lo que ha ocurrido.

—¿Estás loco? —exclamó Abril—. ¡El mundo debe saber lo que está pasando!

—¿Ah, sí? —Dante sonrió—. ¿Y qué pruebas piensas ofrecerle al «mundo»?

—El submarino. Está allí, en el fondo del mar. Y los cadáveres... —se estremeció—. Vaya, lo había olvidado, hay varios hombres muertos en la isla.

—El submarino no es más que un cascarón vacío, una reliquia de la guerra sin mucho interés —Dante dio un sorbo a su bebida—. En cuanto a los cadáveres, la Fraternidad de Eihwaz se habrá ocupado de eliminar cualquier pista que pueda delatar su existencia. En estos momentos no quedará en la isla ni tan siquiera un simple casquillo de bala. Con respecto a tu difunto amigo Isaías el Negro, esta mañana me he dado una vuelta por su casa y allí no había ningún cadáver. Se lo han llevado, y te aseguro que jamás aparecerán ni él ni su barco. Todo el mundo creerá que ha sufrido un accidente en el mar, le darán por desaparecido y archivarán el caso.

—¿Y nuestro testimonio? —insistió Abril—. La policía tendrá que escucharnos.

—La policía —dijo el arqueólogo— va a poner una cara muy rara cuando le cuentes que una patrulla romana del siglo uno antes de Cristo nos salvó de las garras de una sociedad secreta nazi, ¿no crees?

—Muy bien —intervino Cris, que hasta aquel momento había permanecido en silencio—. Precisamente de eso quería hablar. ¿Quiénes eran esos romanos?

—Lo único que puedo afirmar —dijo Dante tras unos instantes de reflexión—, es que esa gente hablaba el latín vulgar propio de las clases bajas; parecían legionarios auténticos —hizo una pausa—. Veréis, el padre Elías me enseñó un documento medieval en el que se narra la historia de la orden religiosa que se estableció en Xas a mediados del siglo trece. Al final del texto, su relator declara que el monasterio de San Ambrosio fue destruido por unos demonios a los que identificaba como las almas en pena de los hombres que crucificaron a Cristo —enarcó las cejas—. ¿Y quiénes fueron los hombres que crucificaron a Cristo?

—Soldados romanos... —concluyó Óscar, pensativo.

—Exacto —prosiguió Dante—. Y si queréis saber mi opinión, los romanos que asustaron a esos monjes medievales son los mismos que conocimos ayer en la isla.

—De modo —murmuró Cris—, que ese crónlech quizá sea una especie de puerta en el tiempo. Eso dijiste anoche, ¿no? Y, a lo mejor, por esa puerta no sólo han pasado romanos, sino también gentes de otras épocas.

—¡Eso explicaría las leyendas de Xas! —exclamó Abril—. ¡Los fantasmas de la isla serían viajeros perdidos en el tiempo!

Cris sonrió satisfecho. Por fin había encontrado una explicación para el extraño encuentro que, durante su infancia, había tenido en Xas. No se trataba de una explicación muy razonable, es cierto, pero era una explicación al fin y al cabo.

—¿Cómo lo sabías? —le preguntó Óscar a Dante—. ¿Cómo sabías que las bodegas del submarino estaban vacías?

—Oh, eso... —el arqueólogo sonrió—. Bueno, fue una simple suposición.

—Pero anoche dijiste que conocías el paradero del oro y de los cuadros —observó Abril—. ¿Era un farol?

—Dije que tenía una vaga idea, que es muy distinto —Dante les guiñó un ojo (el azul)—. Y para comprobar si estoy en lo cierto, tenemos que volver a la isla.

—¡Ah, no! —Cris se puso en pie—. No contéis conmigo.

—Pero ya no hay peligro —repuso Dante—. La Fraternidad no...

—¡Ni hablar! —exclamó Cris—. No quiero saber nada de submarinos hundidos y tesoros nazis. Por mi parte, no pienso decir ni «mu» sobre lo que pasó anoche en la isla —se encogió de hombros—. De todas formas, ¿quién iba a creerme? Pero eso no significa que piense volver allí. Así que, adiós.

Agitó la mano, esbozó una sonrisa de disculpa y se perdió entre el gentío que abarrotaba las calles adornadas con guirnaldas y banderines.

—Bueno —dijo Dante—, eso nos deja sin una embarcación —miró a Óscar—. Tú tienes las llaves de la lancha del club de vacaciones. ¿Qué dices?

—Que puedes contar conmigo.

—Y conmigo —añadió Abril—. ¿Cuándo volveremos a Xas?

—Mañana —contestó el arqueólogo alzando su copa en un fugaz brindis.

CAPÍTULO 21

El secreto de Hans Günter Müller

En Xas no quedaba el menor rastro de los sucesos ocurridos durante la pasada madrugada. El campamento de la Fraternidad había desaparecido, al igual que los cadáveres. Abril experimentó una intensa sensación de irrealidad al contemplar la tranquila soledad que presidía la isla bajo el sol radiante de aquella mañana de verano. Era como si nada hubiese ocurrido.

—No perdamos el tiempo —dijo Dante mientras amarraba la barca al malecón de cemento—. Tenemos que buscar una cueva, un agujero grande, una grieta. Cualquier lugar donde puedan esconderse tres toneladas de oro y una pequeña pinacoteca.

Pasaron la mañana explorando las abruptas paredes del acantilado. Durante horas, bajo la sorprendida mirada de las gaviotas, que parecían asistir perplejas a la inusitada actividad de aquellos humanos, examinaron cada cornisa, cada oquedad, cada pliegue del terreno. Pero fue en vano: no encontraron nada.

—No lo entiendo —murmuró Dante, rascándose pensativo la barba—. Tiene que estar por aquí, en este lado de Xas.

—¿Por qué? —preguntó Abril.

—En realidad es muy sencillo —Dante se sentó al borde del acantilado—. Sabemos que el capitán del *Haifisch* sobrevivió al hundimiento del submarino. Sabemos también que compró una casa en Orballo y que vivía holgadamente sin trabajar. ¿Cuál era, entonces, su fuente de ingresos? Sólo podía ser una: el oro del *Haifisch*. Ahora demos marcha atrás. Müller llega a estas costas con el submarino hecho polvo.

Sabe que nunca podrá alcanzar Lisboa y que su país está a punto de perder la guerra. ¿Qué hace? Esconder el tesoro y esperar a que vengan tiempos mejores. Pero esos tiempos no llegaron jamás. Alemania fue derrotada y Müller tuvo que sobrevivir de la única manera que podía: viniendo de vez en cuando a la isla y cogiendo unos cuantos lingotes de oro que luego vendía en el mercado negro.

—Pero, ¿por qué aquí? —repuso Óscar—. El oro y los cuadros podrían encontrarse en cualquier otro lugar de Xas.

—El submarino está hundido allí —Dante señaló hacia el mar—. ¿Te imaginas lo que supone trasladar tres toneladas de oro? —sacudió la cabeza—. No, no creo que lo hayan ocultado muy lejos —se incorporó—. Quizá lo llevaron al bosque.

Echaron a andar en dirección a la arboleda. Cruzaron en silencio el megalito, mirando con respeto aquellas antiquísimas piedras que ahora les parecían revestidas de un mágico halo de misterio, y alcanzaron la linde del bosque. Dante comenzó a recorrerla en dirección a la costa.

—Puede que enterraran el cargamento —sugirió Óscar.

—No. Tiene que estar en algún lugar al que resulte fácil acceder. Lo más probable es que sea una cueva.

—¿Y la tripulación del submarino? —preguntó Abril—. Quizá se salvó alguien y luego volvió aquí para recuperar la carga.

—Sinceramente, creo que Müller se ocupó de que algo así no pudiera suceder.

—¿Qué quieres decir? —preguntó Óscar.

—Nada, sólo son teorías.

Dante se detuvo en el punto donde el bosque se unía a los acantilados. Contempló los casi cincuenta metros de caída en vertical que le separaban de los rompientes y comentó:

—Espero que no haya ahí abajo ninguna cueva, o tendremos que hacer alpinismo.

El arqueólogo suspiró con resignación y, flanqueado por los dos muchachos, comenzó a internarse en la arboleda. Lo que sucedió a continuación ocurrió demasiado rápido como para poder precisar los detalles.

Súbitamente, las ramas de un arbusto cercano se agitaron y algo surgió de las sombras. Hubo un movimiento veloz, un centelleo, y luego el sonido de un golpe brutal. Dante se desplomó instantáneamente. Pero el cuerpo del arqueólogo aún no había tocado el suelo, cuando el movimiento difuso se convirtió en la enorme silueta de un hombre que, como un oso enfurecido, derribó a Óscar y apresó a Abril. Entonces, desde el suelo, el muchacho vio el rostro de Renard, y vio la herida de su hombro, y la piel abrasada de aquellos brazos musculosos, y la mirada de odio salvaje que centelleaba en sus ojos azules y fríos.

Y advirtió, horrorizado, que el lugarteniente de Maximilian Ebner apretaba contra la garganta de Abril la afilada hoja de un enorme cuchillo de caza.

* * *

—¡Déjala! —gritó Óscar—. ¡Ella no tiene la culpa de nada!

—Ella no —la voz de Renard era ronca y silbante—. Pero tú sí.

—Pues haz lo que quieras conmigo, pero suéltala a ella.

—¡Mataste a mi padre! —gritó el gigante.

—Sólo intentaba defenderme —repuso Óscar con un nudo en la garganta—. No sabía que el barco fuese a explotar...

—¡Cállate! —gritó Renard, respirando con dificultad; luego prosiguió en voz baja—: La explosión me arrojó al agua. Intenté volver al barco, rescatar a mi padre, pero no pude, y vi cómo el *Leviatán* se hundía bajo las aguas...

La voz del gigante murió en sus labios y su mirada de hielo se perdió en algún lugar oscuro y remoto; pero no apartó el filo de acero del cuello de la muchacha. Óscar contempló de reojo el cuerpo inmóvil, inconsciente o muerto, de Dante. No, de allí no iba a venir ninguna ayuda, sólo podía contar consigo mismo.

—Suéltala —suplicó—. Mátame a mí, pero deja que ella viva...

Los enloquecidos ojos de Renard se clavaron en el rostro del muchacho.

—Me has hecho caer en vergüenza; jamás podré regresar a la Fraternidad, con mis hermanos. Vi cómo volvían, ¿sabes? Regresaron para recoger los cadáveres y yo me oculté de ellos, como un perro sarnoso. Porque Maximilian Ebner, el Señor de Eihwaz, ha muerto por mi culpa —sus ojos relampaguearon de ira—. Pero tú vas a pagar por ello. Así que primero te haré sufrir —bajó la mirada y contempló la palidez del rostro de Abril—. La quieres, ¿no es cierto? ¡Pues abre bien los ojos y mira cómo le rebano la garganta a tu amiguita!

La mano de Renard se tensó sobre la empuñadura del cuchillo.

«Dios mío, va a hacerlo...», pensó Óscar.

Y entonces sucedió lo inesperado: una flecha surcó el aire y, con un siseo letal, fue a clavarse en el tronco de un árbol, exactamente a un centímetro de la cabeza de Renard. Éste se encogió instantáneamente y se protegió tras el cuerpo de la muchacha. El filo del puñal se incrustó con más fuerza en su cuello.

Repentinamente, una extraña figura surgió de la vegetación. Era un hombre de baja estatura, vestido con prendas de cuero verde y con la piel cubierta de tatuajes. Empuñaba un arco de tejo y mantenía una flecha tensada sobre la cuerda. Renard, parapetado tras el cuerpo de Abril, enarcó las cejas y murmuró:

—¿Quién demonios eres tú?... —el gigante observó de soslayo la saeta que acababa de clavarse en el árbol y un destello de reconocimiento brilló en sus ojos—. Es la misma clase de flecha que me hirió ayer —murmuró—. Así que fuiste tú, ¿eh? —sonrió como un loco—. Un buen disparo, hombrecito. Pero dime, ¿qué haces aquí, vestido de salvaje? ¿Y qué quieres? ¿A la chica? Entonces estamos empatados: tú tienes un arco, pero yo tengo mi cuchillo en su garganta —un hilo de sangre comenzó a recorrer el cuello de Abril—. ¡Suelta el arco o la mato!

Hack frunció el ceño. Aún sin entenderlas, las palabras del gigante eran claras. Vaciló; no podía disparar sin arriesgarse a herir a la hija de la Diosa... así que bajó lentamente el arco.

—Eso es —sonrió Renard—. Buen chico.

El Hombre Verde arrojó el arco al suelo. Luego se llevó una mano al cinto y sacó su cuchillo de una funda de piel. Era un pequeño utensilio de sílex, primorosamente labrado, pero de apariencia inofensiva frente al enorme machete de acero inoxidable que empuñaba Renard. El Hombre Verde, siempre inexpresivo, señaló al gigante e hizo un gesto con la mano, invitándole a acercarse.

—¿Quieres pelear? —Renard profirió una carcajada—. Bueno, por qué no.

De improviso, empujó violentamente a la muchacha y la apartó de sí. Abril chocó contra un árbol y cayó al suelo. Óscar corrió a su lado y examinó alarmado la sangre que corría por el cuello de su amiga.

—Estoy bien... —musitó Abril, tragando saliva varias veces.

Luego, ayudada por Óscar, se puso en pie y contempló sobrecogida el enfrentamiento que tenía lugar junto a ellos. Hack y Renard estaban inmóviles, uno frente al otro, vigilándose mutuamente con los cuchillos adelantados. El Hombre Verde parecía ridículamente pequeño al lado de aquel coloso de músculos descomunales. Súbitamente, Renard lanzó una feroz cuchillada contra el estómago de Hack. Pero éste, moviéndose con gran rapidez, eludió la acometida y giró sobre sí mismo. El cuchillo de piedra describió una curva en el aire y una rosa de sangre floreció en el pecho de Renard, que retrocedió con rapidez un par de pasos.

—Vaya, hombrecito —dijo, pasando sus dedos por la herida que le cruzaba el torso—, sabes pelear...

Sin previo aviso, Renard lanzó una larga cuchillada hacia

la derecha, que falló por varios centímetros. Eso dejó al descubierto su costado. Hack aprovechó al instante la oportunidad que se le ofrecía e intentó clavar su puñal entre las costillas del gigante. Pero era una trampa. El pie derecho de Renard describió una amplia curva, impactó contra la mano de Hack y le arrancó el cuchillo de entre los dedos; simultáneamente, proyectó su pierna izquierda hacia delante y golpeó en la mandíbula al Hombre Verde, que cayó rodando por tierra.

—¿Practicas el *taekwondo?* —Renard sonrió con ironía—. Oh, me temo que no sabes nada de artes marciales. Qué pena...

Hack, aturdido, intentó levantarse, pero una nueva patada lo devolvió al suelo. El gigante guardó el cuchillo en su vaina. No necesitaba armas para acabar con ese pigmeo de estrafalario aspecto. Para esa labor le bastaban sus manos y sus pies. Avanzó lentamente hacia Hack y le propinó una nueva patada, y luego otra, y otra... Óscar y Abril contemplaban como hipnotizados el desarrollo de aquel desigual combate. El sentido común les urgía a huir de allí, a escapar antes de que todo acabara y el gigante volviera su furia contra ellos. Pero no podían moverse, estaban petrificados, contemplando con horror cómo Renard golpeaba una y otra vez al pequeño guerrero, conduciéndole inexorablemente hacia el precipicio.

—¿De verdad creías que ibas a poder vencerme, hombrecito? —preguntó en tono burlón Renard.

Hack, magullado y tambaleándose, se incorporó en el borde mismo del acantilado. Tras limpiarse la sangre que nublaba sus ojos, dirigió un fugaz vistazo al abismo que se abría a su espalda. Miró de nuevo al gigante y masculló unas palabras en su extraño idioma. Renard se encogió de hombros.

—No te entiendo. Pero ya me he cansado de jugar contigo —sonrió de oreja a oreja—. Adiós, hombrecito...

Y, dando un par de ágiles zancadas, saltó en el aire y proyectó su pie izquierdo contra el pecho del Hombre Verde.

De pronto, Hack, moviéndose veloz como un animal del bosque, se echó a un lado, aferró la pierna extendida de Renard y tiró de ella con inusitada fuerza. El pesado cuerpo del gigante describió una curva en el aire y salió proyectado más allá del acantilado. Las manos de Renard no lograron alcanzar el borde por escasos centímetros. Durante un instante, su cuerpo pareció flotar entre el cielo y la tierra, como una cometa suspendida por el viento. Luego Renard se precipitó al abismo. Sus ojos todavía mostraban incredulidad cuando, finalmente, fue a estrellarse contra las rocas batidas por el mar.

Hack, en lo alto del acantilado, alzó la cabeza y lanzó un grito, proclamando al Sol y al viento su triunfo. Él era Hack Ckuchlainn del clan de los Hombres Verdes y había matado al gigante albino.

* * *

Cuando Dante recuperó el conocimiento, en medio de un intenso dolor de cabeza que por espacio de unos segundos le hizo bizquear y ver doble, lo primero que contempló fue un extraño rostro cubierto de tatuajes. Al principio pensó que era una alucinación, pero luego, al ponerse las gafas que le tendía Óscar, comprobó con asombro que aquel pequeño hombre vestido de cuero era tan real como las dolorosas punzadas que martirizaban su maltrecha cabeza.

Óscar y Abril le pusieron al corriente de todo lo que había pasado: la irrupción de Renard, la milagrosa aparición de aquel extraño individuo tatuado, su lucha con el gigante y la muerte de Renard al despeñarse por el acantilado. Dante escuchó toda la historia en silencio, sin apartar la mirada del rostro de Hack. Éste, entre tanto, sólo parecía mostrar interés por Abril, y no dejaba de contemplarla con un embeleso rayano en la adoración.

Tras recuperarse del golpe recibido, el arqueólogo intentó hablar con el Hombre Verde, pero éste lo ignoró por completo. Abril tuvo que explicarle por señas que Dante era su amigo. Sólo entonces se mostró dispuesto Hack a hacer caso al arqueólogo. Al poco, ambos se alejaron unos metros y se entregaron a una especie de pantomima llena de gestos y de muecas, la forma más primaria de comunicación.

Media hora después regresaron al lado de los muchachos.

—Es como si me estuvieran taladrando el cerebro —dijo Dante, palpándose el cráneo—. En veinticuatro horas dos nazis diferentes se han dedicado a aporrearme la cabeza. Esto va a acabar convirtiéndose en una costumbre.

—Y a mí me han secuestrado tres veces en dos días —intervino Abril—. Así que no te quejes tanto. ¿Quién es ese hombre?

—Se llama Hack Ckuchlainn. Por lo visto, ha llegado aquí a través del crónlech. No sé qué idioma habla, pero algunas de las palabras que emplea parecen celtas. Y eso es muy extraño, porque el cuchillo y el resto de sus utensilios son de sílex pulimentado, o sea que pertenece a una cultura del Neolítico. Sin embargo, los celtas eran tribus de la Edad del Bronce, que no llegaron a Europa hasta el año mil antes de Cristo, así que nuestro amigo no puede ser celta. Quizá se trate de un picto, o de un escoto, o de un hiperbóreo, o de Dios sabe qué.

—¿De dónde viene? —preguntó Óscar.

—No tengo ni idea; si os creéis que es fácil hacerse entender por señas, probad vosotros mismos —Dante reflexionó unos instantes—. Él se refiere a sí mismo como *nak-fash*. Pues bien, en gaélico *«neach»* significa persona y *«fàs»*, bosque. Por otro lado, Ckuchlainn es la denominación de su estirpe. Pues bien, en la mitología irlandesa hay un personaje, un guerrero mítico, llamado Cuchulainn. Así que todo apunta a Irlanda como su lugar de origen. La Irlanda de hace unos cuatro mil años.

—En cualquier caso —dijo Abril—, Hack nos ha salvado la vida. Y aún no se lo hemos agradecido —la muchacha se aproximó al Hombre Verde y le besó en la mejilla—. Muchas gracias, Hack Ckuchlainn; eres muy valiente.

Incluso a través de la espesa barba y de la enmarañada red de tatuajes que cubría su rostro, resultó patente que aquel tosco y primitivo guerrero se había ruborizado como un colegial. Inesperadamente, Hack se puso en cuclillas y apoyó su frente en la rodilla de Abril. La muchacha miró a Dante desconcertada, pero Dante no la miraba a ella. Al inclinarse, los colgantes que pendían del cuello de Hack habían quedado al descubierto, y ahora el arqueólogo mantenía sus asombrados ojos fijos en ellos.

—¡¿De dónde has sacado eso?! —exclamó, aferrando bruscamente uno de los amuletos de Hack.

Al instante, el Hombre Verde empuñó su cuchillo, se abalanzó sobre el arqueólogo y apretó el filo de sílex contra su garganta.

—Abril —musitó Dante, tragando saliva—, ¿te importaría decirle a tu amigo que tenga la bondad de no asesinarme?

La muchacha sujetó el brazo de Hack y, sonriendo con dulzura, consiguió que apartara (a regañadientes) el cuchillo de la yugular del arqueólogo.

—Dante es un amigo y no hay que hacerle daño —le reprendió con suavidad Abril; luego se volvió hacia el arqueólogo—. ¿Y tú qué demonios haces? No se puede tratar así a la gente.

—¡El colgante de hierro! —dijo Dante con urgencia—. ¡Dile que me lo deje!

Abril le dedicó una encantadora sonrisa a Hack y señaló alternativamente los collares y a Dante. El Hombre Verde no sentía ninguna simpatía hacia aquel tipo con los ojos de dos colores, pero cualquier petición de la muchacha dorada era para él una orden, así que se arrancó del cuello uno de los amuletos y se lo entregó con gesto hosco al arqueólogo. Éste contempló asombrado el objeto.

—¡Increíble!... —logró musitar.

—¿Qué es? —preguntó Óscar, desconcertado.

Dante mostró el amuleto: era una pequeña cinta de tela,

negra, blanca y roja, de cuyo extremo pendía una cruz griega con una esvástica grabada en su centro.

—Es una Cruz de Hierro —repuso el arqueólogo—. La más importante condecoración de la Alemania nazi.

* * *

Hicieron falta más de quince minutos de mímica para que el Hombre Verde comprendiera lo que la hija de la Diosa y sus dos amigos le estaban preguntando: ¿de dónde había sacado aquella condecoración? Finalmente, Hack se dio un palmetazo en la frente y murmuró una frase ininteligible. Luego señaló hacia el bosque y pronunció unas palabras tan incomprensibles como las anteriores.

—¿Lo encontraste en el bosque? —preguntó Dante—. ¿*Fash*? ¿Bosque?

Hack asintió y echó a andar hacia la arboleda, seguido por Abril, Óscar y Dante. La extraña comitiva se internó en el bosque y, con Hack siempre a la cabeza, recorrieron unos doscientos cincuenta metros. El Hombre Verde se encontraba en su medio natural, por lo que caminaba con paso ágil y rápido, sólo interrumpido por las frecuentes paradas que se veía forzado a realizar en espera de sus acompañantes, que a duras penas lograban avanzar a través de aquella muralla vegetal. Finalmente llegaron a un minúsculo claro en el que se alzaba una peña cubierta de matorrales. Hack señaló hacia las piedras y dijo algo en su extraño idioma.

—¿Encontraste la condecoración aquí? —preguntó Dante.

Hack señaló de nuevo hacia las rocas. Dante se aproximó a los arbustos que crecían al pie de ellas, dio dos pasos hacia delante, se agachó... y desapareció. Transcurrieron quince interminables segundos.

—¿Dante?... —le llamó Abril, alarmada—. Dante, ¿dónde estás?

—En una especie de cueva —la voz del arqueólogo surgió ahogada desde detrás de los arbustos—. Un momento, voy a encender una cerilla... —sobrevino un largo silencio seguido de una exclamación—: ¡Dios santo!

—¿Qué pasa? —preguntó Óscar—. ¿Qué has visto?

Nadie contestó.

—¡Dante! —exclamó Abril, inquieta—. ¡Dinos algo, demonios!

Los arbustos se apartaron y el arqueólogo reapareció.

—Voy a la barca —dijo con aire abstraído, mientras comenzaba a alejarse.

—¿Cómo que a la barca? —Abril puso los brazos en jarras—. ¿Quieres decirnos de una vez qué hay ahí dentro?

—Después de todo no era una cueva —Dante se rascó la barba—. Alguien ha excavado un túnel en esa roca, con escalones y todo. Pero está muy oscuro, así que voy a buscar una linterna. Esperadme aquí, ¿de acuerdo?

Abril y Óscar se miraron de hito en hito. ¿Un túnel?...

* * *

Al principio, cuando Dante encendió la linterna (en realidad, una especie de antorcha fluorescente alimentada por una pesada batería), Hack se estremeció de terror y estuvo a punto de salir corriendo. Sólo la presencia de la hija de la Diosa lo contuvo, prestándole ánimos para introducirse en el pasadizo bajo el resplandor de aquella luz para él sobrenatural. Y así, encabezados por Dante, comenzaron a descender la escalera de piedra que conducía al interior de la isla. Las paredes del túnel mostraban los trazos alargados que habían dejado allí las perforadoras.

—¿Qué antigüedad tendrá esto? —preguntó Óscar.

—Creo que medio siglo —respondió Dante—. Cuando lleguemos al final te lo diré con seguridad.

El túnel, un pasadizo de dos metros de alto por uno y medio de ancho, descendía a lo largo de unos veinte metros, luego giraba en redondo y proseguía cien metros en horizontal, para volver a bajar de nuevo. Finalmente, tras un largo tramo de escaleras, acababa desembocando en una puerta de hierro. Dante la empujó con el hombro y cruzaron el umbral.

Lo que reveló la luz de la antorcha les dejó con la boca abierta. Se encontraban en una desmesurada cámara subterránea de unos veinte metros de altura, en cuyo centro se abría una enorme piscina de agua de mar. Pintada en una de las paredes podía verse una inmensa y descolorida esvástica negra.

—¿Qué es esto? —murmuró Óscar.

—Una dársena para submarinos —contestó Dante—. Una base secreta construida por los nazis hace cincuenta y cinco años.

—Pero... —Abril parpadeó—. ¿Cómo es posible que construyeran esto sin que nadie se diese cuenta?

—El padre Elías me dijo que a comienzos de 1939 una empresa austríaca estuvo haciendo prospecciones geológicas por aquí. Imagino que esa empresa pertenecía en realidad al ejército nazi y que, en vez de realizar investigaciones mineras, se dedicaron a construir este lugar. Por aquel entonces, el gobierno de Franco estaba en deuda con Hitler, de modo que debieron de contar con todas las facilidades para hacer lo que les viniera en gana sin que nadie metiera las narices en sus asuntos.

—Entonces —dijo Abril—, el cargamento del *Haifisch* debe de estar aquí.

Dante asintió y, con la antorcha en alto, avanzó lentamente. El sonido de sus pasos sembró de ecos aquel lugar cargado de humedad. De pronto, la verdosa luz iluminó una veintena de carcasas de hierro que yacían amontonadas en un rincón.

—Las cápsulas herméticas donde se guardaron los cuadros —murmuró el arqueólogo—. Pero están vacías....

—Hack ha desaparecido —dijo de pronto Abril.

Óscar miró en derrededor. La muchacha tenía razón: no había ni rastro del Hombre Verde en la cámara subterránea.

—Ya volverá —musitó Dante, sin prestarles mucha atención.

—Quizá se encuentre arriba, esperándonos —sugirió Óscar.

—No —dijo Abril—. Ha regresado a su hogar.

—¿Cómo lo sabes? —preguntó extrañado Óscar.

—Lo sé —dijo la muchacha con una expresión ausente en la mirada—. Ese hombrecito ha cumplido su misión y ya nada le ata aquí.

—¿Qué misión? ¿Te encuentras bien?...

Abril parpadeó varias veces y contempló a Óscar con desconcierto.

—¿De qué hablábamos?... —preguntó.

—¡He encontrado algo! —gritó Dante.

Los dos jóvenes se aproximaron rápidamente al arqueólogo, que estaba junto a uno de los muros de la dársena, medio oculto tras una columna de cemento.

—Mirad —dijo, levantando la antorcha—: hay una escalera.

—¿A dónde lleva? —preguntó Óscar.

—Vamos a averiguarlo —Dante comenzó a subir por los oxidados escalones.

Óscar y Abril le siguieron, realmente preocupados por los chirridos que surgían de la estructura metálica. A unos diez metros por encima del nivel del suelo la escalera desembocaba en una pequeña plataforma. Adosada a la pared de piedra había una puerta cerrada. Dante aferró el picaporte y tiró con fuerza. La puerta se abrió a trompicones en medio de un coro de lamentos de óxido. El arqueólogo iluminó el interior de la habitación que había al otro lado del umbral.

—¡Por las barbas del profeta! —exclamó, un tanto incongruentemente, y, cambiando de religión, añadió—: ¡Por los clavos de Cristo!

Óscar asomó la cabeza por encima del hombro de Dante.

—¡Caray! —se limitó a decir, y acompañó la exclamación con un silbidito.

Abril se abrió paso entre los dos hombres y contempló lo que había en el interior de la estancia. No dijo nada, pero sus ojos se dilataron de asombro.

Los muros de aquella sala estaban tan cubiertos de cuadros que parecían las paredes de un museo.

* * *

Retratos de Ticiano, Caravaggio y Rembrandt; escenas religiosas de Van der Goes y Velázquez; estampas costumbristas de Van Eyck, Brueghel y Goya; paisajes de Rubens, Turner y Cézanne... La luz esmeralda de la antorcha ponía al descubierto todo un universo de formas y colores, un laberinto de estilos y tendencias. Pinturas góticas, renacentistas, barrocas, neoclásicas, románticas, impresionistas. Cada escuela tenía su representación en aquella pinacoteca plagada de obras maestras.

Dante, alegre como un niño durante la mañana de Reyes, iba de un lado a otro, contemplando con embeleso cada uno de los cuarenta y seis cuadros que colgaban de las paredes de piedra. Entre tanto, Óscar le echó un vistazo al lugar donde estaban, una sala rectangular de diez metros de largo por seis de ancho. En uno de sus extremos se amontonaban decenas de cajones de madera en cuyas tapas aparecía grabada la esvástica y el doble rayo de las SS; en el otro había una mesa metálica y una silla. Óscar observó que sobre la mesa descansaban una pequeña caja de cartón y un libro forrado en piel. Destapó la cajita: en su interior había una veintena de cruces de hierro. Abrió el libro y contempló las páginas escritas en alemán con una educada caligrafía. En la primera hoja aparecía un nombre: Hans Günter Müller.

—Ven a ver esto —le llamó Abril desde el otro extremo de la estancia.

Óscar dejó el libro sobre la mesa y se aproximó a la muchacha. Abril había abierto uno de los cajones de madera y ahora contemplaba con asombro los dorados lingotes que contenía.

—Fíjate cuánto oro hay —murmuró—. Esto debe de valer una fortuna.

—Unos cuarenta millones de dólares, al precio actual —comentó Dante a sus espaldas—. Pero mucho mayor es el valor de esos cuadros, amigos míos. Y no estoy hablando sólo de su valor artístico, que es inconmensurable, sino también del precio que podrían llegar a alcanzar si fueran subastados.

Óscar echó un vistazo a las pinturas que, literalmente, cubrían la pared.

—Lo conseguiste —comentó—. Has logrado encontrar el cargamento del *Haifisch*.

—No del todo —dijo Dante—. *La Madonna del Cisne* no está.

—Quizá la vendió Müller —sugirió Abril.

—No —Dante sacudió la cabeza—. Vender ese cuadro le hubiese resultado muy difícil. Para él era mucho más sencillo comerciar con el oro.

—Sobre esa mesa hay una especie de diario —señaló Óscar—. Creo que es del capitán del submarino.

—¿Y por qué no lo has dicho antes? —exclamó el arqueólogo, dirigiéndose apresuradamente al lugar indicado por Óscar.

Abrió el libro y, tras examinarlo durante un rato, concluyó:

—Es el cuaderno de bitácora del *Haifisch*.

* * *

Las primeras páginas del cuaderno narraban el embarque en el submarino del cargamento secreto y la partida del *Haifisch*. En las siguientes anotaciones, Müller describía su enfrentamiento con el destructor inglés y su posterior singladura, primero hacia el Sur y luego hacia el Oeste, con el *Haifisch* muy averiado. La anotación correspondiente al dos de julio de 1944 decía textualmente:

«Finalmente hemos alcanzado la base secreta indicada en los mapas. El acceso a ella se realiza a través de un túnel submarino situado al oeste de Xas, una isla de la costa gallega. Dado que el *Haifisch* no puede sumergirse, el acceso a la base por mar resulta impractible. Desde hace una semana venimos impulsándonos exclusivamente con el motor auxiliar. El oficial mecánico asegura que no podemos seguir navegando así. El motor ha ardido ya dos veces y las fugas de agua son tantas que las bombas de achique prácticamente no dan abasto. Dentro de poco, el *Haifisch* se convertirá en un pecio y yacerá en el fondo del mar. Debo poner a salvo el cargamento. Ahora, eso es lo único importante.»

A continuación, Müller narraba el dificultoso desembarco de los tesoros contenidos en las bodegas del submarino y su posterior traslado por tierra hasta introducirlos en la base secreta a través del túnel excavado en la roca. La anotación del cuatro de julio resultaba aterradora por su fría lógica y su implacable determinación:

«El cargamento se encuentra ya en la base. Sin embargo, el oro y los cuadros todavía no están a salvo. El desembarco aliado en Normandía está siendo un éxito. Cada vez es más evidente que el Reich perderá la guerra; entonces, ¿qué haremos nosotros? No podemos volver a Alemania, lo cual supone que debemos encontrar un lugar donde escondernos. Pero, ¿dónde? Tanto los oficiales como la tripulación están inquietos y comienzan a murmurar, la disciplina se está quebrantando. ¿Es posible confiar en que todos los tripulantes del *Haifisch* vayan a guardar silencio indefinidamente? ¿No es más probable que, tarde o temprano, alguno de ellos se vaya de la lengua, o que alguien se deje llevar por la codicia y decida apropiarse de la carga del submarino? Desgraciadamente, no tengo otra alternativa que seguir con mi plan inicial. Lo pondré en práctica esta misma noche.

(...)

Continúo la redacción del informe en la dársena secreta. Son las 4.35 a.m. hora local. Antes de la cena hablé con mis hombres. Les dije que abandonaríamos el submarino y que nos pondríamos en contacto con la Falange (un partido simpatizante del Reich) para conseguir un barco con el que volver a Alemania. Me han creído. Para celebrarlo, saqué las botellas de vino que traje de Francia. El narcótico que puse en la bebida hizo efecto con rapidez y poco después de la medianoche todos dormían profundamente. Coloqué la bomba en la sala de mando y dispuse el temporizador para un lapso de diez minutos. Luego abandoné el submarino a bordo de una lancha y me dirigí a la isla. Desde sus playas rocosas pude ver cómo la explosión reventaba el costado del *Haifisch* y lo hundía en cuestión de segundos.

Toda la tripulación ha perecido. Eran buenos y leales soldados, lo mejor de la armada alemana, pero con su muerte han rendido un último e impagable servicio al Reich. Ahora el secreto del *Haifisch* se encuentra a salvo. Y yo me quedaré aquí, aguardando que llegue la persona adecuada para entregarle el cargamento del submarino. Sólo entonces mi misión habrá concluido y podré descansar.»

* * *

Dante levantó la mirada del cuaderno y lo cerró con cuidado.

—Las restantes anotaciones se refieren a los años que Müller pasó en Orballo. Están reseñados los lingotes de oro que el capitán tuvo que vender para sobrevivir y se incluye una pormenorizada relación de sus cuentas; todo minuciosamente germánico. Pero no se menciona *La Madonna del Cisne* —Dante dejó el cuaderno sobre la mesa e inspeccionó el contenido de la caja de cartón—. Cruces de hierro... Supongo que estaban destinadas a la tripulación del *Haifisch* —sonrió con tristeza—. Les serían entregadas cuando la misión concluyese.

—Mató a sus propios hombres —murmuró Abril—. Müller era un monstruo.

—Era un fanático. Malgastó su vida preservando una inmensa fortuna en nombre de una causa que ya no existía. Me lo imagino sentado aquí, rodeado de unos tesoros que en realidad eran las cadenas de su prisión. Un individuo solitario y patético esperando indefinidamente a alguien que nunca llegó. Sí, era un asesino, pero también un pobre hombre que, finalmente, fue víctima de su propio fanatismo.

—¿Y ahora qué vamos a hacer? —preguntó Abril, tras una pausa.

—¿A qué te refieres? —inquirió a su vez Dante.

—Bueno, todo ese oro y los cuadros... ¿Qué haremos con ellos?

—Oh, eso —Dante se cruzó de brazos—. En fin, creo que mi empresa está perfectamente capacitada para ocuparse de devolver esos cuadros a sus propietarios.

—¿Y si han muerto o no pueden ser localizados? —preguntó Óscar.

—Bien, entonces nos pondríamos en contacto con los museos adecuados y nos ocuparíamos de que los cuadros pasasen a su poder.

—Todo a cambio de una considerable recompensa, ¿verdad?

—No perdamos de vista el hecho de que esto es un asunto de negocios —Dante adoptó un aire ecuánime—. Localizar el *Haifisch* ha supuesto una gran inversión de esfuerzo y dinero. Es justo que todos saquemos algo a cambio, ¿no creéis?

—¿Y el oro? —preguntó Abril.

—Bueno, eso es un problema, claro, porque no podemos estar seguros del origen de ese oro. Quizá pertenezca a Francia, quizá a Alemania, o puede que a varios países. Pero, mientras se dilucida el asunto, mi empresa puede guardarlo y...

—No —le interrumpió Óscar.

—¿No?... —Dante enarcó una ceja—. ¿Qué significa «no»?

—Que no haremos nada de lo que dices. En cuanto volvamos a Orballo, vamos a ir directamente a la policía para denunciar el hallazgo.

—¡¿Te has vuelto loco?! —exclamó Dante—. Escucha, quizá no me he explicado bien: esto puede hacernos millonarios a todos. Y no se trata de robar. Devolveremos los cuadros que haya que devolver, y aquello que no tenga dueño..., bueno, qué demonios, a fin de cuentas lo hemos encontrado nosotros, ¿no?

—Pero no es nuestro —repuso Óscar—. Escucha, Dante, tú mismo nos hablaste de las cosas horribles que hicieron los nazis. Estos tesoros fueron robados. Si nos ensuciamos las manos con un botín manchado de sangre, entonces seremos iguales que ellos. O aún peores, porque al menos los nazis actuaron en nombre de un ideal, por muy equivocado que fuese, mientras que nosotros sólo lo haríamos por dinero.

—Óscar tiene razón —asintió Abril—. Tenemos que informar a la policía.

Dante permaneció un buen rato en silencio, con la mirada perdida entre las cajas de madera repletas de oro. Luego comenzó a pasear de un lado a otro. De vez en cuando se detenía frente a algún cuadro y lo contemplaba fijamente, mordiéndose con gesto crispado los nudillos.

—¡Mierda! —exclamó de repente—: ¡Mierda, mierda, mierda! De acuerdo, tenéis razón. Pero no toda la razón —sacó un papel del bolsillo y lo desdobló—. Ésta es una lista de los cuadros que mi empresa está buscando. ¿Veis ese paisaje de Turner? Pues está en mi lista. Pertenece a una honrada familia francesa. ¿Veis ese retrato de Rembrandt? Aparece en mi lista y su dueño es un industrial alemán. ¿Veis esa crucifixión de Van der Goes? Pues también se encuentra en mi lista y pertenece a un comerciante israelí. Escuchadme, vine aquí en busca de un cuadro de Da Vinci, pero *La Madonna del Cis-*

ne se ha esfumado. Muy bien, quizá Müller la usó para encender la chimenea. Pero no es justo que yo me vaya con la manos vacías. Denunciad el hallazgo de todos esos malditos cuadros. De todos, menos de los tres que aparecen en mi lista; ésos me los llevaré yo. ¿De acuerdo? Las autoridades podrán hacer lo que quieran con los cuadros restantes, pero yo me llevaré el Turner, el Rembrandt y el Van der Goes y me ocuparé de que les sean devueltos a sus propietarios. Es justo, ¿no? Para compensarme por la pérdida del Da Vinci, quiero decir.

Óscar y Abril intercambiaron una mirada.

—De acuerdo —concedió el muchacho—. Pero sólo tres cuadros.

Dante sonrió de oreja a oreja y, silbando desafinadamente, comenzó a recoger las pinturas que había señalado. Estaba descolgando la última (el paisaje de Turner), cuando la luz de la antorcha eléctrica comenzó a vacilar.

—Se está acabando la batería —observó el arqueólogo—. Si no queremos volver a oscuras, será mejor que nos vayamos.

Óscar y Abril se dirigieron a la salida. Dante cogió la antorcha y, cargado con los tres cuadros, fue tras ellos. Antes de cruzar el umbral se dio la vuelta y dedicó una última mirada al prodigioso cargamento del *Haifisch*.

—A veces —murmuró—, ser honrado resulta francamente odioso...

* * *

Tal y como había predicho Abril, Hack tampoco se encontraba en el exterior. Nadie hizo, sin embargo, ningún comentario al respecto. De hecho, los tres guardaron un absoluto silencio mientras se dirigían al embarcadero del faro, y permanecieron igualmente mudos durante el viaje de vuelta a bordo de la lancha. Era como si, ahora que todo había concluido, se hubiesen quedado exhaustos, vacíos de energía. Tres cuartos de hora más tarde llegaron al puerto de Orballo.

—Bueno, es el momento de las despedidas —dijo Dante, ocultando los cuadros con una lona—. No me conviene estar aquí cuando esto empiece a llenarse de policías. Escuchad: cuando denunciéis el hallazgo, no debéis mencionarme. A partir de ahora sois vosotros, y sólo vosotros, los responsables de todo esto. A mí, ni me conocéis.

—Pero jamás lo hubiésemos encontrado sin ti —protestó Óscar—. Además, supongo que nos darán una recompensa.

—Amigo mío, me temo que ni mi identidad ni mi presencia aquí sean asuntos que puedan resistir una investigación a fondo —Dante guiñó un ojo (el negro)—. En cuanto a lo de la recompensa, es cierto; os corresponde una parte del valor de lo hallado. Pero ese asunto llevará mucho tiempo, así que más vale que os arméis de paciencia y busquéis un buen abogado.

—¿Nos volveremos a ver? —preguntó Abril.

—Claro que sí, muchacha —contestó alegremente el arqueólogo—. El mundo está lleno de tesoros ocultos. Seguro que coincidiremos en la búsqueda de alguno.

Abril arrugó la nariz y se abrazó a Dante.

—Te echaré de menos —dijo, sin poder contener las lágrimas—. Aunque tus gustos musicales sean los de un Cro-Magnon.

El arqueólogo besó a Abril y estrechó la mano de Óscar. Luego, tras despedirse con un brioso ademán, echó a caminar hacia el pueblo. Estaba a punto de desaparecer tras una esquina cuando Óscar gritó:

—¡Dante, espera un momento!

El arqueólogo se detuvo.

—¿Sí?...

—Un Da Vinci vale por esos tres cuadros; no te olvides de nuestro trato.

—No podría olvidarlo —contestó Dante—. Somos socios, ¿no es cierto?

Tras decir esto, sonrió, echó a andar y se perdió de vista al volver la esquina que daba a la calle principal.

—¿Qué trato es ése? —preguntó Abril.

—Pues... nada —Óscar esbozó una enigmática sonrisa—; ya te lo contaré. Anda, vamos al cuartel de la Guardia Civil y acabemos de una vez con todo esto.

CAPÍTULO 22

El regreso

La niebla se disolvió en medio del usual centelleo de luces. Un denso manto de nubes cubría el cielo, ocultando por completo el resplandor de la Luna y las estrellas. Marco Plauto avanzó unos pasos, tanteando con las manos la rugosa superficie de las piedras del círculo. Al cabo de unos segundos, cuando sus ojos se acostumbraron a la oscuridad, pudo distinguir el contorno del megalito.

—Prended unas teas —ordenó.

Resonó en la oscuridad el seco golpear del acero contra el pedernal y, al poco, las llamas de un par de antorchas bañaron de luz ondulante y rojiza las piedras del templo.

—No es la isla —murmuró Cornelio Izhak.

—No, no lo es —repuso Marco Plauto—, pero ¿dónde estamos entonces?

Como contestando a su pregunta, Fiach y Bron, los guías celtas, prorrumpieron en una algarabía de gritos y risas. Izhak habló con ellos durante unos minutos y luego se volvió hacia Marco Plauto:

—Dicen que hemos regresado, que esto es Britania.

—¿Cómo lo saben? Con esta oscuridad no puede verse nada.

—No necesitan ver, Marco. Dicen que huele a Britania.

El centurión asintió, pensativo. Un murmullo se extendió entre la tropa.

—¿Hemos vuelto a Britania, señor? —preguntó el soldado Isquirión.

—Eso parece —repuso Marco Plauto, tras unos segundos de expectante silencio.

Al instante, los soldados comenzaron a proferir gritos de alegría. Isquirión inició los pasos de una danza de su tierra; Casio Corbulo, Marcelo Cumano y Vigésimo Tulio habían formado un corro y, riendo como chiquillos, daban vueltas y más vueltas; entre tanto, Gran y Galda hacían girar velozmente sus ondas, produciendo un sonoro zumbido. Incluso el habitualmente estoico Anteo se había sumado al júbilo general e imitaba torpemente el baile de Isquirión.

—¡Basta ya, chusma inmunda! —tronó la voz del sargento.

Pero Marco Plauto le indicó con un gesto que dejara en paz a los legionarios. Aquellos hombres habían pasado demasiadas penalidades como para impedirles ahora celebrar una buena noticia. Además, lo que el centurión pensaba decirles al día siguiente iba a suponer un jarro de agua fría a su actual optimismo.

* * *

Cuando las primeras luces del amanecer iluminaron la llanura, quedó definitivamente claro que aquél era el lugar de Britania donde se había iniciado su singular aventura. Tras levantar el campamento, los legionarios se congregaron en torno a Marco Plauto, que, subido en lo alto de una roca, les habló de este modo:

—Hemos caminado mucho, soldados; hemos estado en lugares que ningún otro ciudadano de Roma ha hollado jamás, hemos peleado contra enemigos que nos superaban en número, hemos asistido a hechos prodigiosos. Y ahora estamos cansados; todos queremos volver a casa y reposar —hizo una pausa—. Sin embargo, cuando partimos del campamento nuestras órdenes eran localizar a las tropas de Caswallawn. Y eso todavía no lo hemos hecho. Así que ahora nuestra obligación es cumplir con la misión que se nos ha encomendado. Iremos hacia el Norte y no regresaremos al campamento hasta dar con los ejércitos britanos.

Voces de consternación brotaron de las gargantas de los

soldados. Incluso Aufidio Décimo, un ejemplo de ciega disciplina, se mostró abiertamente contrariado.

—Pero, centurión —protestó—, ha perecido la mitad de nuestros hombres y carecemos de provisiones. Tenemos que volver al campamento.

—¿Y qué historia contaríamos? ¿Que nos hemos perdido en un laberinto mágico? ¿Que hemos viajado a través del tiempo? —Marco Plauto sonrió sin humor—. ¿Quién nos iba a creer? Pensarían que estamos locos; o aún peor, que somos unos cobardes.

—Pero...

—No hay *peros*, sargento. Partiremos hacia el Norte dentro de cinco minutos.

Los legionarios, serios y circunspectos, se agruparon lentamente, mascullando de cuando en cuando alguna que otra sonora maldición. Marco Plauto descendió de la roca y se aproximó a Cornelio Izhak.

—¿Qué tal el tobillo? —preguntó—. ¿Podrás caminar?

—Supongo que sí; la hinchazón ha pasado y ya me duele menos —el hebreo buscó con la mirada los ojos de su amigo—. ¿Estás seguro de lo que haces, Marco? Los hombres están agotados. No resistirán mucho más.

—Sé que es duro, pero no hay otro remedio. El legado Tito Fonteius confía en que, de una forma u otra, fracasemos en esta misión. Si volvemos al campamento con las manos vacías, nos acusará de desacato, de traición o de lo que se le ocurra.

—¿Y no es mejor eso que morir a manos de los britanos?

—No —dijo Marco sin vacilar—. Pero no todo está perdido, Izhak —sonrió con aire misterioso—. Puede que aún podamos salir con bien de esta locura.

Caminaron sin descanso durante toda la mañana, atravesando parajes solitarios y yermos. A mediodía, una feroz tormenta se desató sobre ellos y se vieron forzados a buscar refugio bajo unas peñas. Dos horas después, un fuerte viento del Este arrastró las nubes y dejó tras su paso una luminosa tarde de verano. La patrulla se puso de nuevo en movimiento. Marco Plauto marchaba al frente de sus hombres, sosteniendo siempre en la mano el pesado saco que había cogido en Hispania. Cuando llegó la noche montaron el campamento en la cima de una pequeña colina e intentaron descansar en medio de un sombrío ambiente cargado de negros presagios.

Al día siguiente, poco antes del amanecer, descubrieron que Bron, uno de los guías britanos, había desaparecido.

* * *

Fiach se postró en el suelo frente a Marco Plauto. Éste se volvió hacia Cornelio Izhak y le ordenó:

—Pregúntale dónde está Bron.

Izhak habló al celta en su idioma. Fiach permaneció mudo unos instantes y luego, con voz temblorosa, pronunció una larga parrafada.

—Dice que tanto Bron como él son espías al servicio de Caswallawn —tradujo el hebreo—. Su misión era conducirnos a una emboscada. Afirma que Bron abandonó anoche el campamento para avisar de nuestra presencia a los caudillos britanos, y que éstos pronto se presentarán aquí con sus huestes.

—Pregúntale por qué él no se ha ido con Bron.

Izhak obedeció, obteniendo una larga respuesta de Fiach.

—Dice que tú eres un poderoso guerrero. Que te has enfrentado a la maldición de Teutates. Que nos has conducido a través del otro mundo y nos has traído de vuelta sanos y salvos, y que por eso no ha podido traicionarte.

—Pregúntale si sabe dónde están ahora las tropas de Caswallawn.

El hebreo hizo lo que le pedía Marco Plauto.

—No conoce con exactitud su paradero —contestó—. Pero asegura que deben de encontrarse muy cerca de aquí.

—¿Qué hacemos, centurión? —preguntó Aufidio Décimo con inquietud.

Marco Plauto contempló pensativo el horizonte.

—Seguiremos hacia el Norte —dijo—. Hasta encontrar a los britanos.

No tuvieron que esperar mucho. Apenas tres horas después del alba, mientras cruzaban un pequeño valle salpicado de robles, distinguieron un repentino movimiento sobre las colinas que se alzaban frente a ellos. Se trataba de un grupo formado por medio centenar de jinetes celtas armados hasta los dientes, que, con movimientos precisos, se desplegaban en posición de ataque. Algunos de los legionarios hicieron amago de huir, pero se detuvieron al ver que nutridas filas de soldados celtas surgían a izquierda y derecha, y se alineaban a lo largo de las colinas.

—¡Por Júpiter! —musitó Aufidio Décimo—. Vamos a morir...

—Nadie va a morir, sargento —repuso Marco Plauto—. Yo me ocuparé de que eso no suceda.

—¿Qué piensas hacer, Marco? —preguntó Izhak, desconcertado.

—¿Recuerdas el truco de la flecha que detuvo a los bárbaros? Pues eso mismo.

—Marco —musitó Izhak—: los britanos conocen el arco y las flechas...

Pero Marco Plauto ya no le prestaba atención. Con paso decidido echó a andar en dirección a la caballería celta hasta que, al llegar a unos cien metros de ella, se detuvo.

—¡Vamos, atajo de salvajes! —gritó—. ¡Atacad de una vez!

Puede que los celtas le entendieran y puede que no, pero el caso es que, nada más pronunciar el romano estas palabras, alguien hizo sonar un cuerno y los britanos se lanzaron al galope ladera abajo. Marco Plauto contempló durante unos segundos, en completa inmovilidad, al fiero grupo de jinetes que, rodeados por una nube de polvo, se abalanzaban contra él profiriendo gritos de guerra. Con movimientos pausados, el centurión desató el saco que llevaba en las manos y extrajo de su interior un objeto negro y alargado.

Era un fusil ametrallador de asalto, un M-16 de fabricación norteamericana.

Lo empuñó, corrió el cerrojo para introducir una bala en la recámara y, encajando la culata en el hombro, apretó el gatillo. El tronar del arma resonó en el valle y la primera fila de jinetes cayó por tierra, como si hubieran sido alcanzados por un rayo. Hombres y caballos rodaron por el suelo en un mare mágnum de sangre y desconcierto. El fusil de asalto volvió a hacer sonar su bronca voz y la segunda fila de jinetes se vio igualmente diezmada por las balas. Entonces se hizo un profundo silencio en el valle, sólo roto por los gemidos de los heridos y el relinchar de las bestias. Los guerreros celtas no sabían qué significaba aquel misterioso tronar, ni qué extraño poder derribaba a sus mejores guerreros. Transcurrieron unos segundos de total confusión.

Y algo increíble sucedió: profiriendo un grito, Marco Plauto se lanzó en pos de los celtas. ¡Un hombre solo atacando a todo un ejército! Mucho más tarde, la historia de este suceso se convertiría en leyenda y, con el tiempo, la leyenda se iría tergiversando hasta resultar irreconocible; pero lo cierto es que aquella mañana de verano el centurión Marco Plauto Longino, sin otra ayuda que su mágico bastón del trueno, puso en retirada a lo más granado de la caballería britana.

Cuando los últimos jinetes desaparecieron en lontananza, Marco Plauto se volvió hacia las tropas celtas de infantería que, desde lo alto de las colinas, contemplaban estupefactos la escena, y les gritó:

—¡Basta ya de luchar! ¡Marchaos a casa!

Y, para dar más peso a sus palabras, alzó el fusil y disparó al aire una salva de balas. Los britanos gritaron de terror y huyeron en tropel. Marco Plauto sonrió satisfecho y volvió lentamente al lado de sus hombres. Ninguno de los legionarios dijo nada; esta vez no hubo vítores ni aplausos. Se limitaron a contemplar a su centurión con ojos asombrados, sin llegar a comprender del todo lo que había ocurrido. Sólo Cornelio Izhak acertó a reaccionar.

—¿De dónde has sacado eso? —preguntó, señalando el fusil.

—Me lo dio Dante Oberon, y también me explicó cómo funciona. Hay que reconocer que en el futuro fabricarán unas armas excelentes.

—Lo triste es pensar que en el futuro seguirán siendo necesarias las armas —el hebreo sacudió la cabeza—. ¿Qué piensas hacer ahora, Marco?

El centurión pasó un brazo por los hombros de Izhak y se alejó con él unos cuantos pasos, apartándose de los oídos indiscretos de los legionarios.

—Vivimos en un mundo de violencia y sufrimiento, Izhak —dijo el centurión tras unos segundos de silencio—. ¿Y sabes lo peor?: yo formo parte de toda esa locura —suspiró—. Y estoy cansado, amigo mío, muy cansado. Muchas veces he pensado en dejar el ejército, pero siempre acababa preguntándome qué haría después. Ahora, tu sueño de fundar una academia me ha brindado la respuesta. Creo que podríamos llevarlo a la práctica. Volveremos a Roma y buscaremos un buen local al pie del Quirinal, cerca de las termas y del estadio. Tú darás clases de gramática, oratoria, filosofía y matemáticas, y yo enseñaré esgrima, gimnasia y lucha. Nuestra academia se ocupará tanto del cerebro como del cuerpo. Será el centro de moda entre los nobles vástagos de Roma —sonrió soñador—. Y quizá así puedas reunir el dinero necesario para liberar a tu amada Nefer.

—Un momento, Marco —le interrumpió Izhak—. Estamos en el ejército. Es imposible que hagamos nada de lo que dices.

—¿Por qué no? Podemos obtener la licencia.

—¿La licencia? ¿Con toda la Galia en pie de guerra? ¿Cómo?

—Muy sencillo: Tito Fonteius nos la concederá.

—¿El legado nos dará la licencia? ¿Te has vuelto loco, Marco?

—¿Por qué? —los ojos del romano brillaron—. Iré a hablar con Tito Fonteius y le expondré mis deseos. Y si no se muestra razonable... —palmeó el fusil—. Bueno, todavía me queda un cargador de balas.

—¿Qué es un «cargador de balas»? —preguntó, desconcertado, Izhak.

—No importa —Marco Plauto regresó a lado de los soldados—. Sargento —dijo—, partiremos inmediatamente en dirección Sur —respiró profundamente el perfumado aire de la mañana y añadió—: Tenemos un largo camino por delante hasta llegar a casa.

Esta vez los legionarios de la patrulla de Marco Plauto Longino sí prorrumpieron en una jubilosa ovación.

CAPÍTULO 23

El último misterio

La noticia saltó a las primeras páginas de los periódicos, se difundió a través de la radio y ocupó las cabeceras de todos los telediarios. Las agencias de prensa la comunicaron, vía teletipo, a todos los países del planeta y, en cuestión de horas, no quedaba ni una persona en el mundo que no conociese el extraordinario acontecimiento que había tenido lugar en Orballo de San Buenaventura, un remoto pueblecito de la costa gallega. Dos jóvenes habían encontrado el mayor tesoro nazi descubierto después de la Segunda Guerra Mundial.

Huelga decir que la habitual tranquilidad de Orballo se vio sacudida por la invasión de una auténtica horda de periodistas provenientes de todos los puntos del planeta. Los comerciantes del pueblo no tardaron en duplicar sus precios, tal era la demanda de todo tipo de productos, y los pescadores fueron dejando paulatinamente de pescar para dedicarse al más fructífero negocio de transportar a Xas a todos los periodistas y curiosos que pugnaban por ser los primeros en llegar a la isla y ver la secreta base alemana de submarinos donde había aparecido el tesoro.

Como es lógico, el oro y los cuadros ya no estaban allí. La Guardia Civil los había trasladado a las cámaras acorazadas de un banco de La Coruña, a la espera de que se decidiese cuál iba a ser su posterior destino. De modo que, en ausencia del tesoro, y una vez filmada, descrita y fotografiada la base secreta de submarinos, la principal fuente de interés eran los dos jóvenes que habían realizado el hallazgo.

A partir de ese momento, Óscar y Abril se vieron tenazmente asediados por los periodistas. No podían ni siquiera asomar la cabeza por la ventana sin arriesgarse a ser cegados por los destellos de centenares de flases. La muchacha optó por encerrarse en casa y dejar a su madre la tarea de expulsar a los entrometidos que pretendían entrevistarla.

Carlos, el padre de Óscar, dejó pendientes todos sus asuntos con el banco y regresó apresuradamente a Orballo, para encontrarse a su hijo prácticamente sitiado en el interior de la casa. Espantó como pudo la nube de periodistas que había tomado posiciones en el jardín e intentó obtener de Óscar una explicación más o menos coherente acerca de lo sucedido. El muchacho le relató la sencilla historia que había convenido con Abril: fueron a pasear a Xas, descubrieron el túnel y encontraron el oro y los cuadros. Carlos sospechó que su hijo le ocultaba algo, pero la repentina irrupción de un periodista a través de la chimenea le distrajo lo suficiente como para hacerle olvidar sus recelos.

Aquéllos fueron unos días extraños y agitados, llenos de locura y alboroto, durante los cuales Óscar y Abril apenas pudieron verse. Más tarde, cuando los periodistas comenzaron a abandonar el pueblo, el correo trajo una carta de Dante.

* * *

El sobre llegó al domicilio de Óscar a comienzos de agosto. Se trataba de un envío certificado remitido desde Suiza y contenía dos notas manuscritas, tres cheques y una antigua fotografía. Nada más recibir la carta, Óscar llamó por teléfono a Abril. Quedaron en reunirse media hora más tarde en el molino viejo.

Habían transcurrido dos semanas desde el hallazgo del tesoro nazi y ya sólo quedaba en Orballo un puñado de curiosos. No obstante, Óscar tomó todas las precauciones posibles para evitar que alguien le siguiese y acudió a la cita dando un amplio rodeo. Finalmente, cuando llegó al molino viejo, Abril ya estaba esperándolo allí. Se miraron en silencio, cohibidos, sin saber muy bien cómo tenían que comportarse el uno con el otro.

—¿Cómo estás? —preguntó Óscar con timidez.

—Muy bien —respondió la muchacha—. ¿Y tú?

—Fenomenal... Aunque estos días han sido una locura. Parece increíble todo el revuelo que se ha armado, ¿verdad?

Abril asintió y Óscar esbozó una sonrisa. Sobrevino un incómodo silencio.

—Justo cuando ha sonado el teléfono iba a llamarte yo a ti —dijo la muchacha, y añadió con un suspiró—: Mañana regreso a La Coruña. Mi madre está harta de tanto jaleo y ha decidido que volvamos a casa.

—¿Te vas? —Óscar sintió que el corazón le daba un vuelco—. Vaya... te echaré de menos.

—Claro —repuso Abril con una luminosa sonrisa—, cuando yo no esté aquí, ¿quién te va a meter en líos?

—Sí, la vida será más aburrida —Óscar sacó del bolsillo el sobre que acababa de recibir y extrajo uno de los cheques—. Toma, esto es para ti.

—¿Qué es? —preguntó Abril, examinando con extrañeza el documento bancario.

—Un regalo de Dante. Hay otro para Cris y otro más para mí.

—Pero... —los ojos de Abril iban y venían del cheque al rostro de su amigo—. ¿Por qué?...

Óscar desdobló la carta de Dante y se la entregó a la muchacha.

> «Queridos Abril y Óscar, he seguido en los medios de comunicación vuestra meteórica carrera como estrellas del *show-business*. Felicidades: los dos sois muy fotogénicos. Hablando en serio: os adjunto las cantidades pactadas. Me he permitido incluir a vuestro amigo Cris en el acuerdo; a fin de cuentas, él corrió tanto peligro como cualquiera de nosotros. Por favor, hacedle llegar el cheque.
>
> En otro orden de cosas, quisiera hablaros de un tema importante: el crónlech de Xas. Ignoro quién pudo construir algo así ni cómo demonios funciona. Pero hay algo

que sí sé: nadie debe enterarse jamás de lo que puede hacer. Imaginaos el peligro que supondría que alguien hiciese mal uso del megalito. El secreto del crónlech de Xas ha permanecido oculto durante cinco mil años. Dejad que las cosas sigan así.

En fin, amigos míos, espero que disfrutéis de vuestro dinero y confío en que el destino nos reúna de nuevo. Ha sido un auténtico placer conoceros. Hasta la vista.

Post Scriptum: Siempre he pensado que Abril se parece extraordinariamente a la mujer que Da Vinci retrató en *La Madonna del Cisne,* ¿no creéis? Ahora que el cuadro está definitivamente perdido no necesito para nada la foto. Quédatela tú, Abril; creo que Leonardo pensaba en ti cuando realizó su obra.»

—Todavía no lo entiendo —dijo Abril—. ¿De qué trato está hablando?

Óscar le habló acerca del robo de la barca de Dante, y de cómo él se ofreció a conseguirle un medio para ir a la isla a cambio de una parte de la recompensa ofrecida por los cuadros.

—¿Esto son dólares? —preguntó Abril señalando la cifra que aparecía en el cheque.

Óscar asintió y ella, tras unos rápidos cálculos mentales, exclamó:

—¡Qué barbaridad! ¿Qué harás con tanto dinero?

—Mi padre lo necesita. Aunque no sé qué decirle cuando me pregunte de dónde he sacado esa fortuna —suspiró—. ¿Y tú qué vas a hacer?

Abril contempló el horizonte. Allí, en medio de la bruma, surgía la masa oscura de Xas, como un buque de piedra desafiando al oleaje. La muchacha permaneció un rato en silencio; luego volvió la mirada hacia Óscar y dijo:

—He estado pensando mucho en todo lo que pasó. Los nazis, los romanos, Hack... Parece una locura y, sin embargo, creo que le he encontrado un cierto sentido. Mira, los legionarios romanos nos salvaron de los nazis, e igual hizo Hack con Renard. Y fue el propio Hack quien nos condujo a la base de submarinos y al tesoro. Es como si hubiese un propósito. Creo que... —Abril sonrió con nerviosismo—. Vas a pensar que estoy loca, pero tengo la sensación de que todo sucedió para que yo sobreviviese y pudiera llevar a cabo una misión.

—Una misión... —repitió Óscar, perplejo—. ¿Qué misión?

—Acabar con la Fraternidad de Eihwaz.

—¡¿Qué?! —Óscar sacudió la cabeza con incredulidad—. ¿Te has vuelto loca?

—No digo que vaya a hacerlo ahora, todavía soy demasiado joven. Pero dentro de unos años... —Abril encajó la mandíbula—. La Fraternidad de Eihwaz es el mal, Óscar, el mal absoluto. Raptan y violan mujeres, asesinan, secuestran niños. Hay que acabar de una vez por todas con esa monstruosidad.

—Ya, pero, ¿por qué tú?

—Porque si, sabiendo lo que ocurre, no hiciese nada por impedirlo, me convertiría en cómplice de ese atajo de nazis. No, no voy a quedarme cruzada de brazos. Dentro de unos años intentaré acabar con la Fraternidad de Eihwaz, y el cheque de Dante me ayudará a conseguirlo.

—En fin —dijo Óscar tras una pausa—, todavía tienes mucho tiempo para pensártelo. Pero recuerda lo peligrosa que es esa gente.

—Ya lo sé —Abril bajó la mirada y permaneció unos instantes pensativa; luego murmuró—: No te lo había dicho antes, Óscar, pero fuiste muy valiente. Te portaste como un héroe cuando Renard iba a matarme.

—Bah, no tuvo importancia...

—Sí, sí que la tuvo —Abril le acarició la mejilla.

Óscar supo al instante que estaba ruborizándose. Quiso decir algo, hacer cualquier cosa, pero se sentía aturdido, embriagado por el suave aliento de la muchacha, por la calidez de su tacto, por el aroma de su piel...

Tragó saliva y sacó un papel del bolsillo de su camisa.

—Junto a la carta —dijo, algo inseguro—, Dante me mandó esta nota.

Abril leyó rápidamente el breve texto manuscrito:

> «Óscar, ya sé que no me lo has pedido, pero voy a darte un consejo. ¡No seas imbécil y bésala de una vez!»

La muchacha alzó la mirada y sonrió.

—Dante es un hombre muy sabio —dijo—. Yo en tu lugar le haría caso.

Sintiendo como si las piernas se le hubiesen vuelto de mantequilla, Óscar se inclinó hacia Abril y la besó en los labios, ligeramente, con timidez. La muchacha le pasó los brazos por el cuello y él la rodeó por la cintura. Su beso duró un millón de años, y el cielo se llenó de fuegos artificiales, tañidos de campanas y pájaros multicolores.

—¿Qué tal si respiramos un poco? —propuso Abril, apartándose unos centímetros de él.

Óscar asintió en silencio, pero mantuvo su mirada fija en los hermosos ojos azules de la muchacha y los brazos entrelazados en su talle. Se sentía excitado, nervioso, incómodo, satisfecho, inseguro y extraordinariamente feliz, todo al mismo tiempo. De pronto recordó algo.

—¡Oh, no! —exclamó—. ¡Te vas a ir mañana!

—Pero no importa. Nos llamaremos por teléfono, nos escribiremos cartas, nos visitaremos de vez en cuando y, dentro de un año, podremos estar juntos otra vez. Además, aún tenemos todo el día para nosotros. Anda, vamos a dar un paseo.

Echaron a andar cogidos de la mano, siguiendo el sendero que conducía al pueblo.

—Por cierto —comentó Abril—. Dante te ha mandado una foto para mí, ¿no?

Óscar sacó del bolsillo la vieja foto de *La Madonna del Cisne* y se la entregó a la muchacha. Ésta, sin dejar de caminar, la contempló durante un buen rato.

—¿Tú crees que se parece a mí? —preguntó finalmente.

—La verdad es que sí.

—Pero está más gorda que yo.

—Teniendo en cuenta su embarazo, se le puede disculpar.

—¿Qué crees que habrá sido de este cuadro? —preguntó Abril.

Óscar se encogió de hombros. Sin duda, ése sería el último e indescifrable misterio de aquella extraña aventura.

EPÍLOGO

La Diosa blanca

Surgieron del interior del bosque, deslizándose entre los árboles como fantasmas. Eran hombres de baja estatura, vestidos con pieles verdosas y cubiertos de tatuajes. Se trataba de los *nak-fash* del clan de los Hombres Verdes, rudos guerreros de cuyas gargantas brotaba ahora un unánime grito:

—¡Hack Ckuchlainn ha vuelto!

Hack recorrió con aire solemne el sendero que conducía directamente al corazón del bosque, allí donde se alzaba el poblado de los Hombres Verdes. Cuando llegó a la altura de las primeras casas, unas estructuras circulares de madera cubiertas de paja, fue recibido por una algarabía de niños y mujeres que lo rodearon mientras gritaban con gran estrépito su nombre.

—¡Hack Ckuchlainn! ¡Hack el cazador!

Pero Hack los ignoró, encaminándose directamente al gran claro donde se alzaba el tótem del clan. Allí le esperaba Draig, el jefe del poblado.

—Sé bienvenido, Hack Ckuchlainn —dijo Draig en tono solemne—. Hace mucho que nos dejaste, ya desesperábamos de volver a verte.

—Por segunda vez he viajado en el templo circular —contestó Hack—. Y he morado mucho tiempo en la Tierra de los Sueños.

—Nuestros corazones se alegran de que hayas vuelto. Cazaremos al ciervo, al venado y al jabalí, y celebraremos tu regreso con un gran banquete.

—¡Cuéntanos tus aventuras, Hack! —dijo una voz entre el gentío.

—¡Sí, Hack, háblanos de tus proezas! —añadió otra voz.

Un murmullo de súplicas se extendió entre los habitantes del poblado; todos querían conocer los avatares del viaje de Hack. Éste se volvió hacia ellos y levantó sobre su cabeza el arco de tejo. Instantáneamente se hizo el silencio.

—Crucé las piedras del templo circular —dijo con voz sonora—, y regresé a la Tierra de los Sueños, a la isla mágica donde encontré la imagen sagrada. He visto a los hombres-pez sumergirse en el mar y respirar agua. Me ha cegado el resplandor de los hombres de hierro brillando bajo la luz del Sol. He contemplado enormes canoas que avanzaban sin velas ni remos —la voz de Hack se volvió sombría—. Encontré a la hija de la Diosa y vi cómo se cernía sobre ella la sombra de un gigante, grande como una montaña y blanco como la nieve, que pretendía cercenar su cuello dorado —hizo una pausa—. ¡Pero luché con el gigante y lo vencí!

Una estruendosa ovación se elevó sobre los árboles del bosque. Como un martilleo repetitivo, los *nak-fash* entonaron el nombre de su héroe:

—¡Hack, Hack, Hack, Hack, Hack, Hack!

—¡Cuéntanos más, Hack! —gritó alguien.

El Hombre Verde sacudió la cabeza.

—Acabo de volver de un largo viaje —dijo—. Estoy cansado y quiero visitar la Casa de los Muertos para dar las gracias a la Diosa por haber protegido mi vida. Esta noche, cuando nos reunamos en torno a la hoguera, os lo contaré todo.

Dicho esto, Hack cruzó la amplia avenida delimitada por una doble fila de estacas coronadas con cráneos de jabalí y se encaminó hacia el fondo del claro, donde se alzaba una negra cabaña de madera. Era la Casa de la Muerte, el lugar donde reposaban los antepasados, el recinto más sagrado de la tierra de los *nak-fash*. Hack penetró en el oscuro interior de la cabaña y contempló las paredes cubiertas con máscaras labradas en corteza de roble y de álamo. Había esqueletos por doquier.

Hack avanzó unos pasos en la penumbra y se postró frente

al altar de la Diosa, un túmulo construido con osamentas humanas. Allí estaba la imagen que el Hombre Verde encontró en la gruta de la Tierra de los Sueños y que se trajo consigo al volver de su primer viaje. En la gran cueva de la isla había muchas otras imágenes, por supuesto, pero sólo ésa pertenecía a la Diosa. Hack lo supo inmediatamente al ver aquellos cabellos rubios, aquella piel clara, aquel vientre hinchado por la preñez. Tales rasgos sólo podían pertenecer a la Diosa Blanca, creadora del mundo y de la vida. Además, allí estaba el cisne sagrado, su animal emblemático, prueba ineludible de que aquélla era la auténtica Diosa.

Hack Ckuchlainn alzó la cabeza y murmuró una plegaria mientras contemplaba el lienzo que se alzaba sobre una pila de calaveras humanas.

—Gracias, Madre, por darme fuerzas para salvar a tu hija dorada. Y gracias también por permitirme volver sano y salvo a mi hogar.

Desde la parte más elevada del altar, el rostro de la mujer que Leonardo Da Vinci habría de pintar cuatro mil años más tarde pareció dirigirle al Hombre Verde una enigmática sonrisa de complicidad.

NOTA DEL AUTOR

La Fraternidad de Eihwaz es un relato de ficción cuyo argumento y personajes son fruto exclusivo de la imaginación del escritor. Sin embargo, en medio de la fantasía aparecen algunos hechos extraídos de la realidad.

Comencemos con el escenario de la novela. Orballo de San Buenaventura no existe, pero su descripción corresponde a la de muchos pueblos de la costa atlántica gallega. En concreto, Orballo estaría supuestamente situado en algún lugar entre Muros y Finisterre, en la Costa de la Muerte. La isla de Xas tampoco es real, aunque su aspecto está vagamente inspirado en el de otras islas gallegas: las Cíes, Ons, Salvora, Cortegada, Tambo, etcétera.

En cuanto a los megalitos, pese a que en Galicia abundan los dólmenes y los menhires, así como los petroglifos, no existe en todo el territorio español un crónlech como el descrito en el relato. El círculo de piedras de Xas está libremente basado en los templos prehistóricos de las islas británicas, concretamente en Stonehenge y Avebury.

Por supuesto, la patrulla perdida de Marco Plauto Longino nunca existió, pero los acontecimientos que sirven de marco a la narración son históricos, siendo su fuente los *Comentarios de la Guerra de las Galias,* de Julio César.

El mito de los Hombres Verdes citado en el texto es auténtico. Esta leyenda, extendida por toda Europa mucho antes de la consolidación del Imperio Romano, tiene sus raíces en tiempos muy remotos (su origen quizá sea escandinavo) y ha adoptado cientos de caras. Hombres Verdes fueron el dios Pan de la mitología griega (o el dios Fauno de la romana), el Caballero

Verde del ciclo artúrico o el simpático Robin Hood y sus alegres compañeros del bosque. Podemos encontrar representaciones de los Hombres Verdes en muchos monumentos románicos y góticos, como por ejemplo en la Capilla Rosslyn de Escocia o en la catedral de Santiago de Compostela.

Sin embargo, todo mito parte de hechos reales, y la explicación que se ofrece en el presente relato es tan válida como otra cualquiera. Resulta verosímil suponer que los Hombres Verdes fueran, en un principio, una tribu precéltica de hoscos cazadores habitantes del bosque, tal y como aventuraba Dante Oberon. No obstante, situarlos en el Neolítico tardío parece poco probable.

En cuanto a la religión de la Diosa Madre (o Diosa Blanca, o Gran Madre), poco sabemos de ella. Fue la creencia imperante en toda Europa hasta que distintos pueblos invasores trajeron con ellos a sus dioses solares y guerreros. Básicamente, era una creencia centrada en el culto a la fertilidad que veneraba a una diosa perpetuamente preñada. Existen numerosas representaciones de esta deidad, como por ejemplo la Venus de Lespugue, la Venus de Laussel o la famosa Venus de Willendorf. Tal y como se dice en el texto, la oca y el cisne eran las aves sagradas de la Diosa Madre, ya que dominaban tres de los cuatro elementos: el aire, el agua y la tierra.

En referencia a esto último, cabe señalar que Leonardo Da Vinci, pese a que muchas de sus obras desgraciadamente se han perdido, jamás pintó ningún cuadro llamado *La Madonna del Cisne*. Sin embargo, sí realizó una versión del mito de Leda, cuadro del que existe una copia realizada en el siglo XVI.

Y llegamos, por fin, a los hechos relacionados con la Segunda Guerra Mundial que conforman la base argumental del relato. Ni el *Haifisch* ni su misión existieron en la realidad, pero están inspirados en sucesos auténticos. Durante el tiempo que duró la guerra, las fuerzas nazis de ocupación saquearon Europa, apropiándose de todo el oro, las joyas y las obras de arte que pudieron encontrar. Ese valiosísimo botín fue secretamente guardado en diversos emplazamientos situados en Alemania, entre ellos —y tal como se dice en el texto—, en el castillo de Neuschwanstein. Poco antes de la caída del Tercer Reich, parte de esos tesoros desaparecieron y no ha vuelto desde entonces a saberse nada de ellos. Todavía circulan muchas teorías acerca de su paradero y, así, se dice que existen toneladas de oro enterradas cerca de Berchtesgaden, en los Alpes bávaros; o que el fabuloso tesoro de Rommel se encuentra hundido en el Golfo de Bastia, al nordeste de la isla de Córcega; o que existe una cueva llena de oro, joyas y obras de arte en el bosque de Salzburgo, lugar donde, en los años cincuenta, se produjo una misteriosa serie de asesinatos. Sea como fuere, lo cierto es que aproximadamente la cuarta parte del botín de guerra nazi jamás ha sido encontrada, y que tal desaparición está en parte relacionada con las organizaciones secretas de antiguos miembros de las SS surgidas tras la caída del Reich.

Lo cual nos conduce a las Fuentes de la Vida. Por muy increíble que parezca, las *Lebensborn* existieron realmente durante la dominación nazi, y todo lo que se dice en la novela acerca de ellas es rigurosamente cierto. Quien desee saber algo más acerca de estas monstruosas «maternidades» puede consultar el excelente libro de Marc Hillel *Au Nom de la Race*[1]. Las *Lebensborn* fueron creadas por Heinrich Himmler, jefe supremo de las SS, el doce de diciembre de 1935, y se mantuvieron en funcionamiento hasta el final de la guerra. Las *Lebensborn* utilizaban una runa como símbolo, pero no la runa Eihwaz, sino la runa Algiz, que, irónicamente, significa protección.

Por supuesto, no se sabe de ninguna organización secreta nazi dedicada a crear por selección eugenésica una casta de soldados de pura raza aria. La Fraternidad de Eihwaz no existe.

Al menos, no con ese nombre.

César Mallorquí

[1] Marc Hillel, *En nombre de la raza*. Editorial Noguer.